# A DESCOBERTA FINAL

Alexandra Monir

# A DESCOBERTA FINAL

## Os Seis Finalistas

### Livro Dois

*Tradução*
Jacqueline Damásio Valpassos

Título do original: *The Life Below The Sequel to The Final Six*.
Copyright © 2020 Alexandra Monir.
Copyright da edição brasileira © 2021 Editora Pensamento-Cultrix Ltda.
1ª edição 2021.

Todos os direitos reservados. Nenhuma parte desta obra pode ser reproduzida ou usada de qualquer forma ou por qualquer meio, eletrônico ou mecânico, inclusive fotocópias, gravações ou sistema de armazenamento em banco de dados, sem permissão por escrito, exceto nos casos de trechos curtos citados em resenhas críticas ou artigos de revistas.

A Editora Jangada não se responsabiliza por eventuais mudanças ocorridas nos endereços convencionais ou eletrônicos citados neste livro.

Esta é uma obra de ficção. Todos os personagens, organizações e acontecimentos retratados neste romance são produtos da imaginação do autor e usados de modo fictício.

**Editor:** Adilson Silva Ramachandra
**Gerente editorial:** Roseli de S. Ferraz
**Preparação de originais:** Karina Gercke
**Gerente de produção editorial:** Indiara Faria Kayo
**Editoração eletrônica:** Join Bureau
**Revisão:** Vivian Miwa Matsushita

Dados Internacionais de Catalogação na Publicação (CIP)
(Câmara Brasileira do Livro, SP, Brasil)

Monir, Alexandra
    A descoberta final: os seis finalistas: livro dois / Alexandra Monir; tradução Jacqueline Damásio Valpassos. – 1. ed. – São Paulo: Editora Pensamento Cultrix, 2021.

    Título original: The life below the sequel to the final six
    ISBN 978-65-5622-010-9

    1. Ficção científica 2. Ficção norte-americana I. Título.

20-48815                                                                                     CDD-813.0876

Índices para catálogo sistemático:
1. Ficção científica: Literatura norte-americana     813.0876
Maria Alice Ferreira – Bibliotecária – CRB-8/7964

Jangada é um selo editorial da Pensamento-Cultrix Ltda.

Direitos de tradução para o Brasil adquiridos com exclusividade pela EDITORA PENSAMENTO-CULTRIX LTDA., que se reserva a propriedade literária desta tradução.
Rua Dr. Mário Vicente, 368 — 04270-000 — São Paulo, SP — Fone: (11) 2066-9000
http://www.editorajangada.com.br
E-mail: atendimento@editorajangada.com.br
Foi feito o depósito legal.

Para Chris e Leo,
meu mundo e minhas estrelas.

# PARTE UM

# TERRA

# PRÓLOGO

**Blog ao vivo da *PONTUS* para a TERRA**
**DIA 43**
**Astronauta:** ARDALAN, NAOMI
[*Status* da mensagem: falha no *upload*]

ALGUNS DESASTRES COMEÇAM COM UM AVISO, um *iceberg* que você consegue avistar a quilômetros de distância. Outros vêm de uma só vez, tão violentos quanto rápidos, como os terremotos e furacões que nos destruíram lá em nosso planeta natal. Mas, aqui em cima, é fácil o evento desencadeador passar totalmente despercebido. Um fio não emite som algum quando se rompe. Você não sabe o que aconteceu até ser tarde — quando a insidiosa sensação de pânico se move para além do seu corpo e assume a forma de uma nave com falhas.

Acho que nunca me senti tão desamparada como agora, escrevendo para uma população inteira que nunca lerá estas palavras. Ficaremos sem comunicação e vocês não saberão por que ou o que isso significa, mas presumirão o pior. E é isso que me deixa acordada e ensopada de suor no meio da noite, com medo de que, se eu abrir a boca, começarei a gritar e não conseguirei mais parar.

Não posso conviver com o fato de que eles pensarão que estou morta. Imaginar meus pais e Sam abraçados e sofrendo em uma cerimônia memorial, olhando para minha foto enquanto os pranteadores recitam Rūmī, machuca mais do que qualquer dor física. E Leo... o que ele fará quando souber das notícias? Quando meus *e-mails* e mensagens de vídeo pararem de chegar repentinamente, como ele reagirá? Como *eu* vou suportar perder os quatro? Eu costumava pensar que me comunicar por meio de uma tela de computador nunca seria suficiente, mas agora isso parece ser o suprassumo dos privilégios. Um privilégio que eu daria qualquer coisa para ter de volta.

Talvez seja por isso que estou escrevendo agora, mesmo que a lógica me diga que é inútil. Tenho que continuar tentando, contando com a possibilidade remota de que eu vá pressionar Enviar e, dessa vez, ouvir o ruído de mensagem entregue. O som de tudo retornando ao normal. Ou, pelo menos, o mais próximo de "normal" que é possível aqui em cima.

Estávamos viajando pelo espaço havia apenas quarenta e dois dias, três horas e doze minutos quando isso aconteceu. Eram sete da manhã, Tempo Universal Coordenado, e a primeira coisa que notei quando acordei foi o som do silêncio. Em geral, o Controle de Missão da NASA atua como nosso despertador, acordando-nos no mesmo horário todas as manhãs reproduzindo uma música nos alto-falantes da cabine. Você poderia contar com eles para escolher algo apropriado e com tema espacial, como ontem, com a clássica canção do Coldplay, "A Sky Full of Stars". Mas hoje não havia música. Alguém provavelmente adormecera no trabalho. Ainda assim, acordei na hora certa.

Tínhamos meia hora para nós antes de nos reunirmos obrigatoriamente na sala de jantar para o café da manhã e, nos últimos dias, descobrira como me preparar em dez minutos ou menos. Dessa forma, eu poderia começar o dia na minha parte preferida da nave — o único lugar onde nunca me sentia claustrofóbica ou desesperada para cair fora daqui.

Desci do meu beliche e despi meu pijama de flanela favorito, que, de alguma forma, ainda conservava um cheiro quase imperceptível de casa. Então, entrei no minúsculo chuveiro anexado à minha cabine, que acendeu uma luz verde assim que meus pés tocaram o chão. Um cronômetro foi iniciado, lembrando-me de que a água seria cortada em três minutos. Toda a nossa existência aqui na *Pontus* parecia ser controlada por relógios de contagem regressiva.

Depois de depositar uma pequena quantidade de xampu na minha cabeça e enxaguá-la de forma tão frenética quanto alguém com uma infestação de piolho, o banho acabou. Sequei-me com a toalha e vesti uma calça esportiva cinza e um moletom com capuz cor de pêssego, depois abri a porta da minha cabine para a sala de convívio. Normalmente, pelo menos um ou dois de nós podiam ser encontrados ali antes do café da manhã, lendo ou assistindo à TV, mas o lugar estava vazio esta manhã.

Apressei-me pelo longo módulo que compunha os alojamentos da tripulação e desci pela cápsula do elevador até a escotilha principal, deixando a gravidade artificial para trás. Dali, eu flutuei para um lugar que me confortava e me intimidava em igual medida.

O Observatório é uma câmara circular com janelas de vidro de quartzo indestrutíveis de parede a parede, que proporcionam a você a ilusão de voar solto pelo universo. É o ponto alto de um passeio espacial, tirando o perigo. A escuridão envolve você por todos os lados, com um repentino arrebatamento de beleza sempre que a nave espirala exibindo a vista da Terra. Era uma daquelas manhãs em que eu conseguia ver todo o colorido esplendor — a bolinha de gude azul que era o meu lar.

Pressionei as mãos contra o vidro, contemplando com admiração. Em algum lugar daquele planeta, em um fuso horário oito horas atrasado em relação ao nosso, meus pais e irmão se recolhiam para dormir à noite, enquanto a 10 mil quilômetros de distância deles, Leo estava acordando e começando seu dia. Fechei os olhos, tentando imaginar o ambiente ao redor, como seria esse dia. E foi aí que a dor me atingiu como um murro no estômago. *Não vivemos mais no mesmo mundo.*

Respirei fundo algumas vezes para me acalmar, contendo as lágrimas antes que tivessem a chance de começar a rolar. Virei as costas para o azul, mantendo o olhar fixo na escuridão e tentando identificar as estrelas ao meu redor, até a hora de me juntar aos outros. Quando me arrastei de volta pela escotilha, encontrei alguém me esperando do outro lado.

Jian Soo, colega de tripulação e copiloto de nossa missão, ergueu os olhos bruscamente enquanto eu retornava à gravidade.

— Bom dia — cumprimentei-o. — Você está bem?

Ele balançou a cabeça, seus olhos arregalados.

— A comunicação caiu. Nosso *software* de navegação de voo ainda está funcionando bem, mas não recebo nenhuma resposta de Houston. E depois Sydney me disse que tentou acessar o *e-mail* e continuou recebendo uma mensagem de erro dizendo que a conexão não foi encontrada. — Ele olhou fixo para mim. — Você consegue consertar, não é?

Meu primeiro pensamento foi que se tratava de uma piada. Ele estava apenas fazendo uma brincadeira — provavelmente ideia de Beckett Wolfe — para ver quão rápido eles conseguiam me provocar um ataque de pânico. Mas então me lembrei com quem estava falando. Jian era o membro franco, sério e *bom* entre nós. E, ao pensar no silêncio esta manhã, no alarme esquecido do Controle de Missão, senti um frio no estômago.

— Isso... deve ser apenas uma falha — disse, forçando-me a ficar calma. — Deixe-me dar uma olhada.

Esse era o meu trabalho, manter funcionando toda a tecnologia e as comunicações na nave. Tinha sido fácil até hoje, mas esse era um território desconhecido. A *Pontus* jamais deveria perder a conexão, nem mesmo por um milissegundo. Era tão vital para a nave quanto oxigênio.

Passei correndo por Jian, em direção à Estação de Comunicação e seus vários computadores, onde encontrei cada tela piscando a mesma mensagem em grandes letras vermelhas.

*SINAIS DE COMUNICAÇÃO AUSENTES — SEM CONEXÃO.*

— Houston. — Minha voz saiu como um sussurro, mas não importava. Ninguém podia me ouvir. — Houston, estamos enfrentando uma falha de comunicação. Estou reiniciando os sistemas e executando os diagnósticos, aguardarei mais instruções do Controle da Missão.

Quando os computadores voltaram a ligar após a reinicialização, minha ansiedade havia se transformado em pânico. As temidas palavras retornaram à tela — *SEM CONEXÃO* — e meus dedos tremiam enquanto eu executava uma varredura de diagnóstico, rezando para que a resposta piscasse na minha frente com uma solução simples. Em questão de minutos, o problema estava estampado diante de mim. Mas era o oposto de simples.

Era o nosso transmissor de banda X. O único equipamento nesta nave que permitia toda a nossa comunicação com a Terra não estava sequer *sendo registrado* na verificação do equipamento. Era como se não existisse.

Algo estava borbulhando no meu estômago, uma náusea causada pelo medo, mas me forcei a manter o foco e continuar em frente. Saí correndo da Estação de Comunicação e voltei para a escotilha, onde Jian agora estava acompanhado por Sydney e Dev, os três parecendo quase tão agitados quanto eu. Eles se viraram para mim com expectativa, mas tudo que eu pude fazer foi balançar a cabeça.

— Estou indo para o compartimento de carga. Algo está acontecendo com o transmissor.

— Devemos ir com você? — Dev ofereceu.

— Um de vocês, talvez. Não há espaço para mais. Mas precisamos nos apressar.

Abri a porta da escotilha e entrei, com Dev logo atrás de mim. Nós rastejamos e depois flutuamos por duas passagens de túneis diferentes, conhecidas como nós, até chegarmos ao centro da nave. O compartimento de carga exigia uma senha para ser acessado, o que sempre me pareceu estranho — um arrombamento acaso consistia um risco quando éramos os únicos seis seres humanos em centenas de milhões de quilômetros? Dev e eu demoramos dez minutos quebrando a cabeça e revisando as anotações em nossos monitores de pulso antes de enfim decifrá-la.

A porta da escotilha se abriu para revelar o trecho mais vasto da nossa nave, com quatro andares de altura e repleto de fileiras e mais fileiras de carga que iam do chão ao teto, tudo acondicionado em compartimentos brancos embutidos nas paredes. Ligado a uma dessas paredes, um transmissor de mais de dois metros de altura e em formato de disco. Era o ponto focal do lugar, a base do nosso sistema de comunicação.

Só que... havia desaparecido.

As batidas no meu peito triplicaram de velocidade, altas o bastante para eu ouvir o pulsar frenético pelo meu fone de ouvido. Olhei para o gigantesco espaço vazio que dominava o ambiente, quase convencida de que estava alucinando. Não seria a primeira vez que um astronauta perdia a noção da realidade.

— Diga-me: como é que o maior e mais poderoso transmissor desse tipo simplesmente *desaparece*?

— Não desaparece — afirmou Dev, toda a cor esvaindo de seu rosto. — Alguém desapareceu com ele.

Segui seu olhar e foi aí que vi o parafuso solto, flutuando em nossa direção, vindo da parte de trás do compartimento. Era um dos mesmos parafusos usados para prender o transmissor, só que esse estava pairando no ar — e era pesado o suficiente para nos matar com um único golpe.

— Saia da frente! — gritei, agarrando o braço de Dev e puxando-o para longe, antes que o parafuso adernasse em nossa direção. Nós dois nos agarramos a um dos corrimãos que percorriam a extensão da parede, balançando de um lado para o outro como alpinistas amadores em gravidade zero. Minha cabeça roçou o teto quando chegamos ao andar mais alto a uma distância segura da arma flutuante lá embaixo. Olhei para o compartimento de carga danificado, incrédula.

— Alguém *fez isso* conosco. Alguém entrou de fininho aqui, retirou os parafusos, desmontou o transmissor e...

Meus olhos pousaram no portão do compartimento de carga, embutido na parede oposta. Não deveria abrir por meses — não até o pouso em Europa. Mas, obviamente, alguém o havia aberto, e empurrara o transmissor por ele para que desaparecesse no espaço.

— Alguém queria que perdêssemos a comunicação e ficássemos isolados do mundo inteiro — eu sussurrei, lutando contra a bile que subia na minha garganta. — Por quê?

— Não apenas alguém — disse Dev, engolindo em seco. — Um de nós.

Foi como se todas as estrelas do universo se apagassem ao mesmo tempo, mergulhando-nos em um mundo vazio e escuro como breu.

Estávamos perdidos para a Terra. E estávamos presos, movendo-nos rápido pelo espaço a 50 mil quilômetros por hora, com um inimigo muito mais perigoso do que poderíamos imaginar.

SEIS SEMANAS ANTES...

# UM

LEO

QUANDO ELA PARTIU, FOI COMO SE O SOL TIVESSE DESAPARECIDO do Universo. Eu assisti a Terra ficar escura, fria e desoladora bem na minha frente, ao vivo na TV.

Pensei que estivesse familiarizado com a solidão — como engolir a dor, afastar as lembranças, ignorar o silêncio. Mas nada o prepara para isto: testemunhar uma espaçonave decolando para o céu, com a pessoa que você ama dentro dela.

A transmissão ao vivo na tela me mantém atento, mostrando os Seis Finalistas presos em seus assentos de lançamento, seus corpos agora tremendo quando o segundo motor foi acionado. Naomi estende a mão enluvada e, embora Sydney Pearle seja quem a segure, eu sei quem ela realmente estava procurando alcançar.

Do lado de fora das janelas da nave, vejo as cores começarem a mudar. O céu azul-claro está recuando, saindo de cena. E, então, tão rápido quanto uma respiração — o azul torna-se preto. A joaninha de pelúcia pendurada no teto, o talismã da sorte da NASA, começa a flutuar.

Os Seis Finalistas estão oficialmente no espaço.

Os apresentadores que narram cada passo da jornada explodem em aplausos, deixando de lado suas vozes "sérias" enquanto gritam e celebram. Eu gostaria de poder compartilhar da alegria deles, mas a sensação mais próxima disso é a de alívio, seguido por outra onda de saudade. O mesmo impulso desesperado que me trouxe a Viena, onde agora estou ao lado de uma grisalha magnata da tecnologia que calmamente diz: "Fico feliz em ver que tudo transcorreu sem problemas", antes de voltar para sua mesa. O som da voz da doutora Wagner me traz de volta ao momento — a razão pela qual estou aqui. *Minha segunda chance.*

— Em quanto tempo podemos decolar? — pergunto para ela, meus olhos ainda grudados na TV.

— No mais tardar, na próxima semana. Precisamos garantir que você parta enquanto Marte está orbitando quarenta e quatro graus à frente da rotação da Terra, para que nossa espaçonave chegue na hora e na posição corretas para acoplar na *Pontus*. Como já estamos em meio a essa janela de alinhamento do alvo, receio que não tenhamos muito tempo para que você alcance os Seis Finalistas.

Eu me viro para encarar a doutora Greta Wagner, a cientista, inventora e bilionária que está me proporcionando a minha última esperança. Estamos no centro de uma sala de conferências no complexo da Wagner Enterprises, um palácio modernista em ardósia e aço, cercado por altos muros para evitar olhares indiscretos. Enquanto Greta folheia um enorme fichário da missão aberto sobre a mesa de reuniões, uma assistente paira por cima de seu ombro, digitando em um *tablet* reluzente. Enquanto isso, o robô humanoide que ela apresentou como seu mordomo, Corion, desliza para lá e para cá, entrando e saindo, entregando mensagens e reabastecendo as intermináveis canecas de café preto da doutora Wagner. Minha permanência aqui já dura dois dias e até agora nada disso parece... real.

— Eu sei que é pedir demais esperar que você esteja pronto tão rápido — prossegue. — Mas quando você alcançar a órbita, a nave voará no piloto automático, até você acoplar na *Pontus* em Marte. Eu projetei a *WagnerOne*, bem como a missão em si, para ser o mais fácil possível de operar e à prova de falhas. Também chamei alguns reforços para ajudar no seu treinamento. Podemos ter apenas uma semana juntos, mas será uma semana de desenvolvimento pessoal e preparação monumentais. — Ela faz uma pausa. — Tem que ser.

— Certo. — Concordo com a cabeça, tentando bloquear os pensamentos assustadores de como estarei completamente sozinho lá em cima. Vou transitar no limite entre a vida e a morte o tempo todo. Mas não importa quão aterrorizante, é isso que eu queria. É o que eu pedi.

— Antes de começarmos... — Ela desliza uma pilha de papéis sobre a mesa em minha direção. — Eu preciso que você assine isso. Fique à vontade para ler tudo. Eu imprimi em inglês e italiano.

Olho para a página do topo, onde as palavras saltam para mim em negrito.

> *Eu, Leonardo Danieli, em pleno gozo de minhas faculdades mentais e livre-arbítrio e detentor da maioridade legal, declaro que aceito de bom grado o cargo de astronauta e comandante único na missão* WagnerOne *para Europa, um empreendimento privado. Entendo que qualquer viagem espacial privada não autorizada pelo governo é contrária às leis do Tratado do Espaço Sideral e, como tal, não tenho direito algum a proteção ou recursos de nenhuma das agências espaciais. Aceito que seja uma viagem tão somente de ida e que a missão possa resultar em minha morte, se falhar. Estou ciente de todos os fatos acima elencados e permaneço comprometido como sempre com a missão e o privilégio de colonizar Europa. Eu libero a doutora Greta Wagner e a*

*totalidade da Wagner Enterprises de qualquer reivindicação ou responsabilidade futura.*

— Você sabe que não tenho ninguém no mundo, certo? Ninguém que se importaria o bastante para processá-la se eu morrer? — Tento brincar, mas meu batimento cardíaco está acelerado.

Greta sequer esboça um sorriso.

— Sempre existem pessoas por perto que se apresentam quando farejam a possibilidade de ganhar algum dinheiro. E assim que o mundo descobrir onde você está, o CTEI (Centro de Treinamento Espacial Internacional) e a NASA tentarão distorcer a situação alegando que eu o forcei a cumprir minhas ordens. Essa renúncia a direitos assinada e nossa testemunha — ela indica com a cabeça a assistente — protegerão a nós dois.

Não sei como isso me protegerá, mas não me dou ao trabalho de perguntar. Minha atenção é atraída de volta para a tela, onde os Seis Finalistas estão se soltando de seus assentos. Seus primeiros momentos de ausência de peso produzem arquejos de surpresa e risadas nervosas e, então, eles vão flutuando em grupo em direção à eclusa de ar. Mas Naomi se desvia do restante, parando em uma das janelas para pressionar as luvas contra o vidro e olhar para a Terra. A dor irradia do meu peito, a dor de algo se partindo.

Na porta da câmara, Dev Khanna vira a maçaneta e a escotilha se abre. A imagem congela e, após um momento torturante de estática, a transmissão ao vivo desvia para os alojamentos da tripulação — o novo lar dos Seis Finalistas, a partir de agora até Europa.

Quando os seis reaparecem na tela, eles trocaram seus trajes espaciais e passaram a usar jaquetas prateadas da Missão: Europa sobre camisas polo com o logotipo da agência espacial de seus respectivos países. Apenas dois compartilham o mesmo logotipo: Naomi e Beckett Wolfe. Observo Beckett roçar no ombro de

Naomi enquanto eles flutuam pelo módulo, e é como um soco no meu estômago.

Eu me afasto e pego uma caneta na mesa de reuniões. Não preciso ler mais nenhuma palavra do contrato; já estou assinando. Mas Greta coloca a mão no meu braço pouco antes de eu rabiscar o meu nome.

— Eu preciso saber se você compreende para o que está se candidatando.

Algo em sua expressão me faz hesitar.

— O que quer dizer? Por que eu mudaria de ideia?

— Porque uma missão solo no espaço é um dos maiores desafios que um ser humano pode suportar. Você experimentará muitos momentos de profunda solidão e medo. Você está preparado para isso?

— Eu estaria sozinho na Terra também — lembro-a. — Sem a minha família, e agora Naomi... Que diferença faz eu estar sozinho aqui ou lá em cima?

— Há uma diferença fundamental — diz ela. — Ao mandá-lo para o espaço sem a aprovação do governo, você cometerá um crime, nós dois cometeremos. Com o passar do tempo, depois de ajudar os Seis Finalistas a sobreviverem, como eu sei que *nós* podemos, você será visto como um herói. Mas, a curto prazo, as pessoas que você deixar para trás na Terra enxergarão você e a mim como criminosos imprudentes. Talvez até sabotadores. — Ela hesita. — E também existe a possibilidade de você não encontrar uma recepção tão acolhedora dos Seis Finalistas quando chegar lá.

Diante disso, fico paralisado — viajar por todo o espaço, apenas para descobrir que nunca me quiseram lá.

— E embora eu me comprometa a fazer tudo que estiver ao meu alcance para mantê-lo seguro lá em cima — ela prossegue —, não posso prometer que o doutor Takumi e a general Sokolov não tentarão retaliar por meio de seus próprios recursos no espaço.

Engulo em seco, minha garganta parece uma lixa. Não posso negar que ela conseguiu me abalar.

— Parece que você está tentando me convencer a não fazer isso. Por quê?

— Não. Estou me certificando da minha escolha — ela diz, fitando-me com atenção. — É minha responsabilidade discutir esses piores cenários com você, já que nós dois precisamos saber: até onde está disposto a ir pelos Seis Finalistas? Pelo futuro da humanidade?

Olho para a tela, onde os seis estão flutuando para fora de outra escotilha e entrando no Módulo de Habitação, uma zona de gravidade artificial contendo suas cabines para dormir e áreas comuns. Num momento, estão deslizando pelo teto e, no seguinte, seus pés encontram o chão. Mais uma maravilha da *Pontus*.

— Antes de eu responder a isso, há algo que preciso saber também. — Encaro firme Greta. — O que você quis dizer quando falou que somente você e eu podemos oferecer a ajuda de que os Seis Finalistas precisam? Qual é o seu plano para Europa?

Quase consigo ver as engrenagens girando na mente de Greta enquanto ela pensa sobre o que me dizer. E então...

— Eu vou lhe mostrar.

**Origem da mensagem:** TERRA — ESTADOS UNIDOS — SUDOESTE DO TEXAS
**Destinatário da mensagem:** NAVE ESPACIAL *PONTUS* — ÓRBITA TERRESTRE
**Aos cuidados de:** ARDALAN, NAOMI
[*Status* da mensagem: recebida — criptografada]

Oi, mana.

Já tentei escrever este e-mail três vezes e não consigo encontrar as palavras certas. Pensei em começar com algumas piadas para fazer você sorrir, mas, convenhamos:

ser humorista não é a minha praia. Então, descartei essa ideia e contei a você como foi *de fato* deixar a plataforma de lançamento depois que todos nós nos despedimos. O e-mail saiu quase tão animador quanto literatura russa clássica, por isso pressionei **Delete** de novo. Então, aqui estou eu apenas tentando ser normal, quando nossas vidas divergem tanto disso.

Pensei que muitas coisas poderiam acontecer conosco — imaginei que talvez eu não vivesse o suficiente para vê-las —, mas nunca previ isso. Perder minha irmã. E eu sei, eu sei, eu não estou perdendo você de verdade. Não por completo. Mas quando estamos apenas eu e nossos pais, e quando voltamos para casa e seu quarto está vazio — bem, com certeza a sensação é essa.

Enfim. A verdade é que, por mais difícil que seja, tenho muito orgulho de você. Todos nós temos. Mamãe fica queimando *esfand*\* em nosso quarto de hotel para afastar mau-olhado, já que em todos os lugares a que vamos, as pessoas estão falando sobre você. Como sua coragem e sua inteligência podem tornar a missão um verdadeiro sucesso, e salvar o restante de nós de morrer nesta Terra hostil. (Não se sinta pressionada nem nada do tipo, tá?!)

Amanhã, o jato do CTEI nos levará para casa em Los Angeles, onde nos disseram que as coisas devem ser um pouco diferentes. Como uma espécie de compensação por seus "serviços à causa global", o governo dos EUA e as Nações Unidas estão cobrindo algumas de nossas despesas, como minhas contas de cardiologista e medicamentos para o coração, coisa que eu sabia que você ficaria

---

\* Arruda síria. (N. T.)

aliviada em ouvir — *e* uma entrega mensal de mantimentos sem racionamento! Eles até nos ofereceram uma casa protegida contra inundações, para vivermos sem despesa de aluguel, mas mamãe e papai recusaram isso logo de cara. Nenhum de nós quer deixar o último lugar onde você viveu. Então, eles negociaram um acordo em que o governo cobre três quartos do aluguel, o que deve fazer uma enorme diferença. Eles não terão que trabalhar tantas horas, e eu não me sentirei um fardo tão pesado em termos de gastos. Você já nos ajudou, mana.

Então, agora é a minha vez de ajudá-la. Tornei-me muito bom em Python desde que você esteve fora, e codifiquei um *site* onde podemos transmitir dados criptografados. Se você puder enviar os dados encontrados em Europa para o endereço de domínio linkado aqui, tenho condições de dedicar um tempo de pesquisa que acho que você não teria, sob toda essa supervisão. E aí, quem sabe, talvez eu possa preencher algumas das lacunas.

Para segurança extra, o *site* tem apenas um idioma: persa. (Gostaria de poder contar para a mamãe e o papai! Lembra como eles tiveram que literalmente nos *arrastar* para a escola de persa?) E eu codifiquei a página de destino para redirecionar para um *blog* de teoria dos buracos de minhoca, para que qualquer pessoa na NASA que rastreie seus hábitos *on-line* pense que você tem outra obsessão *nerd*. ;)

Bem, tem alguém na porta — acho que é hora do jantar de despedida que eles estão oferecendo às famílias dos Seis Finalistas. O que me lembra: ontem perguntei a alguns funcionários do CTEI como poderia entrar em contato com seu amigo Leo e eles não me disseram nada.

Porém, mais tarde, o doutor Takumi disse para passar em seu escritório antes de eu sair, então, talvez ele esteja planejando compartilhar as informações de contato de Leo. Manterei você informada.

 Cuide-se aí em cima. Nós amamos você.

 S

# DOIS

NAOMI

É A VISTA QUE TORNA A COISA REAL. Eu quase poderia fingir, durante a decolagem, que estava simplesmente na montanha-russa mais amedrontadora da minha vida, apertando os olhos com força e controlando minhas emoções por aqueles oito minutos e meio. Mas agora estamos aqui, bem acima da estratosfera — e com os sons de celebração estourando no meu fone de ouvido, não tenho escolha a não ser olhar.

Solto minha correia de segurança e meu corpo começa a se elevar. A sensação de ausência de peso é inebriante, como nadar sem água. Flutuo em direção à janela da cúpula da cabine de comando, esbarrando e colidindo contra meus companheiros de tripulação ao longo do caminho, enquanto nós seis nos movimentamos desajeitadamente nos primeiros minutos de gravidade zero. Não importa que tenhamos praticado meia dúzia de vezes no Cometa do Vômito no campo espacial — tudo se torna mais complicado quando é real.

Olho pela janela e a visão faz toda a minha pele arrepiar. É como se eu tivesse acordado dentro de um dos pôsteres que costumavam ficar pendurados na parede do meu quarto quando eu era criança, com a total escuridão, os pontinhos prateados das estrelas espreitando através do breu. E, então, logo abaixo da nossa nave, vejo a colossal curvatura de azul e branco, protegida por nada além do fino e brilhante anel da atmosfera. A Terra parece tão frágil, tão indefesa daqui de cima. E, de repente, tudo o que eu reprimi dentro de mim sobe à superfície. Um soluço fica preso em minha garganta, uma onda de dor tão intensa que, por um segundo, não consigo respirar. Até que uma voz familiar me desperta de meus pensamentos.

— Muito bem, equipe! Parabéns por um lançamento bem-sucedido.

É a general Sokolov, nossa comandante em solo, falando conosco do Controle de Missão de Houston.

— Seus entes queridos e o público aqui na Terra estão entusiasmados por vê-los concluir esse primeiro e decisivo passo em nossa missão — prossegue ela, parecendo inusitadamente radiante. — Quando vocês alcançaram 330 mil pés, o Módulo de Habitação da *Pontus*, conectado ao nosso propulsor, foi inflado automaticamente à sua capacidade máxima. Sua casa no espaço está agora aberta, e é acessível por meio da eclusa de ar. Exceto por Jian Soo e, claro, Cyb, o restante de vocês não verá de novo esta cápsula de voo até estarem em Marte.

Na cápsula, lanço um olhar para cada um dos meus companheiros de tripulação, perguntando-me se algum deles se sente da mesma forma que eu — esse crescente sentimento de pânico ao cortarmos nossos laços com a Terra — ou se todos estão apenas entusiasmados por estarem partindo, escapando do nosso planeta moribundo antes que ele nos mate também. É impossível adivinhar o que os outros estão pensando quando mal conheço todos exceto um deles... precisamente a pessoa que eu gostaria de jamais ter conhecido.

Beckett Wolfe paira perto de mim, apoiando-se em um corrimão, e eu me afasto dele de maneira discreta, agarrando o encosto de um dos assentos de lançamento para impedir que meu corpo fique à deriva. Eu sei do que ele é capaz, sei que não hesitaria em sabotar qualquer um de nós — assim como fez com Leo. E quando olho para ele agora, volto a sentir náusea. Seu rosto apenas *repousa* em uma expressão presunçosa, como alguém cuja rotina consiste em conseguir o que quer. Acho que essa é a vantagem de ser rico e próximo do poder, o sobrinho privilegiado do senhor Presidente.

— Agora vocês já podem deixar seus trajes espaciais para serem carregados na eclusa de ar, e depois se dirigirem direto para a Estação de Comunicação, onde encontrarão outra mensagem minha e do doutor Takumi — a general nos instrui. — Entendido?

— Entendido — Dev, nosso tenente-comandante, responde. Ele faz sinal para irmos em frente e nós o seguimos até a eclusa de ar, e apenas Cyb fica para trás, para operar a cabine de comando. Antes de desaparecer pela porta de metal, eu me viro para dar uma derradeira olhada na cápsula — o último lugar onde pude sentir a Terra abaixo de mim.

Nós seis entramos nas cápsulas de carregamento dos trajes espaciais dispostos ao longo da eclusa de ar, que usam garras mecânicas para remover de nosso corpo a pesada camada de tecido. Posso ouvir as cápsulas de carregamento gorgolejando e zumbindo atrás de nós enquanto saímos da eclusa de ar pela porta da escotilha a fim de adentrarmos o corpo da nave.

Flutuamos pela escotilha em formato de túnel até chegarmos ao Módulo de Habitação, onde nossos pés pousam com um baque surdo no chão pintado de branco. É o momento que me proporciona meu primeiro sorriso de verdade no espaço. O *design* é genial: um ambiente de gravidade artificial produzido ao transformar o módulo em uma centrífuga em constante rotação. É o trabalho da minha heroína, a doutora Greta Wagner, e pela enésima vez, fico me perguntando *o que* poderia ter acontecido para que uma figura tão crucial fosse demitida de nossa missão.

Passamos por mais milagres da tecnologia a caminho dos principais alojamentos da tripulação, de um abrigo triplamente selado contra tempestades solares a uma estufa artificial, onde folhas de alface e futuras plantas crescem como bebês prematuros em uma incubadora. E, então, chegamos ao Alojamento dos Astronautas.

Fico boquiaberta quando adentramos o primeiro andar, olhando para um átrio alto circundado por seis andares de espaço de convivência. No centro do átrio, há uma cápsula transparente, prateada e reluzente, cuja função é nos deslocar para cima e para baixo em cada andar, enquanto uma claraboia nos dá uma visão permanente das estrelas.

— Uau! — Sydney murmura, ecoando meus pensamentos.

— Isso sem dúvida supera as reproduções do Campo de Treinamento Espacial — observa Jian.

Olhando em volta, fica evidente que estamos na Estação de Comunicação. Três mesas *touch screen* piscantes estão aparafusadas ao chão, com suas respectivas cadeiras giratórias brancas, enquanto uma tela com resolução 5K, cobrindo quase que uma parede inteira, exibe uma apresentação de *slides* de pessoas de todo o mundo nos desejando boa sorte e torcendo por nós. Momentos depois de entrarmos, uma luz vermelha pisca no alto, seguida por um clique audível. Olho para cima e descubro uma câmera cravada na parede alguns centímetros acima da minha cabeça, com a lente apontada direto para mim.

— Já estamos sendo vigiados — digo com a familiar pontada de desconforto que conheço bem do Campo de Treinamento Espacial. Há algo de tão... tão *assustador* em ser filmada praticamente vinte e quatro horas por dia, todos os dias. É uma espécie de *reality show* no qual nunca pretendi me inscrever, transmitido para toda a Terra.

— Eles não instalaram algumas dessas também em nossas cabines-suítes, não é? — pergunta Minka Palladin, nossa companheira de tripulação nascida na Ucrânia. Ela cruza os braços sobre o peito, lançando à câmera um olhar desconfiado.

— Com certeza, não.

Todos nós nos sobressaltamos quando um rosto familiar preenche a tela. Ampliado em *close*, suas feições parecem quase exageradas: olhos escuros e ferozes sob espessas sobrancelhas negras, rugas profundas na pele onde a idade deixou sua marca. O doutor Takumi é uma transição chocante da apresentação de *slides* que estava sendo reproduzida momentos antes. Da tela, ele fixa seu olhar penetrante em nós e, então, abre um sorriso. Isso o faz parecer outra pessoa — alguém que ainda pode ter um coração. Mas eu sei que não é bem assim.

— Bem-vindos ao espaço, nossos seis escolhidos! — O doutor Takumi arrasta as palavras de maneira a obter um efeito grandioso. — Digam-me, qual é a sensação?

Nós respondemos com um punhado de murmúrios — "incrível", "estranho", "emocionante", "irado" —, enquanto Beckett grita: "Fodástico!". Reviro os olhos em reação a ele, que faz de tudo para bajular o chefe, mesmo daqui de cima.

— Ótimo. — O doutor Takumi assente e a câmera se abre para revelá-lo sentado em sua poltrona que parece um trono, diante de sua mesa no *campus* do CTEI, com a general Sokolov em pé atrás. Eles estão vestidos com seus respectivos uniformes, nas cores preta e vermelha que passei a associar a eles: a cor preta do traje do doutor Takumi com um logotipo do CTEI brilhando no peito, e a cor vermelha da jaqueta de voo da Roscosmos e das calças militares da general.

— Agora, vocês têm um bocado de tempo até sua primeira parada na órbita de Marte e o destino final, Europa, mas esses meses de percurso estarão longe de serem improdutivos — continua o doutor Takumi. — Vocês têm uma espaçonave para proteger, uma plantação artificial para cultivar e treinamento adicional a concluir para sua nova vida em uma nova lua. E, é claro, a primeira etapa da sua viagem exigirá o máximo de precisão e foco, com correções de rota ao longo do trajeto enquanto monitoramos o vazamento de combustível na nave de abastecimento de Marte.

Sinto um frio no estômago à lembrança desse problema no plano. A única maneira de termos alimentos e sistemas de apoio suficientes para o restante da vida em Europa é coletar esses materiais da nave de suprimentos que atualmente está em uma volta interminável ao redor de Marte, onde se encontra presa no purgatório desde o fracasso da missão *Athena*, cinco anos atrás. Porém, quando a SatCon descobriu o vazamento de combustível, pouco antes de aterrissarmos no Campo de Treinamento Espacial, soubemos que esse estoque de suprimentos com o qual esperávamos sobreviver está em risco — porque, conforme os dias passam e o combustível vaza, a espaçonave vai se desviando aos poucos do alinhamento. Se a nave deslizar para fora da trajetória da *Pontus*, podemos perdê-la por completo, e se sair da órbita antes de chegarmos lá... bem, em ambos os cenários morreríamos de fome. Então, *tudo* depende de nós — de chegarmos a tempo no ponto de encontro em Marte e nos acoplarmos à nave de suprimentos antes que ela se perca para sempre. Não é exatamente uma tarefa fácil.

— O doutor Takumi e eu estaremos envolvidos ativamente a cada passo da trajetória, assistindo e monitorando o seu progresso e conduzindo o seu treinamento a partir do solo — comenta a general Sokolov. — Então, se tiverem algum receio de que vocês seis estejam sozinhos aí em cima, com tudo o que está em jogo, lembrem-se de que continuaremos a servir como seus líderes todos os dias durante esse processo.

Ouço Minka suspirar e pego Dev sorrindo de alívio para a tela, mas, ao contrário dos meus colegas de tripulação, a *última* coisa que eu quero é que os chefes do CTEI permaneçam onipresentes. Vê-los controlar nossa equipe dos bastidores me lembra que estamos à mercê dessa poderosa e dissimulada dupla.

— Entretanto — acrescenta a general —, nosso envolvimento só pode se estender até certo ponto.

Fico sobressaltada quando o seu tom muda.

— Porque, quanto mais vocês se distanciam da Terra, maior o atraso em nossa comunicação. Ao se aproximarem de Marte, vocês podem esperar um intervalo de quatro a dez minutos entre enviar e receber mensagens da *Pontus* para a Terra e vice-versa. Quanto mais vocês se aproximarem de Júpiter, o atraso aumentará para aproximadamente quarenta minutos em cada sentido.

Assinto com impaciência; eles não estão dizendo nada que eu já não soubesse. Esse atraso na comunicação sempre foi uma das minhas principais reservas com relação a esta missão. Quero dizer, que utilidade teria um sinal de SOS quando se tem que esperar até *oitenta minutos* por uma resposta? Todos nós poderíamos estar mortos na metade do tempo necessário para obter um retorno. É por isso que o CTEI incluiu dois robôs em nossa missão, IAs superiores programadas para solucionar praticamente qualquer crise. E, então, num instante, lembro-me da minha conversa no Força Aérea Um, as palavras que não suportei ouvir. Seria o anúncio da general sobre... aquilo?

— Como muitas coisas podem acontecer ao longo desse tempo, especialmente com a mencionada manobra de Marte, um de vocês assumirá o papel de liderança em nosso lugar, sempre que o doutor

Takumi e eu estivermos inacessíveis — revela a general. — Durante esses períodos, enquanto durarem, cinco de vocês seguirão os comandos do seu líder de fato, a pessoa em quem estamos confiando para tomar as decisões certas por todos vocês.

*Lá vem.* Eu me preparo para o inevitável.

— Espere um segundo — Sydney interrompe. — Essa não é a função de Cyb, ser comandante substituto?

— Do ponto de vista de pilotagem e navegação, sim. Mas quando se trata de vocês seis, com todas as decisões humanas que precisam ser tomadas, a palavra final fica com...

Engulo em seco, encarando o chão.

— Beckett Wolfe.

— *O quê?* — Dev e Sydney deixam escapar em uníssono, enquanto o rosto de Jian estampa uma expressão de choque. Os olhos de Beckett passeiam por cada um de nós, um sorriso brincando em seu rosto. Preciso me segurar para não avançar nele e arrancar aquele sorriso de sua cara.

— Com licença — Dev diz com uma tossidinha. — Eu creio que isso possa... quero dizer, trata-se de um equívoco, certo? Porque você e o doutor Takumi me nomearam tenente-comandante antes de partirmos, e isso supera Beckett como especialista subaquático...

— A mesma coisa com a função de copiloto — Jian se adianta, as mãos se fechando em punhos ao longo do corpo. Agora que estamos a um mundo de distância, parece que ninguém mais tem medo de enfrentar nossos líderes.

A general franze a testa em desaprovação aos dois.

— Eu certamente não deveria ter que explicar isso. A principal incumbência do copiloto consiste em ajudar Cyb na cabine de comando, enquanto o encargo do tenente-comandante é servir como braço direito para quem *nós* escolhermos como líder — responde ela, com rispidez. — Que, na nossa ausência, será Beckett.

Dev parece enojado e sinto-me um pouco satisfeita ao ver que não sou a única que se sente assim em relação ao meu compatriota. O pensamento de ele ter algum poder sobre mim me deixa revoltada e, mais do que isso, não faz sentido. Que influência ele exerce sobre Takumi e Sokolov, e por quê?

— Por que precisamos de uma pessoa entre nós dando as ordens, afinal? — falo francamente — Não podemos simplesmente decidir as coisas em grupo, dar igual voz a todos?

— Esse é o tipo de pensamento que nos deixará empacados jogando pedra-papel-tesoura quando ocorrer uma crise — zomba Beckett. — Você já tentou fazer uma votação com um número par de pessoas?

— Sim, bem, é muito mais atraente do que você bancando o ditador...

Paro no meio da frase quando um manto negro de escuridão desce sobre a sala, eclipsando tudo, menos os olhos brilhantes do doutor Takumi na tela. E, então, ouço o som ensurdecedor de metal raspando enquanto paredes que eu não sabia que existiam deslizam para dentro ao nosso redor. Nossa "casa" está se fechando, obstruindo todas as aberturas da escotilha — nos aprisionando nesse único módulo.

Um grito ecoa e passos ressoam enquanto tropeçamos na escuridão. Meu coração está aos pulos no peito enquanto tateio as paredes, procurando por outra fonte de luz. E aí...

Há um zumbido eletrônico quando a iluminação é ligada novamente, um chiado quando as paredes de metal recuam. Olho para os rostos de quatro colegas de tripulação igualmente em pânico e para as expressões triunfantes do doutor Takumi e da general Sokolov na tela, que obviamente estavam tentando nos ensinar uma lição.

— Se vocês acham que podem continuar com essas rixas e brigas imaturas impunemente quando o peso de um mundo inteiro repousa sobre seus ombros, é melhor pensarem duas vezes — diz o doutor Takumi, com um tom duro de ameaça em sua voz. — Não se esqueçam de quem controla de verdade essa nave. Vocês são apenas seus guardiões. Isso significa seguir nossas instruções, concordando com elas ou não. Ouviram bem?

— S-sim, senhor.

Eu articulo as palavras com os lábios junto com meus colegas de tripulação, mas por dentro estou fervendo de raiva. Eu sabia que o doutor Takumi era impiedoso, mas pelo menos antes ele costumava fingir melhor. Se é assim que exerce sua influência no primeiro dia, nem quero pensar no que ele vai fazer quando chegarmos a Marte.

— Tudo bem, equipe — diz Beckett, encarnando avidamente, e antes da hora, seu papel de "líder". — Vamos prosseguir com o restante do *tour*.

Ninguém ousa contradizê-lo enquanto Takumi e Sokolov ainda estão assistindo, mas dá para perceber nosso ressentimento coletivo quando seguimos atrás de Beckett. Os Seis Finalistas estão no espaço há menos de uma hora, mas as hostilidades já estão se acirrando.

# TRÊS

LEO

EU ACHAVA QUE GRETA HAVIA ME MOSTRADO TUDO QUANDO ME proporcionou uma visita guiada pela Wagner Enterprises dois dias antes, mas acontece que estava guardando a parte mais importante. Ela me leva até lá agora, por corredores que parecem intermináveis e portas ocultas que surgem como num passe de mágica atrás de armários e estantes de livros, até chegarmos a um pequeno elevador no final do terceiro andar. É tão pequeno que eu tenho que me curvar para caber lá dentro com Greta, e sinto que foi projetado dessa maneira de propósito — para manter as pessoas afastadas.

Ela passa o cartão de acesso contra o botão marcado com um *S* e o elevador desce quatro andares, deixando-nos em um corredor sem janelas no subsolo. Logo à frente, há um intimidante guarda armado diante de duas pesadas portas de aço. Engulo em seco, subitamente desconfortável com o que posso encontrar.

— O laboratório que você viu antes é de fato a instalação oficial da Wagner Enterprises, mas é *aqui* que mantenho meu trabalho de mais alta segurança — explica Greta, caminhando em direção às portas. — Eu o chamo de meu esconderijo secreto à prova de balas. — Ela cumprimenta o guarda com um aceno de cabeça.

— Boa tarde, Nikolas.

— Boa tarde, senhora.

Ele abre a porta e atravessamos o limiar. A princípio, tudo que vejo é um vestíbulo branco vazio a não ser por um armário aberto com uniformes guardados em seu interior. Greta me entrega um jaleco branco e um capacete transparente que ela chama de "escudo facial biônico" e, depois que vestimos nossos equipamentos, ela me conduz até dobrarmos uma esquina — onde a parede acaba e a vista começa.

Estamos parados diante de um gradil olhando para baixo, mais fundo ainda no subsolo, em um espaço amplo do tamanho do Andar da Missão do CTEI. Altas prateleiras claras exibem o que parecem ser milhares de espécimes de aparência exótica, e uma longa mesa de laboratório se estende pela metade da largura do aposento, ocupado por apenas três cientistas que estudam amostras em microscópios. Eles devem ser os poucos sortudos que Greta admite aqui, e não consigo deixar de pensar no que Naomi daria para estar entre eles. Parece... quase errado ser eu a explorar os domínios de sua heroína. Mas talvez — se eu tiver sorte — essa seja a primeira coisa que eu conte a ela quando nos encontrarmos de novo.

— Por aqui. — Greta gesticula para que eu continue em frente e eu a sigo escada abaixo e até o piso do laboratório, passando pelas mesas de microscópios e correias transportadoras de máquinas robóticas, até chegarmos a uma cortina preta. Há outra pesada porta de aço atrás dela e, antes de entrar, Greta coloca a palma da mão na parede. Meus olhos se arregalam quando uma porção retangular da parede se desloca para a frente ao seu toque, projetando-se como uma gaveta. É algum tipo de... armário camuflado?

Greta gira uma maçaneta invisível e o armário na parede se abre. Espio por cima do ombro dela, mas antes que possa identificar qualquer coisa na pilha obscura de itens, ela puxa dois casacos pesados e fecha o armário. Eu observo confuso enquanto Greta veste o dela sobre o seu jaleco de laboratório e me entrega o outro. De todas as coisas que eu esperava que ela pegasse desse esconderijo secreto, outro *casaco* não era uma delas. Mas uma vez que entramos por essa nova porta, sinto um calafrio e meus dentes começam a bater.

— Bem-vindo a Europa — diz Greta, as luzes acendendo automaticamente com um movimento de seu pulso.

Meus olhos se arregalam quando a sala se transforma de sombras escuras em... um mundo de gelo em miniatura. Uma concha grossa e congelada, forrada por cristas e fendas vermelho-sangue se estende sob meus pés e ao redor do laboratório, cobrindo a extensão de um estádio. Dou um passo à frente e grito quando meu corpo salta no ar. Eu pouso com um baque no meio do gelo, rindo de espanto.

— Como você fez isso?

— É apenas uma câmara de vácuo climatizada com os pisos projetados para imitar a menor gravidade de Europa — ela responde com tranquilidade. — Foi crucial recriar uma parte do ambiente para testar e estudar que tipo de vida poderia se formar e sobreviver na verdadeira Europa. Cuidado atrás de você, a propósito.

Eu me viro e então me lanço para a frente com outro salto desajeitado. Há um campo de *espigões* congelados de aparência letal atrás de mim, suas lâminas mais de três vezes a minha altura.

— O que são essas coisas?

— São penitentes. Espigões de gelo e neve — explica Greta, olhando para eles como se fossem algo para ser tanto admirado quanto temido. — São causados pela sublimação na superfície, então, não há como se livrar deles, pelo menos até Europa ser terraformada. No momento, os penitentes só foram confirmados no Equador, então, o doutor Takumi e a general Sokolov vão fazer a *Pontus* pousar em Thera Macula, o terreno do caos, em vez disso. Esta é uma das razões pelas quais os Seis Finalistas precisam da nossa intervenção. — Seu olhar assume uma nova intensidade quando ela me encara. — Pilotar por entre lanças gigantescas de gelo não é nada comparado ao que provavelmente está à espera em Thera Macula.

Meu coração começa a bater mais rápido.

— O que você quer dizer?

— O CTEI estava certo em mirar Europa — diz ela, um de seus pés traçando um dos sulcos vermelhos da lua modelo. — É um mundo feito para abrigar vida. Mas eles não se deram conta da descoberta mais importante de todas... siga-me.

Adjacente à reprodução da superfície de Europa, há uma espécie de barraca de parque de diversões, uma estrutura compacta que me lembra os jogos de tiro antiquados no Oasi Park, em Roma. Encontro uma arma de aparência estranha em seu coldre sobre o gradil quando entramos na barraca, com um alvo à frente — mas em vez de uma parede de prêmios coloridos em tons pastel, o alvo é apenas um enorme bloco de gelo, flutuando atrás de uma cerca de arame farpado. *O que diabos é isso?*

— A ciência popular nos diz que essas linhas vermelhas cruzando a superfície nada mais são do que os efeitos do sal marinho afetado por radiação que flui para cima do oceano enterrado de Europa. Mas sempre tive outra suspeita — ela começa a dizer. — Durante meu período de contrato com o CTEI, ao projetar a *Pontus*, tive a oportunidade de testar minha hipótese: simulando as condições de Europa aqui, dentro dessa câmara de vácuo. Peguei uma amostra do cloreto de sódio que foi recuperado da missão robótica anterior, combinei com água e congelei até a mesma temperatura que você encontrará na superfície de Europa.

Observo, ainda sem acompanhar, de fato, seu raciocínio, quando Greta tira do coldre a arma em formato de foguete.

— E agora, por meio dessa ferramenta, podemos recriar o efeito de anos de radiação.

Greta dispara a arma, e eu fico paralisado enquanto os feixes de elétrons começam a voar pelo ar, deixando linhas azuis brilhantes em seu rastro quando atingem o gelo salgado. Depois de vários disparos, ela me chama para olhar mais de perto.

Ergo as sobrancelhas. Os raios de elétrons de fato causaram impacto — mas, em vez das linhas escuras características de Europa, as marcas aparecem como círculos de cores claras pontilhando o gelo. Então... o que isso significa?

— Passei horas, dias, *meses* testando isso — diz Greta. — Algumas horas de bombardeamento direto de radiação e assim tão próximo equivale a cem anos ou mais do que Europa experimenta na superfície, mas nenhum dos efeitos que encontrei aqui chegou perto de se assemelhar às cristas vermelhas. Então, tentei outra coisa.

Ela me leva para fora da barraca, de volta à reprodução de Europa. Dessa vez, ela me instrui a colocar minha mão em uma das cristas entrecruzadas — e dou um pulo quando as linhas se acendem, as vibrações e o calor efervescente sob a palma da minha mão.

— O que foi isso?

— Recriei o posicionamento das assinaturas anômalas que os robôs Cyb e Dot captaram através de seus magnetômetros ao investigar o campo magnético de Europa — explica ela, com um tom tão natural como se "recriar assinaturas anômalas" fosse algum tipo de atividade cotidiana. Ainda estou tentando descobrir o que metade dessas palavras sequer significam quando ela prossegue: — Observe onde a energia mais forte é sentida: nas mesmas coordenadas da superfície em que — como sua amiga Naomi já descobriu — as bioassinaturas de clorofila e metano foram encontradas. A porção mais escura das cristas vermelhas.

Ela respira fundo, olhando para mim com a expressão mais animada que eu já vira até então.

— As assinaturas se manifestam e aumentam quando você segue as linhas em um padrão específico, que eu passei mais de um ano decifrando. Você percebe o que isso significa?

— Hmm... Talvez? Você sabe que não fui convocado para o campo de treinamento pelas minhas habilidades científicas, certo? — Forço um sorriso, mesmo que eu esteja sentindo uma pontada no peito por Naomi. Se ao menos ela estivesse aqui, então, talvez tudo isso fizesse sentido.

— As cristas vermelhas de Europa, as veias desta lua, formam um *mapa*! — As palavras deixam a sua boca num atropelo, um tom de triunfo em sua voz. — É um mapa que mostra onde existia a antiga vida alienígena de Europa, mas não existe mais — e onde sua vida atual prospera. Em Thera Macula. — Ela respira fundo. — Somente eu sei lê-lo. E, com a minha ajuda, *você* será capaz de navegar em sua rota e conduzir os outros à desimpedida Zona Habitável.

Posso sentir o sangue vibrante em meus ouvidos enquanto a encaro.

— Se isso é real, por que... Por que você não contou a todos? Por que as agências espaciais e o CTEI não estão trabalhando nisso, mostrando aos Seis Finalistas como percorrer o mapa agora mesmo?

— É claro que contei a eles — ela responde, seca. — Mas eles se recusaram a me ouvir, porque aceitar o mapa como realidade exigiria que reconhecessem publicamente a existência de vida extraterrestre em Europa, que não é nossa para ser tomada. E isso é algo que os líderes da missão nunca farão. Eles alcançaram poder e proeminência inimagináveis com base nesse sonho que venderam para o mundo, e minhas descobertas ameaçam esse sonho. Nossa discordância sobre esse ponto foi o que encerrou nosso trabalho conjunto. Então, agora eu trago a questão a você.

Ela me encara, a expressão em seus olhos azuis acinzentados tão intensa que me faz recuar.

— Você acredita? Você está disposto a arriscar tudo, a enfrentar terrores potenciais mais assustadores do que a própria morte, pela minha hipótese? Pela chance de realmente salvarmos essa missão?

*E por Naomi.*

— Eu vou fazer isso. — Minhas mãos tremem, mas minha voz permanece inabalável. — Eu compreendo para o que estou me candidatando... e vou me arriscar.

# QUATRO

NAOMI

MOMENTOS APÓS O DOUTOR TAKUMI E A GENERAL SOKOLOV desligarem, com suas imagens na tela cedendo lugar ao chiado de estática, a porta da escotilha do Alojamento dos Astronautas se abre. Eu congelo, meio convencida de que um deles está prestes a atravessar a escotilha em outro momento "pegadinha!". Mas, então, ouço o zumbido de máquina e os passos mecânicos precisos que só podem pertencer a algo não humano. Com certeza, é o nosso novo robô de *backup*, Tera — a IA que só está aqui devido ao meu erro.

Meu estômago revira quando olho para a máscara de bronze que é o rosto de Tera, a armadura eletrônica que compõe seu corpo. *Em seu lugar era para estar Dot.* Se não fosse por eu invadir a IA no campo de treinamento, enganando Dot para que recuperasse e me mostrasse os dados secretos de Europa, Tera ainda estaria em Houston, passando pelos testes dos modelos novos, enquanto Dot — o robô mais seguro e experimentado — seria o que compartilharia a nave conosco. Mas, em vez disso, por minha causa, ela é agora apenas uma casca vazia lá na Terra, com a memória e as configurações apagadas, enquanto a conclusão de Tera foi apressada para antes do previsto por causa de nossa partida. Tento reprimir o sentimento de culpa enquanto olho do robô desconhecido para meus colegas de tripulação e de volta para ele. Só espero que meu erro não nos custe muito mais.

Os robôs são humanoides, o que significa que seu *design* é vagamente baseado em nossos corpos: entre um metro e oitenta e dois metros e dez de altura, com duas pernas e dois braços, dez dedos, mas sem artelhos. Sensores e codificadores preenchem as lacunas onde os órgãos deveriam estar, enquanto o Sistema Operacional de Inteligência Artificial (SOIA), o cérebro e o coração que fazem os robôs funcionarem, é mantido dentro de uma *touch screen* escondida atrás das placas de metal de seus torsos.

— Olá, astronautas — Tera nos cumprimenta com uma voz suave que me surpreende por sua cadência muito lenta. — Estou aqui para mostrar o restante de suas acomodações

Acompanhados novamente. Qual foi o *objetivo* do doutor Takumi e da general ao darem a Beckett esse falso senso de poder sobre nós quando eles obviamente não pretendem nos deixar sozinhos? Acho que é um plano de contingência, mas ainda assim... ele? Não faz sentido.

Sigo Tera e meus colegas de tripulação até a cápsula do elevador, o que parece um salto voador ao subir ao próximo andar. Aqui, no lado esquerdo do átrio, encontramos uma academia com aparelhos para exercícios aeróbicos, bicicletas ergométricas e pesos, enquanto algo chamado "SpaceTube Fitness" é exibido na tela: um treino guiado estrelado por uma atleta irritantemente alegre, usando um rabo de cavalo bem no alto, que lança sorrisos largos para a câmera enquanto se exercita. Algo me diz que não ficarei tão animada quando for a minha vez.

— Para evitar perda óssea no espaço e conservar a saúde durante toda a viagem, cada um receberá noventa minutos de condicionamento físico, cinco dias por semana — diz Tera no tom monótono de alguém que recita palavras pré-programadas.

Resmungo alto ao ouvir isso. A cabeça de Tera gira em minha direção, registrando minha reação.

— Não é tão ruim. Cada máquina se conecta à tela de realidade virtual acima. Você pode selecionar cenas para acompanhar seus exercícios, como correr pela floresta enquanto está na esteira ou navegar pelo Pacífico enquanto usa a máquina de remo.

— Você quer dizer que parecerá que estamos na Terra? — a voz de Sydney se eleva com esperança, e sinto uma onda de ternura por ela. Talvez eu não seja a única que não estava tão preparada para partir.

— Correto — responde Tera. — Embora você também encontre algumas cenas de Europa. Seguindo em frente...

Ela nos conduz acompanhando a curvatura da estrutura até a outra ala do segundo andar. O cheiro de desinfetante nos saúda, e me desanimo assim que vejo a maca de exames e o gabinete branco onde se lê *Equipamentos — Esterilizado*. Estamos na enfermaria. Eu quase consegui esquecer o que acontece aqui.

— Suas noites seguirão a mesma rotina do campo de treinamento, começando aqui às seis da tarde, com uma injeção de bactérias resistentes à radiação, e em seguida o jantar no andar de cima. Sydney, como oficial médica da missão, você administrará e supervisionará as injeções.

— Entendido — diz ela enquanto eu me desespero e minhas mãos começam a suar. *Não podemos... não podemos deixar que nos apliquem isso de novo*. Não depois de perder Callum e Suki, não depois que descobri a verdade sobre o soro. Tem que haver outra maneira de evitar a radiação em Europa sem injetar *células alienígenas* em nosso corpo. Já temos um escudo térmico de última geração nos protegendo por meio de nossos trajes espaciais, então, talvez eu possa gastar meu tempo na nave projetando outra coisa vestível, em vez de corrermos esse risco...

— Naomi?

A voz de Jian me puxa de volta para o momento presente, onde vejo meus companheiros de tripulação entrando na cápsula do elevador atrás de Tera. Afasto meus pensamentos do dilema da injeção de BRR — mesmo que por ora — e entro em sintonia com o restante do grupo.

O terceiro andar é a área da cozinha e de jantar, com uma seção para preparação e armazenamento de alimentos, a outra para assentos aparafusados. Quatro mesas redondas menores cercam a mesa principal para seis pessoas, felizmente nos dando uma escolha entre comer em grupo ou sozinhos. Já era pedir *demais* que nós, praticamente estranhos, passássemos o restante de nossas vidas juntos sem perder a sanidade. Tenho certeza de que, se isso incluísse também nos sentarmos juntos por três refeições obrigatórias por dia, algumas inevitáveis espetadas com garfo aconteceriam.

— A general Sokolov determinou que vocês se revezarão na preparação de refeições para o grupo. Vamos seguir a ordem alfabética, começando hoje à noite com Naomi Ardalan. E, agora, um andar acima, vocês encontrarão suas cabines-suítes.

Aceleramos nossas passadas, todos ansiosos para ver o único lugar que podemos reivindicar como pessoal, livre das câmeras e dos olhares observadores. No andar de cima, encontramos seis cápsulas idênticas com portas de correr em teca, três de cada lado do átrio.

— Rapazes à esquerda, moças à direita — Tera nos indica. — Suas bagagens foram retiradas do módulo de carga e estão aguardando em suas respectivas cabines.

Meu coração bate mais rápido ao pensar em ver *minhas coisas* outra vez. Faz apenas um dia desde que fiz as malas, mas a distância física faz com que pareça muito mais tempo — como se eu não visse minhas roupas, livros ou fotografias há meses.

Não há nomes nas portas, mas quando Tera toca na tela do minitablet preso ao seu pulso de bronze, elas se abrem deslizando instantaneamente, revelando uma fileira de cubículos iguais, diferenciados apenas pelas bagagens sobre as camas. Assim que vejo minhas duas sacolas de lona azul-marinha que trouxe de casa, corro para dentro do compartimento de onze metros quadrados que serve como meu quarto.

Eu sei que temos sorte de ter quartos individuais, considerando que os astronautas antes de nós tinham que se contentar com beliches compartilhados, mas ainda assim — é *minúsculo*. A cama ocupa a maior parte, com algumas fileiras de prateleiras embutidas na parede ao lado. Não há espaço real de piso, a menos que você conte os poucos passos entre a cama e o "banheiro" fechado em acrílico atrás dela: basicamente um vaso sanitário, chuveiro e pia, tudo praticamente colado um no outro. Mas há uma janela de vigia acima do meu travesseiro, e eu me deito de bruços para espiar por ela agora. Posso ver as estrelas, a mesma nuvem de purpurina destacada contra o breu que eu costumava observar da Terra. A visão me faz sentir um pouco mais calma, um pouco mais em casa.

Sento-me na cama, abrindo uma das minhas malas e revirando seu conteúdo. Tivemos que remover todas as joias para a decolagem e há duas peças que estou procurando agora e que preciso ter sobre minha pele. A primeira é o anel com o sinete de Leo, com o *D* de Danieli manuscrito, trabalhado e gravado. O segundo é o colar iraniano que foi da minha avó e me foi passado no meu aniversário de 15 anos: uma delicada corrente de ouro com uma grande pedra turquesa em forma de lágrima. Com o anel no dedo e a turquesa no pescoço, sinto-me novamente eu mesma... e esse sentimento facilita deixar de lado a autocompaixão, lembrar que não sou apenas um elemento passivo aqui. Talvez nunca tenha desejado ser recrutada, mas como a finalista que descobriu a verdade — ou pelo menos parte da verdade — sobre a vida extraterrestre oculta de Europa, eu preciso estar aqui. Não há mais ninguém para resolver o mistério do que nos espera, ou como sobreviver a ele.

Retiro um bloco de notas e caneta da minha sacola, tendo sido obrigada a ficar afastada da tecnologia depois que meu *pen drive* foi apagado na mesma manhã em que Dot foi reiniciada. Mas o CTEI não conseguiu apagar minha memória. Começo a anotar tudo o que me lembro dos dados que peguei de Dot, esperando que, se eu puder ver tudo escrito em sequência — as propriedades do DNA, os elementos químicos e os tipos de células —, eu possa formar uma imagem a partir das pistas.

Não percebo que caí no sono até o fone começar a ressoar uma voz robótica.

— Boa noite, Naomi. Você é aguardada na enfermaria em exatamente vinte minutos. Por favor, encontre sua equipe lá.

Rolo na cama com um gemido, socando meu travesseiro por frustração. Obviamente, não vou encontrar uma saída para evitar tomar a injeção de BRR em apenas vinte minutos. Não tenho escolha a não ser enfrentar a agulha — e espero não ser a próxima a ter uma reação.

Algo está amassado sob o meu quadril, e eu me apresso para resgatar as minhas anotações antes que o papel fique tão amassado que não preste para nada. Olho para a página, coberta de palavras rabiscadas, fórmulas e números que ainda não revelam nenhum padrão. Mas sei por experiência que às vezes é preciso ler os mesmos dados umas cinquenta vezes antes que alguma resposta ou conclusão lhe ocorra.

Eu me arrasto para fora da cama e saio do meu quarto, entrando na cápsula do elevador ao mesmo tempo que Jian. Sorrimos um para o outro como cumprimento, mas há uma energia nervosa ali dentro quando descemos para o segundo andar. Gostaria de saber se Jian é tão desconfiado da BRR quanto eu. E, então, uma antiga conversa entre nós volta à minha mente.

"*Ontem à noite, quando Suki estava tendo sua... sua reação à BRR, ela ficou repetindo algo em mandarim. Soou como 'tā hái huózhe'. Isso é... isso é uma frase de verdade?*"

Nunca esquecerei o jeito como ele me encarou.

"*Ela estava dizendo:* 'Está vivo'."

Eu o observo agora, sua testa franzida em pensamentos. Ele está se lembrando da mesma coisa? Mas antes que eu possa perguntar, o elevador nos deixa no segundo andar, onde Minka, Dev e Beckett já estão reunidos.

Meu estômago se revolve a cada passo que damos para a enfermaria e a saleta de espera. O rosto de Suki invade minha mente — minha colega de quarto e amiga, transformada em uma estranha arranhando e gritando na noite após sua terceira dose. Penso em Callum, com seus amáveis olhos azuis, fechados para sempre naquela mesma semana. Eles disseram que não aconteceria conosco, que já saberíamos se estivéssemos na pequena porcentagem que experimenta efeitos colaterais. Mas isso era na Terra. Ninguém antes havia testado o soro por um longo período no espaço. E se isso mudar nossas reações? *E se eu for a próxima?*

Sydney está esperando por nós, vestindo um jaleco branco sobre uma blusa cor de marfim e calça preta, com o cabelo puxado para trás em um rabo de cavalo que destaca sua linda pele marrom-escura e seus olhos castanhos. O jaleco a ajuda a assumir o papel, séria e profissional, enquanto puxa o soro azul e viscoso para uma seringa e, em seguida, crava a agulha sem pestanejar. Não me surpreendo ao descobrir que Tera está de volta, vigiando, com seus olhos de câmera transmitindo para a Terra a prova de que os Seis Finalistas estão seguindo os protocolos.

Fico para trás, esperando para ir por último e desejando que algo que possa causar uma distração quando chegar a minha vez aconteça. Num piscar de olhos, entretanto, sou a única que resta e todos estão olhando para mim, esperando que eu termine logo com isso para que eu possa ir para a cozinha preparar nossa primeira refeição. Minha garganta parece uma lixa enquanto caminho para a cadeira de Sydney e levanto a minha manga. A dor dispara no meu braço quando ela pressiona a agulha, e então minhas mãos voam para a minha cabeça quando uma imagem entra, sem ser solicitada.

*A água escura está se elevando como fumaça saindo de uma chaminé, liberando uma substância turva, emitindo um zumbido baixo e vibratório. Eu tento me afastar, mas algo desliza contra minha pele e eu paro de repente...*

— Naomi! Você está bem?

Meus olhos se abrem. Tudo o que eu vi — pensei que vi — se foi. Agora vejo apenas Sydney, olhando para mim com preocupação enquanto o restante de nossa tripulação perambula ao acaso, alheio ao meu momento de delírio.

— Sim — eu murmuro, meu rosto corando. — Eu apenas... pensei ter visto alguma coisa... esquisita.

Mas quando Sydney se curva para aplicar o curativo, tomo uma decisão em uma fração de segundo.

— Tenho algo para lhe dizer. Hoje à noite, depois do jantar.

# CINCO

LEO

ALGUÉM ESTÁ TOCANDO PIANO EM UM LUGAR NO QUAL A MÚSICA não se encaixa. Nunca ouvi alguém tocar assim antes — como se houvesse uma febre em suas mãos e a única cura pudesse ser encontrada nas teclas. É uma melodia de notas menores, do tipo que mexe com o seu peito e arranca o que quer que esteja escondido lá. Vejo meus pais e minha irmã pulando para cima e para baixo ao ritmo da música enquanto agitam bandeiras italianas do lado de fora do local de lançamento do foguete *WagnerOne*. Meu rosto dói de tanto sorrir, é tão bom vê-los de novo — *vivos* de novo. E, então, um piscar de olhos depois, Naomi está flutuando na minha frente, seus cabelos escuros caindo como uma nuvem diante do rosto enquanto ela se inclina para a frente a fim de sussurrar algo no meu ouvido. Eu sorrio em resposta, pegando sua mão para girá-la — mas devo ter sido muito rápido, muito desajeitado, porque agora ela está olhando em pânico para o seu dedo. "*O anel!*"

Foi-se. O anel de sinete que dei a ela escorregou, flutuando no vazio. Arremeto para apanhá-lo, mas agora sou eu quem está caindo, para longe dela. A música de repente parece toda errada, enquanto continua a tocar, muito animada, alta demais...

Sento-me na cama com um suspiro. *Apenas um sonho*. Era apenas um sonho de ansiedade, que já era esperado quando — como Greta sempre me lembra — estou prestes a encarar o voo espacial mais assustador da História. Só que... eu ainda ouço a música. Não poderia destoar de forma mais completa desse ambiente austero e sóbrio, mas está lá.

Meus olhos disparam para o luxuoso teto adornado por painéis quadrados e rebaixados do quarto de hóspedes. O piano parece vir de lá, da suíte de Greta, no andar de cima. E agora estou ainda mais intrigado. É quase impossível imaginar essa melodia, essa paixão, derramando-se de uma mente tão dominada por números, fórmulas e fatos. O que mais ela tem na manga?

Fico pensando no que Naomi diria se lhe contasse que descobri um lado totalmente novo de seu ídolo, um talento secreto que ninguém conhece. Posso levar a história para ela como um presente. Requer apenas um pouco de esforço.

Eu me levanto da cama, vestindo uma camiseta e uma calça de moletom sobre a cueca *boxer* antes de ir até a porta. Passei muito pouco tempo aqui na ala doméstica, por isso não estou familiarizado com o entorno — entretanto, lembro-me de ter visto uma escada no fim do corredor.

Caminho no escuro, as luzes piscantes de toda a tecnologia sem fio emitindo um brilho suficiente para guiar meus passos. A escada de pedra é fria sob meus pés descalços, e percorro os últimos degraus até uma ala acarpetada, onde ficam os aposentos privativos de Greta. É a primeira vez que vejo essa seção do complexo e, mesmo no escuro, dá para ver que é impressionante.

Sigo o som crescente do piano, passando por uma série de portas até chegar à que está entreaberta. Parece uma espécie de biblioteca particular, com estantes que vão do chão ao teto, uma mesa *touch screen*, um sofá e uma poltrona, ambos de couro, e, no canto, um piano de cauda. Mas... a banqueta do piano está vazia. As teclas estão se movendo por conta própria, programadas para impressionar, assim como tudo nesse lugar.

A dor da decepção me pega de surpresa. Não deveria importar que o "músico" que me levou a sair do meu quarto no meio da noite fosse de mentira, mas importa. Talvez uma parte de mim precisasse acreditar que a pessoa que tinha minha vida em suas mãos, mandando-me para o espaço, sozinho — tinha esse tipo de alma.

Em vez disso, Greta está em pé atrás de sua mesa, analisando e deslizando os dedos pela *touch screen* como se fosse o meio de um dia de trabalho em vez de duas horas da manhã. Na parede oposta, logo acima do piano, um monitor de tela plana pisca com imagens e símbolos que nunca vi antes. Eles se movem rápido demais para que eu consiga registrar exatamente o que são, exceto por um: uma hélice dupla, a estrutura do DNA. Passamos um ano letivo inteiro estudando essa matéria, na minha vida anterior. E, então, percebo o que pode ser a constatação mais estranha até então. As imagens no monitor estão se movendo em sincronia com as notas da música.

Greta levanta a cabeça, e é quando vejo seus lábios se movendo — murmurando algo compenetrada enquanto seus olhos estão fixos na tela. Eu observo, tentando decifrar o que ela está dizendo. É a nota *si* ou *ré*? Tenho quase certeza de que consigo distinguir a palavra "menor". E então, os pelos da minha nuca se arrepiam.

É como se ela estivesse regendo um músico invisível apenas com a voz, lendo as partituras em voz alta, enquanto cada nota da música corresponde a uma imagem na tela: um bloco de números, uma sequência de DNA — e *meu rosto*.

Meu coração palpita. Fecho os olhos e os abro de novo, mas quando a progressão dos acordes menores retorna, o mesmo acontece com minha fotografia. É a mesma foto datada que circulou na mídia quando fui recrutado pela primeira vez no CTEI.

A tela congela no meu rosto; o piano para. E, então, uma nova melodia preenche a sala, vinda de outro lugar — uma resposta. É quando a tela é invadida por uma fileira de símbolos estranhos, derramando-se sobre minha foto. Os lábios de Greta se curvam para cima em um sorriso, e sinto uma pontada de medo. Com quem ela está tendo essa conversa codificada e clandestina a meu respeito? E... o que isso significa?

A cabeça de Greta vira bruscamente e eu recuo de forma atrapalhada contra a parede, prendendo a respiração. *Ela me ouviu.*

Caminho rente à parede na direção oposta, mordendo o lábio para não fazer barulho. Depois de alguns momentos vasculhando a escuridão do lado de fora de sua porta, Greta finalmente se vira para as telas, e eu saio em uma corrida silenciosa pelo corredor. Detenho-me no fim dele, em frente a uma porta que está entreaberta. Não há escadaria desse lado do corredor, então, estou preso aqui até que Greta feche a porta e eu consiga passar por ela sem ser notado. Eu também poderia me esconder nesse aposento, que aparenta estar desocupado, até que a barra esteja limpa.

Dou um passo hesitante para dentro. Meus olhos se ajustam à escuridão e solto um suspiro de alívio diante da visão banal à minha frente: uma cama vazia, mesa, cômoda e *rack* de TV. Deve ser outro quarto de hóspedes. Acendo a luz.

Sinto-me gelar por dentro. Basta uma olhada para saber que estou no quarto de alguém que não mora mais aqui — que não planejava ir embora.

O quarto é como uma cápsula do tempo de cinco anos antes. Há um calendário antigo pendurado na parede, dividindo espaço com pôsteres de bandas de europop que eu lembro serem um grande sucesso naquela época. A cama não está apenas vazia: está desfeita e acumula poeira com uma mochila entreaberta jogada ao pé dela. A mesa está cheia de papéis escolares escritos em alemão, e posso distinguir com clareza a data rabiscada no topo. Vejo um quadro de cortiça com fotos acima da mesa e paro de repente.

O garoto em todas as fotos tem a mesma idade que eu e apresenta uma semelhança impressionante com Greta. As similaridades estão bem evidentes na foto dos dois juntos, exibindo sorrisos quase idênticos no topo de uma pista de esqui.

*Ela tinha um filho. O que aconteceu com ele?*

Desde que cheguei aqui, não percebi um único indício de Greta ter uma família, nem agora nem no passado. E a ideia de um "Greta 2.0" da mesma idade que eu e Naomi é o tipo de informação que eu sei que ela apreciaria imensamente me contar, por isso não deve ser de conhecimento público. Mas por que manter o filho em segredo?

Olho ao redor do quarto assustadoramente preservado uma última vez antes de sair dali, quase tropeçando nos meus próprios pés na pressa de fugir.

Pensei que Greta fosse o meu bote salva-vidas, a resposta para as minhas orações. Mas agora, pela primeira vez desde que o avião dela me pegou no Johnson Space Center (Centro Espacial Johnson), eu me pergunto se fiz certo em lhe dizer sim.

— Bom dia, senhor Danieli! É hora de começar o treinamento de hoje. A doutora Wagner está esperando por você no laboratório.

Ergo a cabeça antes coberta pelo travesseiro e olho de esguelha para um robô humanoide compacto e prateado, rolando até minha cama com uma bandeja. É o mordomo de Greta, Corion.

*Greta.* Por um segundo, não consigo me lembrar por que tenho uma sensação perturbadora e desconfortável ao ouvir o nome dela, e então a lembrança da noite passada retorna. Depois que voltei de fininho para o meu quarto, usei o *tablet* do quarto de hóspedes para procurar respostas *on-line*, mas qualquer coisa que eu tentasse — "doutora Greta Wagner filho", "doutora Wagner filhos" ou qualquer variação das palavras — não retornou resultados. Foi a primeira vez que vi isso acontecer, como se esses termos de pesquisa estivessem bloqueados... ou algo do gênero.

Enterro o rosto nos travesseiros, desejando ficar aqui e evitar encarar Greta e todos os seus segredos. Mas desistir dela significaria perder o meu passaporte para Europa. Para Naomi.

— Você está bem, senhor Danieli?

Os olhos de Corion giram para fora, espiando-me mais de perto, enquanto pousa uma bandeja com café e demais itens do desjejum ao pé da cama.

— S-sim. Só estou sonolento. E você pode me chamar de Leo.

"Senhor Danieli" sempre será meu pai para mim, não importa há quanto tempo tenha morrido.

— Entendido, Leo. Vou esperar do lado de fora para você comer e se vestir, e depois eu o acompanharei para que se reúna com a doutora Wagner. — Ele abre a gaveta da cômoda que antes estava vazia, agora subitamente cheia de camisas e calças dobradas. — Percebemos que você não chegou com muitas roupas, então, a doutora Wagner me instruiu a trazer essas para você. Todas devem ser do seu tamanho.

— O-obrigado.

Na minha cabeça me vem a imagem do rapaz na fotografia do quarto abandonado — a minha idade, a mesma compleição. Sinto um vazio no estômago diante da ideia de usar suas roupas, torço para estar errado e encontrar roupas novinhas em folha. Mas quando Corion sai e espio a gaveta, nenhuma das roupas possui etiquetas. Elas poderiam muito bem ser dele. E não há como explicar minha relutância em usá-las sem revelar a bisbilhotagem da noite passada.

Respiro fundo e deslizo uma das camisas pela cabeça, tentando ignorar o arrepio que percorre minha espinha. Visto uma calça esportiva, calço meu próprio tênis e saio correndo pela porta, onde Corion está aguardando. Ele me põe a par do dia que temos pela frente enquanto nos dirigimos para o laboratório subterrâneo.

— Você começará no simulador de voo, praticando a decolagem da Terra. Depois disso, passará a treinar a manobra crítica de Marte.

— Certo — concordo, tentando parecer mais confiante do que me sinto. A interceptação de Marte é a tarefa mais complicada de toda essa missão solo. Não posso me dar ao luxo de cometer um mínimo erro sequer se pretendo ter alguma chance de acoplar na nave dos Seis Finalistas de forma bem-sucedida.

No extremo oposto do laboratório com a reprodução da superfície de Europa, Corion me apresenta a réplica do foguete *WagnerOne*, conectada com o *software* de simulação de treinamento. Greta está esperando por mim do lado de fora, recostada na máquina com a cabeça curvada sobre a tela do *tablet*. A visão de seus cabelos grisalhos e pele pálida e enrugada me provoca um abalo de nervos depois da noite anterior. Será que estou sendo louco por ainda confiar nela às cegas, sem perguntar sobre o que vi? Por outro lado, não consigo imaginá-la encarando de forma gentil o fato de ter sido espionada. Eu tenho que engolir meus questionamentos e tirar minhas próprias conclusões. E, nesse momento, minha conclusão é que ela é tudo o que tenho.

Prendo a respiração enquanto seus gélidos olhos azuis se fixam em mim. Sua máscara estoica escorrega por um segundo, de forma tão breve que não perceberia se não soubesse o que buscar. Mas está lá, algo como esperança em seus olhos, ao me ver com essas roupas emprestadas. Direciono meu olhar para o chão.

— Bom dia, Leo — diz ela depois de um instante. — Você está pronto para aprender como se pilota essa nave?

— Sim, senhora.

— Ótimo. Vejamos. Entendo que o CTEI focou seu treinamento em especialização subaquática e não lhe proporcionou muito em termos de treinamento de voo — ela começa a dizer. — Portanto, enquanto eu estiver ocupada cuidando de outras áreas do seu lançamento, chamei alguém cujo foco em tempo integral possa ser prepará-lo para pilotar sua própria espaçonave. Ao mesmo tempo, você receberá um curso intensivo sobre sobrevivência em viagens espaciais de um ex-astronauta experiente.

— Ok. Isso parece promissor. — Sinto meu ânimo se elevar. Greta não pode ser *tão* instável se está fazendo todo esse esforço para garantir que eu esteja seguro. O que vi ontem à noite em seu escritório deve ter sido apenas a versão genial e excêntrica do planejamento de uma missão. E quanto ao seu segredo de família... bem, não é da minha conta, certo?

— Muito bem, vocês dois — Greta chama dentro da cápsula de treinamento atrás dela. — Venham para fora!

A porta da escotilha se abre. E quando os vejo sair, posso jurar que estou sonhando.

— *Asher?!* — Corro em direção ao meu amigo, lançando meus braços ao redor dele. — E *Lark*! — Eu a puxo para o nosso abraço, e por um momento é como se voltássemos a ser crianças, pulando, abraçando e gritando em nosso entusiasmo. Eu me afasto, com meus braços envolvendo seus ombros, extasiado com a visão de seus rostos. — Não acredito que vocês dois estão aqui!

— Eu digo o mesmo. — Asher sorri. — É ótimo ver você, cara.

— Como isso aconteceu? — Olho para os dois com espanto. — Como vocês conseguiram driblar o doutor Takumi e a general?

Lark faz uma careta.

— Hmm... Eu basicamente tive que abandonar o barco.

— Lark é a mais nova contratada da Wagner Enterprises — diz Greta com um sorriso de orgulho. — E sua primeira decisão como estrategista da missão foi trazer Asher para o seu treinamento de voo.

Sorrio para Lark.

— Foi uma ótima decisão, com certeza. Mas o que aconteceu com você e o CTEI? Você parecia tão comprometida com o doutor Takumi e com a missão.

Eu sabia que Lark era rebelde o suficiente para orquestrar a troca de voo quando eu deveria ser despachado de volta para a Itália, ao enviar o jato disfarçado de Greta no lugar do avião oficial da Itália. Mas eu nunca teria previsto que ela deixaria de vez o CTEI e a NASA.

Lark solta um longo suspiro.

— Era apenas uma questão de tempo, na verdade. Quero dizer, eu acreditava na missão a princípio e, durante muito tempo, vi minha carreira seguir os passos da general. Mas então comecei a perceber que havia algo suspeito rolando com os dois, especialmente depois do que aconteceu na *Athena*. — Ela desvia o olhar. — Você conhece o nome Remi Anders?

— Sim.

Remi era um dos astronautas da malfadada missão a Marte cinco anos antes. O fracasso daquela missão e a tragédia de perder toda a sua tripulação foi o que levou a uma completa reorganização da NASA, com o doutor Takumi substituindo o líder anterior e estabelecendo parceria com a general Sokolov e outras agências espaciais internacionais para desenvolver um novo e sólido Plano B. E embora muita coisa tenha mudado desde a *Athena*, e estejamos partindo para um lugar totalmente diferente no Sistema Solar, isso nunca impediu Naomi de se preocupar com o fato de a história se repetir.

— Bem... Remi era meu noivo.

— Oh — perco o fôlego. — Eu... eu sinto muito.

É de se imaginar que, depois de ter presenciado tanta morte, seria mais fácil para mim falar sobre isso. Mas eu continuo não conseguindo encontrar as palavras certas.

— Obrigada — ela murmura. — Mas, enfim. Sei que eles concluíram que todos os astronautas morreram, mas sem corpos ou provas concretas, eu sempre me perguntei se ele ainda poderia estar lá em algum lugar. Essa foi uma das principais razões para eu permanecer no CTEI: ver se quanto mais eu me aproximasse do doutor Takumi, mais respostas eu encontraria.

— Deu certo? — pergunto.

Ela balança a cabeça com amargura.

— Quem me dera. E, então, depois que vi o que aconteceu com Suki e Callum no campo de treinamento, eu sabia que os Seis Finalistas não estavam seguros. — Ela ergue a vista de forma desafiadora. — Eu tinha que fazer alguma coisa para ajudar... antes que a Missão Europa acabe como a Marte.

O pensamento me dá um calafrio. Então, ela pensa o mesmo que Naomi.

— Lark provou sua esperteza quando me procurou no dia seguinte à seleção dos Seis Finalistas — diz Greta. — Ela foi a primeira — e até agora a única — pessoa a descobrir que eu sou a mente por trás do *Conspirador do Espaço*.

A cabeça de Asher se vira rápido na direção da doutora Wagner.

— O quê? É você?

Encontro seus olhos e assinto. Naomi foi a primeira a me contar sobre o *Conspirador do Espaço* — o *blog* científico anônimo que se tornou viral após o desastre da *Athena*, quando todo mundo estava procurando respostas para o que aconteceu. Até eu, um garoto de 13 anos de idade na Itália, na época sem conexão com a NASA, consigo me lembrar de conversas familiares à mesa no almoço de domingo, com todos nós teorizando o que deu errado para os desventurados astronautas. Hoje em dia, Naomi diz que o foco do *site* é provar que existe vida em Europa e outros lugares, que não estamos sozinhos. Eu acho que é aí que eu entro.

— Como você descobriu que era Greta? — pergunto a Lark, lembrando de repente que Naomi não sabe. Mal posso esperar para ver a expressão no rosto dela quando eu lhe contar...

— Estava na programação — diz Lark com um modesto encolher de ombros. — Havia uma abreviatura no algoritmo do IP que me lembrou algo semelhante que eu havia visto no *software* da *Pontus*, que eu sabia que Greta havia programado.

— Ah. — Concordo, embora não tenha entendido nada.

— Depois de ter descoberto que era eu, Lark disse que sabia que eu estava planejando uma contramissão e se ofereceu para ajudar. — Greta gesticula para mim. — O restante você sabe.

— E quanto a você, Ash? — questiono, ainda incrédulo que meu antigo colega de quarto e amigo do campo de treinamento esteja aqui. — Seu irmão sabe onde você está?

— Sim, mas eu fiz com que ele jurasse manter segredo. Acho que ele ficou tão animado quanto eu quando Lark nos contou — ele diz com uma risadinha. — Quero dizer... Eu não era o mesmo quando voltei para casa depois das climinações. Eu queria tanto aquilo, e estar tão perto e depois ser cortado... — Ele interrompe a frase. — Bem, tenho certeza de que você sabe qual é a sensação.

— E agora você chegou até aqui para me ajudar a ir para Europa — digo com uma pontada de culpa. — Isso deve parecer injusto, especialmente quando é você quem sabe como pilotar uma espaçonave... — minha voz falha.

— Está tudo bem — assegura ele, e dá para ver que está sendo sincero. — A nave basicamente voa sozinha, exceto pela decolagem e acoplagem — as duas principais coisas em que vou treiná-lo. São as outras coisas, lidar com as incógnitas debaixo d'água, que ninguém pode realmente ensinar, mas isso é algo que você pode *de fato* fazer. Então, deveria ser você. Deveria ter sido você desde o início, em vez daquele insuportável do Beckett Wolfe.

— Obrigado — digo a ele. — Sua amizade é mais do que eu mereço.

— E agora é hora de prosseguirmos com o referido treinamento — diz Greta, olhando para o monitor de pulso. — Não demorará muito para que o doutor Takumi descubra que Leo nunca chegou à Itália e que Lark e Asher também estão desaparecidos. Há uma grande chance de que ele junte as peças e acabe chegando aqui. Precisamos levar Leo lá para o alto e vocês dois para fora daqui, antes que ele o faça.

Sinto um aperto no peito. Coloquei meus amigos em risco e quem sabe o que acontecerá a eles quando eu estiver no espaço, incapaz de ajudá-los da maneira que me ajudaram? Mas, quando olho de novo para os dois, não vejo medo ou dúvida. Eles parecem orgulhosos, determinados. E lhes sou tão grato que nem consigo me expressar.

# SEIS

NAOMI

NÓS NOS SENTAMOS AO REDOR DA MESA, OLHANDO UNS PARA OS outros, enquanto a realidade é assimilada. Não há Cyb ou Tera aqui para quebrar a tensão, nem o doutor Takumi ou a general Sokolov na tela para nos distrair. Sequer temos uma tela de vídeo na sala de jantar para nos conectar com o mundo exterior, embora as luzes vermelhas piscantes das câmeras estejam onipresentes como sempre.

Somos apenas nós seis, sozinhos no universo.

Sydney é a primeira a quebrar o silêncio.

— Está tão quieto aqui em cima. Quieto demais. Alguém quer escutar música ou algo assim?

— Que tipo de música? — Beckett pergunta com ceticismo, enquanto o restante de nós imediatamente responde que sim, agarrando-nos a qualquer coisa para tornar esta noite um pouco mais suportável.

Sydney olha para o teto, conectado com sensores projetados para ouvir e seguir nossos comandos.

— *Playlist* "Música para o Jantar".

Uma faixa hipnótica mid-tempo começa a ser reproduzida, os vocais sussurrantes do cantor como seda contra uma batida eletrônica. A música de fundo facilita a conversa e Dev pergunta:

— Por que vocês acham que fomos os escolhidos?

Como ninguém responde, ele ri.

— Não é nessa hora que todos nos gabamos?

— Acho que é bastante óbvio — diz Jian dando de ombros. — Foi com base apenas em nossas habilidades e nos papéis que os líderes de missão precisavam preencher. Eu devo ter sido o melhor piloto do grupo, assim como Sydney estava no topo quando se tratava de medicina e biologia, e assim por diante.

— Certo. Mas todos enfrentamos uma forte concorrência por nossos papéis aqui — lembra Dev. — Não é difícil afirmar com certeza quem era melhor no quê? Acho que deve ter havido mais algum componente que influiu na decisão. Nossas personalidades cativantes, talvez?

Ele mexe as sobrancelhas para Sydney, e ela o empurra de forma brincalhona. Observando-os, lembro-me de que eles estavam na mesma equipe de treinamento. Provavelmente são próximos e sentem um alívio por contarem com a companhia um do outro aqui. Afasto o meu prato, sinto meu estômago doer de repente.

— Acho que eles sabiam exatamente quem queriam desde o início — diz Beckett, esticando os braços atrás da cabeça com seu costumeiro ar arrogante. — O período que passamos no campo de treinamento apenas confirmou isso.

Seus olhos encontram os meus, seu olhar penetrante me desafiando a contradizê-lo. Mas mesmo sabendo que ele não chegou aqui de forma honesta, que se utilizou de manipulação para fazer parte da tripulação e eliminar Leo, não digo nada. *Por enquanto*.

— Sobre o que o presidente estava falando com você no Força Aérea Um? — pergunto, com toda a falsa civilidade que consigo exibir. — Vocês pareciam estar tendo uma conversa muito séria.

— Eu estava me despedindo do meu *tio* — diz Beckett, como se alguém pudesse se esquecer de seu parentesco com ele. — Só isso.

Ele está mentindo. Havia algo mais naquela conversa. Pude sentir isso quando vi a cena se desenrolar — e me pergunto se foi essa a razão do repentino aumento de *status* de Beckett na nave.

— O que eu quero saber é como dois americanos acabaram convocados para esta missão — questiona-se Minka, olhando de mim para Beckett com um olhar hostil. — Eu pensei que deveria ser um esforço internacional, mas temos *três* elementos oriundos de países cujo idioma principal é o inglês. — Ela desvia o olhar para Sydney. — Parece que a NASA recebeu tratamento preferencial, e a Roscosmos ou a ESA, nenhum.

— Você está ciente de que o Canadá tem sua própria agência espacial, não é? — Sydney retruca. — Você não precisa me incluir na NASA.

— E era para ser apenas um americano — acrescento em voz baixa.

Beckett dirige um olhar furioso para mim.

— O que você disse?

Levanto o queixo, encontrando os seus olhos.

— Eu disse que teria sido apenas um elemento americano, se eles tivessem escolhido o especialista subaquático que sempre ficou em primeiro lugar em nosso treinamento. Leo Danieli.

Beckett empurra a cadeira para trás afastando-a da mesa, a raiva distorcendo seu rosto em uma feia careta.

— Retire o que disse — ele sibila. — É melhor você se desculpar antes que eu pense em uma punição para você. Já se esqueceu de quem está no comando quando Takumi e Sokolov não estão por perto?

— Gente, gente. — Jian levanta as mãos. — Acalmem-se. Ninguém vai punir ninguém. É a nossa primeira noite aqui, estamos todos longe de casa e passando por algo para o qual ninguém foi preparado, é natural que haja alguma tensão. Apenas... deixem isso pra lá.

— Ele está certo — acrescenta Sydney. — Vamos, Beckett. Sente-se.

Por um minuto, acho que Beckett também vai explodir com ela. Mas, então, ele cai de volta em seu assento com uma bufada, lançando-me um fulminante olhar de advertência. Não estou olhando para ele, no entanto.

Estou testemunhando Dev e Sydney trocarem um olhar — um olhar que devo ter compartilhado com Leo uma centena de vezes quando estávamos no campo de treinamento. O tipo de olhar que consegue dizer *Como viemos parar aqui com esses perdedores e todas essas picuinhas?* e, ao mesmo tempo, *Graças a Deus você está aqui.*

E, olhando para eles agora, nunca me senti tão sozinha.

Das 23h às 7h da manhã no UTC (Tempo Universal Coordenado), a *Pontus* entra no modo de conservação de energia, desligando as luzes e quaisquer equipamentos eletrônicos não essenciais. Nós seis nos retiramos para nossos quartos uma hora antes disso, tentando nos acomodar em nossa primeira noite de sono nesse ambiente tão surreal. Mas, em vez de ir para a cama, espero a escuridão cair e as câmeras se apagarem junto com as luzes. E, então, saio pela porta, tateando meu caminho pelas paredes até o próximo compartimento.

Dou uma leve batida na porta de Sydney e ela atende de imediato, vestindo pijamas azuis aconchegantes com seus cachos pretos presos num coque bagunçado no topo da cabeça. Ela gesticula para que eu entre, onde mal há espaço suficiente para nós duas e, em seguida, empoleira-se ao pé da cama com uma lanterna, que banha o quarto com uma luminosidade fantasmagórica.

— Então, sobre o que você quer conversar comigo?

Ela dá um tapinha no edredom ao lado dela e, enquanto me sento, minha mente luta tentando encontrar a melhor maneira de começar. Parte de mim pensa que posso ser louca por compartilhar tudo isso com alguém que mal conheço, mas Sydney é quem injeta as bactérias alienígenas em todos nós. Se tem uma pessoa nessa nave que precisa ouvir a verdade, é ela.

— Hmm... Sabe quando Dev estava perguntando por que achamos que fomos escolhidos? — começo a falar. — Bem, no meu caso, é por causa do que eu sei... do que eu descobri. — Ergo os olhos para encará-la. — Fui eu quem *hackeou* Dot.

— O quê? — Sydney fica de queixo caído. — É algum tipo de piada?

— Receio que não.

— Como pôde fazer isso... *Por que* você faria isso?

— Porque tínhamos acabado de perder Suki e Callum, e eu sabia que tinha a ver com a BRR e Europa — respondo, minha voz saindo mais na defensiva do que eu pretendia.

Respiro fundo.

— Eu sabia que havia muita coisa que o doutor Takumi e a general estavam escondendo, por isso resolvi lidar com o problema eu mesma. Só que eu não imaginava que seria pega ou que algo aconteceria com Dot... — Minha voz falha, consumida pela culpa, e não posso deixar de notar como Sydney muda de posição no lugar, afastando-se de mim, aproximando-se da beirada da cama.

— E você está dizendo que o doutor Takumi a convocou para mantê-la em silêncio sobre o que quer que seja... essa *informação*? — Sydney me lança um olhar desconfiado, claramente duvidando da minha história.

— Por causa disso e pelo fato de que eu acidentalmente provei a ele que sou a pessoa ideal para o trabalho — digo com ironia. — O doutor Takumi sabia que qualquer um que fosse capaz de invadir seu sistema de robótica de alta segurança conseguiria lidar com a tecnologia na nave.

— Ok... prossiga.

— Antes de eu lhe contar o que descobri, você me promete manter a mente aberta e também guardar isso entre nós? — pergunto a ela. — O que estou prestes a revelar pode parecer absurdo, mas é tudo verdade comprovada.

Sydney parece estar a ponto de apertar o meu pescoço de tanta expectativa.

— Ok, conte-me logo isso!

— Então, antes mesmo de invadir Dot, eu surrupiei um frasco da BRR e a estudei no meu microscópio portátil. Algo ficou evidente para mim logo de cara quando examinei a lâmina pelas lentes. As bactérias resistentes à radiação tinham um *núcleo*. E não apenas um ou dois, mas três núcleos.

A cabeça de Sydney se levanta tão rápido que ela poderia muito bem ter causado a si mesma um torcicolo. Ela sabe tão bem quanto eu que não existem bactérias na Terra que contenham um núcleo; é uma lei da ciência tanto quanto a lei da gravidade. Então, encontrar uma variedade de bactéria com três núcleos... significa que ela é de outro mundo.

— Depois dessa descoberta, eu sabia que meu próximo passo era encontrar evidências de bioassinaturas de Europa, provar que existe vida lá e descobrir sua conexão com a BRR. E a única maneira realista que consegui pensar para colocar minhas mãos nesses dados foi através dos robôs.

Sydney me lança um olhar de soslaio.

— Não sei se devo ficar apavorada ou impressionada com você.

— Que tal ambos? — digo com um sorriso tímido.

— Então, como foi que você conseguiu invadir Dot? — ela quer saber. — Todos nós achávamos que havia sido algum tipo de cibercriminoso importante.

— Bom, não exatamente. É uma longa história que envolve meu próprio *software* de hackeamento e aproveitar uma oportunidade de ouro para entrar no laboratório de robótica quando vocês estavam no túnel de emergência na noite da tempestade. Mas, resumindo, meu plano funcionou. E quando programei Dot com o comando para me mostrar quaisquer dados que ela possuísse para bioassinaturas em Europa... bem, ela me mostrou isso.

Enfio a mão no bolso do meu agasalho de moletom, onde escondi cuidadosamente as anotações que fiz de memória: minha representação mais próxima de todas as letras, números e símbolos que brilharam diante de mim na *touch screen* de Dot naquela noite em Houston. Sydney apanha o papel das minhas mãos e o segura sob a lanterna. Observo seus olhos se arregalarem, incrédulos, enquanto ela fita o desenho no centro da página: uma célula, com três núcleos nunca antes vistos. Assim como a BRR. E, logo abaixo, a fórmula que preenche a peça que falta; que responde à principal pergunta da humanidade sobre Europa.

$C_{55}H_{72}O_5N_4Mg - CH4 - E_T$
**Clorofila-Metano-Europa**

— *Clorofila e metano encontrados em Europa* — Sydney lê, sua voz um sussurro.

— As bioassinaturas que eu estava procurando. — Estremeço com a lembrança.

Mas, um segundo depois, Sydney está amassando o papel e o atirando de volta para mim, uma expressão de desconfiança tomando seu rosto.

— Como sei que você não inventou tudo isso? Não tenho motivos para acreditar em você.

— E eu não tenho motivos para mentir! — protesto.

— Você poderia estar pregando uma peça em mim, ou talvez isso seja algum tipo de... trote. — Sydney cruza os braços sobre o peito. — Eu não vou cair nessa.

— Por que você simplesmente não considera o fato de que estou dizendo a verdade? A BRR que estamos injetando está *viva*, assim como Suki tentou me dizer antes de ser mandada embora. — Sinto o meu desespero crescer. Se não consigo convencer a especialista médica de nossa equipe, que esperança posso ter? — Está viva com as bactérias da vida extraterrestre de Europa, e está nos modificando.

Sydney solta uma risada desprovida de humor.

— E que tipo de vida você está sugerindo? Porque qualquer criatura com três núcleos, que libera clorofila e metano e é dotada de um apêndice tentacular, teria que ser algum tipo de monstro.

— Um o que tentacular?

Sigo o dedo de Sydney até uma das imagens indecifráveis que vi piscando na *touch screen* de Dot e tentei esboçar de memória: uma lâmina curva e alongada, coberta por círculos agrupados.

— Algumas das coisas que você é forçada a estudar de biologia em preparação para medicina você gostaria de esquecer — diz Sydney de maneira soturna. — Como um semestre todo estudando gigantismo em criaturas do fundo do mar, que incluiu dissecar uma lula gigante. Juro que esse troço aterrorizante me fez ter pesadelos durante um ano. — Ela olha para mim indignada. — É por isso que eu sei que você está inventando isso. Porque *isso* — ela dá um tapa no papel — se parece exatamente com os dois apêndices tentaculares da lula gigante, com as ventosas e tudo o mais. — Ela aponta para os círculos que revestem a curva e eu balanço a cabeça, incrédula. Sequer teria me ocorrido que era disso que se tratava.

— Eu não fazia ideia — digo a ela. — E eu duvido muito que as mesmas lulas gigantes que temos na Terra estejam surgindo em Europa. O que quer que exista lá, será diferente.

*Mas poderia ser semelhante. Pode se assemelhar a uma lula gigante e ser tão violenta e assustadora de se encontrar quanto.*

E, então, outro pensamento me ocorre e me gela a espinha.

— E se... e se esse for um dos motivos pelos quais você foi escolhida? Porque eles sabiam que poderíamos encontrar essas criaturas semelhantes, e você é quem tem experiência?

— Pare com isso. — Sydney dá um pulo da cama, mas dessa vez sua expressão carrega mais medo do que fúria. — Já estou farta dessa conversa. Não acredito em você e, para ser sincera, não quero acreditar.

Eu me levanto, sentindo-me à beira das lágrimas.

— Eu já deveria ter imaginado... — murmuro, dirigindo-me para a porta. E quando esta começa a deslizar atrás de mim, fechando-se, ouço Sydney chamar pelo meu nome. Mas eu não olho para trás.

No dia seguinte, no café da manhã, sou recebida por cinco rostos sonolentos e com os olhos cansados. É evidente que meus colegas de tripulação dormiram tanto quanto eu na noite anterior. Era impossível relaxar no meu cubículo, com a sensação de que as paredes se fechavam ao meu redor e os ruídos estranhos, desde o zumbido de nossos sistemas de suporte à vida até o sussurro de exaustores dos computadores. Na teoria, os sons do espaço se tornam ruído branco para os astronautas quando estão aqui há bastante tempo — mas não consigo sequer imaginar um dia ter uma sensação de normalidade com isso.

Ninguém come muito do nosso bacon e ovos selado a vácuo e reaquecido, e a conversa é igualmente esparsa. Faço questão de evitar os olhares de Sydney e Beckett, com a percepção desanimadora de que não tenho amigos aqui. É um alívio quando o relógio interno da nave soa anunciando uma nova hora, e posso sair da mesa, todos nós devendo nos encaminhar à Estação de Comunicação para carregar a primeira de nossas instruções diárias de Houston. Meu pulso acelera com o pensamento das mensagens que estão esperando por mim — deve haver alguma nova vinda de casa, e ainda não tive notícias de Leo — até me lembrar de que os servidores não carregam nenhum *e-mail* pessoal até nosso "tempo livre", que acontecerá só daqui a algumas horas. Solto um suspiro de frustração antes de me sentar na maior das mesas *touch screen*, aquela reservada para a especialista em comunicação e tecnologia.

*OITO (8) NOVOS ARQUIVOS DO CCM DE HOUSTON*, mostra uma bolha na tela. *PERMISSÃO PARA CARREGAR?*

Clico para aceitar, e os outros se aglomeram à minha volta enquanto aguardamos o carregamento dos documentos. Os seis primeiros nomes de arquivos são autoexplicativos — listas de verificação separadas para cada um de nós —, mas é o sétimo que ganha a minha atenção.

— *Os Seis Finalistas*, Episódio 1 — leio em voz alta. — Que diabos é isso?

— Deve ser o documentário sobre nós — diz Beckett por cima do meu ombro. — Ele deve ir ao ar semanalmente em todos os principais canais de notícias do mundo. Vá em frente, reproduza-o.

Reviro os olhos e pressiono o botão, e a tela de cinema na parede acima de nós pisca e liga. A música arrebatadora começa a tocar em uma edição frenética, mostrando nós seis pousando no heliporto em nossas respectivas chegadas no campo de treinamento, justaposta com o momento em que cada um de nós ficou sabendo que havíamos sido selecionados para o recrutamento final. Meu coração para com a tomada de uma fração de segundo de mim ao lado de Leo nos degraus do Johnson Space Center, uma angústia compartilhada refletida em nossos rostos quando meu nome é chamado sem o dele. O vídeo prossegue, a música se torna mais épica quando a cena muda para o foguete se elevando da plataforma de lançamento, mas eu ainda permaneço lá nos degraus com Leo — meu coração se desfaz em pedaços mais uma vez.

Os rostos imperturbáveis e autoritários do doutor Takumi e da general Sokolov preenchem a imagem a seguir, sentados na extremidade oposta da bancada do *Newsline*, em frente à âncora Robin Richmond.

— Eles não deveriam estar totalmente concentrados em nossa segurança em vez de realizar uma turnê publicitária? — resmungo, mas Minka faz "psiu" para que eu me cale, inclinando-se para ouvir o que eles têm a dizer. A entrevista começa com Takumi e a general fazendo as habituais e grandiosas declarações sobre a magnitude do que estamos realizando, como é a honra e o privilégio de suas vidas estarem liderando nós seis e blá-blá-blá, obviamente sem menção alguma a extraterrestres ou aos perigos que nos aguardam em Europa.

Levanto-me, virando as costas para a tela enquanto minha mente retorna aos últimos momentos com Leo. Até ouvir as palavras *"os astronautas buscarão parceiros"* e minha coluna enrijecer. Espero que não signifique o que eu acho que significa.

— Bem, sim, é claro. Há uma razão pela qual escolhemos um número igual de participantes de cada gênero.

Eu me viro para ver os lábios do doutor Takumi se curvando em um sorriso que não combina com ele.

— O benefício dessa longa jornada na *Pontus* é que ela proporcionará tempo aos nossos colonos espaciais para se conhecerem melhor, formarem laços e descobrirem com quem são compatíveis antes de se tornarem oficialmente parceiros — continua ele, enquanto a bile sobe na minha garganta. — Daqui a vários anos — nossas estimativas variam de cinco a dez —, Europa deve ser capaz de suportar nova vida humana, momento em que recomendaremos as primeiras concepções.

— Oh, meu Deus. — Encaro a tela, horrorizada.

— Isso é inacreditavelmente hétero da parte deles, presumir que desejamos nos acasalar desse jeito — diz Minka, torcendo o nariz de repulsa. Finalmente encontramos algo com que podemos concordar. — Em que século estamos, vinte?

— Ninguém pode obrigar você, ou qualquer um de nós, a fazer isso — consolo-a. — Estaremos em terra firme até lá, longe do controle deles.

— Sim, mas é exatamente neste momento que você *desejará* procriar. Não importa o que sinta a respeito de qualquer um de nós — diz Beckett, e eu lanço a ele um olhar incrédulo. Ele acabou mesmo de dizer isso?

— É uma questão biológica — ele prossegue despreocupadamente. — Cinco a dez anos como uma das seis únicas pessoas no mundo? Confie em mim: a biologia vai falar mais alto e vocês ficarão desesperadas para adicionar uma nova vida.

— Nós nunca ficaremos tão desesperadas assim — eu retruco.

— Ai, essa magoou — diz Jian com ironia, e posso afirmar pela sua expressão que ele está apenas brincando. Mas, neste momento, não me importo com os sentimentos que possa ter ferido. A única coisa pela qual estou realmente desesperada é uma saída.

— Eu me pergunto por que eles não nos contaram isso antes — diz Dev, olhando de volta para a tela.

— Mas sempre esteve implícito, não? — Sydney dá um passo aproximando-se mais dele, como se subconscientemente o reivindicasse para si.

Ela está certa. Lá no fundo eu sabia que esse era o resultado esperado, e Leo também. Essa realidade acrescentava outra camada devastadora ao nosso adeus. E agora, enquanto tento imaginar tornar-me parceira de um dos caras aqui, tudo o que consigo sentir é uma pontada de consternação.

**Origem da mensagem:** \*\*\* CUIDADO — ID DESCONHECIDA \*\*\*
**Destinatário da mensagem:** NAVE ESPACIAL PONTUS — EM TRÂNSITO TERRA-MARTE
**Aos cuidados de:** ARDALAN, NAOMI
[*Status* da mensagem: recebida — criptografada]

Naomi, meu amor,

Eu gostaria de poder ter escrito para você antes e que esta mensagem pudesse lhe dizer tudo o que preciso e quero dizer. Há tanta coisa que desejo compartilhar, e o farei assim que puder — mas tenho que desaparecer por um tempo. Eu prometo que é por uma boa razão, uma que eu penso — eu espero — que você achará que vale a pena. Sentirei falta de suas palavras e de sua voz, de seus olhos e do seu sorriso, ainda mais do que já sinto agora.

Eu queria que você recebesse algo meu nas próximas semanas, quando eu não puder conversar por vídeo ou escrever. Essa música era a favorita da minha mãe e, agora que estou mais velho, finalmente entendi a letra. Ela descreve como me sinto em relação a você.

*Te voglio bene assai.*

Leo

# SETE

LEO

— AQUI VAMOS NÓS. ESTÁ PRONTO?

Olho para Asher sentado ao meu lado no simulador de voo de realidade virtual e sorrio.

— Estou pronto.

Meu assento volta rápido para a posição reclinada, minhas pernas a noventa graus. Um *tablet* de três telas se desdobra do alto ao nível dos olhos, enquanto um controlador manual de pilotagem desliza sob a palma da minha mão. Clico no triângulo verde piscando na tela para iniciar o sequenciador automático de lançamento no solo, que Asher acabou de me ensinar a usar, e grito:

— Estamos iniciando a sequência automática. — Paro. — Eu tenho que ativar alguma coisa a seguir, certo?

— O sistema principal de queima de hidrogênio do motor — diz Asher, estendendo a mão para mostrar o comando no painel da *touch screen*.

"Sequenciador de lançamento no solo comandando a partida do motor principal", uma voz feminina suave e automatizada ecoa dentro da cabine de comando. "Cinco... quatro... três..."

As vibrações atingem a cápsula de voo, sacudindo e agitando as quatro paredes, enquanto o motor ruge ao ser acionado. Tenho que me esforçar para ouvir a voz de Asher no meu fone de ouvido, por cima do barulho, enquanto manobro o controle manual para cima e para baixo a fim de acelerar o motor principal.

— Aproximando o corte do motor principal! — Asher avisa. Ele se junta à contagem regressiva: — Dois... Um!

De repente, meu corpo está voando para a frente no assento, minhas correias de segurança são a única coisa que me impede de me arrebentar contra a janela. Solto um grito quando uma onda selvagem de adrenalina me inunda, meu estômago revirando de cabeça para baixo, minha pele dormente com a velocidade.

— Entrando em MAX-Q!

Volto a focar a atenção nas telas, lembrando-me da explanação que Asher me fez durante o café da manhã, mencionando que essa é a parte mais perigosa do lançamento — quando a nave atinge a pressão máxima do ar externo, ultrapassando a velocidade do som.

— Um... dois...

Eu já estou prendendo a respiração antes mesmo de ele chegar ao três. Falta apenas mais uma etapa, e a simulação do lançamento estará concluída. Mas então meu corpo se desloca com força para o lado enquanto a nave faz um desvio repentino.

— O que foi que...

Paro de falar quando a cápsula balança para a frente e para trás, como um animal raivoso tentando se livrar de nós. E, então, começa a girar, fora de controle, e meus dedos estão se atrapalhando com a tela do *tablet* na minha frente, mas estamos nos movendo rápido demais, não consigo ver...

— É um propulsor de manobras com defeito! — grita Asher, examinando sua tela. — Para recuperar o controle, precisamos que você entre no sistema principal de controle de altitude e...

A cápsula arremete de súbito, começando a mergulhar, e eu interrompo Asher com um grito.

— Direção errada, direção errada!

Esmurro os controles da *touch screen*, mas agora estamos caindo a uma velocidade muito alta, o chão parecendo mais próximo do que o céu. Empurro o controle manual, tento reacender os foguetes, mas um alarme vermelho piscante me alerta sobre o combustível insuficiente. Gastamos a quantidade necessária na subida e, agora que estamos despencando, não há como voltar atrás.

— Parece que faremos um pouso de emergência na água — diz Asher com desânimo. — Mire a seção do oceano destacada na tela à sua frente e desacelere quando as rodas estiverem alinhadas com a água. E não se esqueça de acionar os paraquedas.

Aperto firme o controle manual, sentindo um frio na barriga enquanto nossa nave mergulha no vazio, conduzindo-a para o último lugar que pretendia. E, então, nossa cápsula finalmente para, espirrando água com um impacto que quase nos arranca de nossos assentos. Um bipe lento ecoa na cápsula, e Asher tira seu fone de ouvido de RV.

— Bem, você derrubou o simulador, mas, olhando pelo lado positivo, você provavelmente não morreu.

Eu resmungo, arrancando meu fone de ouvido.

— Isso foi embaraçoso. Fracassei feio nesse teste.

— Vamos apenas torcer para que não haja propulsores *reais* com defeito na nave da doutora Wagner. — Ele me lança um sorriso tranquilizador. — Não se preocupe. Continuaremos praticando até que você saiba como solucionar praticamente todo tipo de problema.

— Não há tempo para isso.

Asher e eu nos sobressaltamos quando uma terceira voz soa na cabine. Eu me pergunto há quanto tempo Greta está ouvindo, e se meu desempenho foi uma decepção para ela tanto quanto foi para mim.

— Eu preciso que vocês dois vejam algo. Encontrem-me no meu escritório no andar de cima. Agora.

Asher levanta uma sobrancelha.

— Isso vai ser interessante.

Saímos da cápsula de treinamento e subimos as escadas para o verdadeiro escritório de Greta, aquele com vista para o laboratório subterrâneo, em vez do escritório de fachada no complexo principal. Minhas mãos começam a suar conforme nos aproximamos de sua porta, onde a encontramos profundamente concentrada em uma conversa com Lark, ambas olhando para o monitor montado acima de sua mesa *touch screen*.

— O que há de errado? — deixo escapar.

Minha pergunta é respondida assim que sigo os olhares delas até a tela. Sou *eu* — minha foto ao lado da de Lark e Asher, com um alerta de notícias deslizando abaixo. "FINALISTAS DA MISSÃO EUROPA E INSTRUTORA DESAPARECIDOS."

— Que droga — Asher resmunga baixinho. — Isso foi rápido.

A imagem muda para duas figuras conhecidas de pé no topo dos degraus do *campus* do CTEI, seus rostos impassíveis enquanto encaram uma multidão de câmeras e *flashes*. Minha garganta fica seca quando o doutor Takumi começa a falar.

— Infelizmente, chegou ao nosso conhecimento que dois finalistas eliminados, que, a propósito, eram colegas de quarto durante seu período no Campo de Treinamento Espacial, desapareceram, juntamente com um membro de nosso departamento. Temos motivos para acreditar que isso talvez seja um ato de retaliação contra o CTEI por suas eliminações, e podemos apenas especular que eles levaram sua ex-líder de equipe contra a vontade dela.

— O *quê?* — Recuo, incrédulo. De todas as formas que os imaginei lidando com o nosso desaparecimento, eu nunca previra isso. Acho que subestimei a capacidade deles de serem frios e mercenários a esse ponto.

— Quanta transparência — Greta murmura. — Eu sei que a essa altura eles já descobriram com quem vocês estão alinhados. Isso é apenas uma manobra, uma tentativa de envergonhar vocês três publicamente para que abandonem nossos planos.

— Pedimos a vocês, cidadãos do mundo, que entrem em contato conosco se tiverem *qualquer* informação sobre o paradeiro deles — diz a general, sua voz transbordando uma sinceridade fingida. — E, é claro, se algum desses três indivíduos for visto, eles devem ser presos e levados às autoridades locais imediatamente.

Asher se afunda na cadeira mais próxima e sinto uma pontada de culpa pelo fato de meu amigo — que foi condecorado como piloto nas Forças de Defesa de Israel e que não fez nada errado a vida toda — agora ser um foragido, com sua reputação manchada.

Tudo por minha causa.

— É isso aí — declaro. — Vocês dois devem sair daqui agora — mostrem-se, avisem à imprensa que vocês nunca desapareceram e que tudo isso não passa de um grande mal-entendido. Qualquer que seja o treinamento restante, a doutora Wagner e eu podemos lidar com isso.

— De jeito nenhum — diz Lark. — Tudo o que obteríamos nos apresentando seria dar a Takumi e Sokolov acesso a nós, e aí eles nos caçariam até conseguirem as respostas que desejam. Sobre você, sobre a doutora Wagner, sobre tudo. Sem mencionar o que eles farão comigo por pular do barco deles.

— Ela está certa — diz Asher, lançando-me um meio-sorriso corajoso. — Além disso, qualquer um que nos conhece de fato e ouve essa história... não acreditaria.

Passo as mãos pelos cabelos, sentindo-me para lá de impotente.

— Sinto muito, pessoal.

— Agora precisamos nos focar em como abreviar seu treinamento para que você possa partir mais cedo do que o planejado, possivelmente já neste fim de semana — diz Greta, suas palavras me provocando uma nova onda de adrenalina. — Agora que estão de olho em nós, não podemos adiar muito mais o lançamento...

Ela se interrompe no meio da frase, os olhos voando para a tira em seu punho, quando o objeto começa a piscar com pulsos de luz vermelha. E então, a voz de um robô, que soa como Corion, ecoa pela sala.

— Polícia no portão principal. Entendido? Polícia no *portão principal*. Não conseguimos afastá-los dessa vez. Iniciando os protocolos contra invasores agora.

Congelo no lugar. Isso não está acontecendo. Agora não, não quando estou tão perto, não com os meus amigos...

— Por aqui! — Greta nos orienta, e no ato eu me ponho em movimento, seguindo-a até a parede mais distante da porta. Ela passa a palma da mão sobre um dos painéis da parede, e observo mais um espaço camuflado se projetar para a frente, sendo este uma espécie de armário de suprimentos. Ela nos empurra para dentro, onde há apenas uns poucos centímetros para nos escondermos ao lado de frascos e instrumentos de laboratório. Ouço o ruído dos passos de Greta tornando-se mais fracos, e então ficamos apenas nós três, equilibrando nosso peso no espaço escuro e apertado.

Ninguém diz uma palavra, apesar de estarmos obviamente sozinhos. Os únicos sons são da nossa respiração abafada e do zumbido dos eletrônicos da sala, até Lark arfar em alerta.

— Eles estão vindo — ela sussurra, olhando para uma pulseira emitindo sinais intermitentes em vermelho idêntica à de Greta. A luz pulsa através do dispositivo, soletrando uma mensagem em código Morse no escuro. — Não deixem que ouçam vocês respirarem.

E, então, no mesmo instante, ouvimos a porta ser escancarada com violência. Em seguida, passos de várias pessoas trovejam pelo escritório de Greta, e agora posso ouvir o meu próprio coração, soando tão alto em meus ouvidos que tenho certeza de que isso nos denunciará. Sinto unhas cravando no meu braço e me viro para olhar Asher, seu rosto tomado pelo pânico.

Podemos ouvir Greta furiosa com os policiais, falando rápido, primeiro em alemão e depois em inglês.

— Isso é absolutamente ridículo. Vocês não têm evidências, nada que lhes dê o direito...

— Aqui! — um dos homens grita, e meu coração para. *Eles nos encontraram: acabou.* Em vez de me juntar a Naomi em Europa, vou ficar preso numa cela...

Alguém está abrindo gavetas, jogando papéis no chão. É quando percebo que não somos nós o que eles encontraram.

— Importa-se de explicar isso? — um dos homens brada.

— Apenas... o exame de uma teoria — responde Greta com frieza. — Que acabou se provando falsa.

Algo em seu tom me diz que o que quer que estejam olhando, o policial não deveria ver. Se ao menos o armário tivesse ripas para que eu pudesse descobrir o que é... Mas então ouvimos os passos mudando de direção, afastando-se de nós, saindo da sala. E eu posso respirar novamente.

Passam-se quinze minutos até Greta se juntar a nós. Eu sei porque fiquei olhando a pulseira piscante de Lark o tempo todo e me perguntando a cada minuto que passava se Greta iria mesmo voltar; se eles haviam encontrado algo para prendê-la. Por fim, ouvimos a voz dela do outro lado da porta, soando ao mesmo tempo esgotada e triunfante.

— Eles foram embora. Consegui convencê-los de que vocês três não têm nada a ver com a Wagner Enterprises.

— Mandou bem. — Asher exala enquanto abre a porta do armário, deixando-nos sair. — Eu pensei que estávamos perdidos.

— Hoje não. Mas é apenas uma questão de tempo até que eles voltem, provavelmente com Takumi e Sokolov a reboque — diz Greta, sua boca uma linha fina. — O que significa que precisamos voltar a discutir sobre o lançamento de Leo bem antes do previsto, a fim de que vocês três estejam fora daqui quando as autoridades do governo descobrirem exatamente o que estamos fazendo.

— Vamos fazer isso. — Estufo o peito, cheio de determinação. — Vamos fazer o lançamento o mais rápido possível. Amanhã.

— Ei, calma aí, cara. — Asher pigarreia. — Quero dizer, você acabou de derrubar o último simulador de voo. Eu sei que uma hora você estará pronto, mas não *tão* rápido. Sou a favor de continuarmos seguindo o cronograma de treinamento que planejamos.

— Vou praticar a noite toda, então — respondo, pensando rápido. — Vou dormir no simulador se preciso for! Eu só... não posso correr o risco de perder isso se eles voltarem e nos encontrarem da próxima vez.

Greta olha de um para o outro com atenção.

— Mais um dia inteiro de treinamento e depois reavaliaremos — ela decide. — Não enviarei ninguém para o espaço despreparado. Mas quanto mais esperarmos, maior o risco.

Meu estômago embrulha quando percebo o que há por trás de suas palavras.

Se eu não conseguir estar pronto amanhã, talvez eu acabe não indo nunca mais. E se formos apanhados antes do meu lançamento... então meu futuro não será o único a desmoronar.

Eu não tomei uma única dose de BRR desde a noite anterior ao corte na seleção, por isso causa-me um choque ver o familiar soro azul girando dentro da seringa nas mãos de Greta. Depois do jantar, só nós dois permanecemos no escritório dela. Lark e Asher já se recolheram em seus aposentos para passar a noite, mas ela me pediu para ficar.

— Eu achava que você seria contra injetar... essa coisa — deixo escapar quando ela estica a mão para arregaçar a minha manga.

— Eu desenvolvi essa "coisa" — ela responde com tranquilidade, e eu puxo meu braço para trás em surpresa.

— Então... isso significa que *você* é responsável pelo que aconteceu com Callum e Suki. Eles não foram em parte a razão pela qual Lark deixou o CTEI? Como você pode achar que injetar bactérias alienígenas em pessoas seja uma boa ideia?

Minha cabeça gira, pois mais uma vez a minha confiança em Greta e em toda essa situação está abalada.

— Eu teria reconhecido que o corpo deles não poderia suportar se tivesse a oportunidade de revisar o sequenciamento do DNA dos dois — responde Greta, seca. — Mas quando Takumi e Sokolov os escolheram para o grupo inicial de finalistas, eu já estava fora da missão. E as doses que todos vocês receberam no CTEI foram significativamente maiores do que eu prescrevi.

*Sequenciamento de DNA.* Minha mente volta para a outra noite, e me pergunto se é isso que ela estava fazendo: verificando meu DNA para garantir que eu poderia lidar com a BRR. Mas por que as mensagens codificadas?

— Respondendo à sua segunda pergunta — continua Greta —, essa bactéria alienígena é o único escudo que temos — e não apenas contra a radiação. — Seu olhar firme encontra meus olhos. — Agora, fique parado.

Dessa vez, não me afasto. Mas à medida que a BRR penetra em minhas veias, o mesmo ocorre com um crescente sentimento de desconforto.

*Dedos frios estão correndo pelo meu pescoço. Alguém está respirando atrás de mim, a mesma pessoa cujas roupas eu tenho usado. Ele não gosta disso, não gosta que eu esteja aqui. E então, vejo outro rosto atrás dele, que está desaparecido há muito tempo. É minha irmã, Angelica, gritando para me alertar.*

Acordo arfando e com a camiseta encharcada de suor, apesar dos calafrios que percorrem o meu corpo, fazendo-me tremer incontrolavelmente. Por um segundo, tenho o aflitivo pensamento de que estou ficando doente e Greta será forçada a me excluir da missão, já que apenas astronautas em perfeita saúde são lançados ao espaço. Mas, então, sinto o meu braço dolorido e lembro-me da injeção. São apenas os efeitos colaterais. A primeira injeção é sempre a pior.

Conseguir me desvencilhar da má impressão causada pelo sonho já é mais difícil: tinha uma urgência que me pareceu muito *real*. Depois de dez minutos me revirando na cama, desisto de dormir e me levanto. Uma vozinha na minha cabeça, que soa incrivelmente parecida com a de Naomi, insiste para que eu volte a me esgueirar pelo andar privativo de Greta e veja se consigo obter respostas para as minhas perguntas, mas me contento em matar o tempo na sala de estar do andar dos hóspedes. Com tamanha indisposição física, acho que não estou em condições de investigar muita coisa agora.

Mas quando chego ao salão e vejo a fileira de fotografias emolduradas sobre o piano, meu pulso acelera. Quem sabe eu encontre uma pista em alguma delas?

Antes que eu perceba, estou vasculhando as molduras, procurando o rosto do quarto no andar de cima. Para minha decepção, é uma foto após a outra de Greta com diferentes vencedores do Prêmio Nobel e líderes mundiais. Não há um único sinal de vida pessoal aqui.

— Leo? O que você está fazendo?

Ergo a cabeça ao som da voz de Lark. Eu me viro e me deparo com ela parada na porta, de roupão e chinelos, franzindo as sobrancelhas enquanto me observa.

— Hmm... Eu não consegui dormir — respondo, estremecendo com o pensamento de ela relatar essa cena para Greta pela manhã. — Desculpe, eu acordei você?

— Bem, você estava fazendo um barulhão por aqui — diz ela, irônica.

Seus olhos disparam para as molduras.

— Procurando algo?

Eu hesito. No momento em que estou me preparando para me safar com uma desculpa qualquer, ocorre-me que Lark talvez seja o mais perto que conseguirei chegar da verdade.

— Você sabia que Greta tinha um filho? O que aconteceu com ele?

Ela fica boquiaberta.

— Eu... não era isso que eu esperava que você dissesse.

— Conte-me.

Lark olha para trás várias vezes, como se Greta pudesse estar ao alcance de sua voz.

— É um assunto delicado... eu não deveria estar falando sobre isso. Ela nunca falou comigo a respeito dele. Só sei por causa do... do que aconteceu na mesma semana do desastre de *Athena*.

Ela remexe o anel em volta do dedo, ansiosa, e é só então que percebo que é um diamante. Um anel de noivado do amado que ela perdeu na missão.

— Ele morreu... não foi?

Lark confirma com a cabeça e meu estômago se revira. Por alguma razão, não posso deixar de ver meu destino ligado ao dele.

— O quarto dele lá em cima... tudo está intocado, do jeito como foi deixado cinco anos atrás, como se ela pensasse que o filho vai voltar — falo num rompante. — Acredite, eu sei como é a dor. Eu também sei que isso pode fazer com que você... às vezes não fique *bem*, mentalmente. Eu já passei por isso. — Respiro fundo. — Eu quero ir para Europa, não há dúvida sobre isso. Mas preciso saber quanto do que ela está me dizendo é real... ou está apenas na cabeça dela.

Lark sorri com tristeza.

— Ambas as coisas, Leo. Todo fato científico comprovado já foi uma ideia ou hipótese louca na cabeça de alguém. A única coisa que a torna "real" é a prova e, em nosso caso, essa prova só pode vir de você.

Ela está certa, eu sei. Não espero que diga mais nada, mas ela olha para mim com compaixão e começa a falar em voz baixa.

— O nome dele era Johannes. Greta o mantinha protegido dos olhos do público, porque ela sempre temeu que ele se tornasse um alvo, mas aqueles em seu círculo íntimo sabiam que ele era o centro de seu mundo. As pessoas pensam que a doutora Wagner é totalmente obcecada pelo trabalho, e ela é, mas ela também sempre quis um filho. E, com o passar do tempo, isso começou a parecer menos provável. Ela teve alguns relacionamentos, todos com mulheres, mas nada duradouro. É difícil ter um relacionamento com um gênio que está sempre preocupado. Eu sei disso.

Lark olha para o seu anel.

— Enfim. Ela finalmente encontrou um doador e teve seu bebê e, por dezoito anos, as coisas correram muito bem.

— Então, o que aconteceu?

— Johannes sempre quis se envolver no trabalho de Greta, e ela o orientou desde tenra idade a seguir seus passos. Quando a Wagner Enterprises concluiu a produção de uma nova espaçonave movida a fusão, ele insistiu muito para fazer o voo inaugural. Todas as verificações preliminares pareciam boas, e Johannes já havia voado para a Estação Espacial Internacional antes, por isso Greta concordou em deixá-lo pilotar a nave até lá em um voo de teste. O que aconteceu depois foi... — a voz de Lark falha. — Foi um acidente bizarro. O sistema de freios a ar usado para a reentrada atmosférica foi acionado prematuramente e a nave... desintegrou-se em pleno voo.

Cubro minha boca horrorizado. A sala começa a oscilar ao meu redor.

— Greta ficou devastada. E, então, apenas alguns dias depois, a *Athena* perdeu a comunicação.

Lark se afasta de mim agora e leva alguns momentos para que ela consiga voltar a falar.

— Todos nós ficamos arrasados com isso, mas os líderes da NASA na época colocaram a culpa por *Athena* em Greta. Foi por isso que eles cortaram os laços e cancelaram todos os contratos com a Wagner Enterprises. A liderança alegou que ela estava muito abalada com o que houve com Johannes para fazer direito o seu trabalho de monitorar a missão e com certeza devia ter deixado escapar alguma coisa. Até eu, que *precisava* de alguém para culpar, sabia que isso era completamente injusto. Quero dizer, havia toda uma equipe da SatCon monitorando a *Athena* também. Não era só ela.

Minha cabeça está girando. O filho de Greta não apenas morreu: ele morreu numa missão dela, numa nave espacial dela. E estou prestes a seguir os passos dele.

— Eu sempre lamentei por ela, depois disso — continua Lark. — Greta perdeu tudo o que importava para ela no espaço de uma semana. A maneira que encontrou para lidar com isso foi se afogar em seu próprio trabalho. Foi nessa época que começou o *Conspirador do Espaço* e ficou cada vez mais consumida pelo que o doutor Takumi chamou de "teorias marginais". Quando a Missão Europa recebeu sinal verde, ela tentou se reconectar com o CTEI para alertá-los sobre a probabilidade de vida extraterrestre. Mas o doutor Takumi e a general acabaram descartando seus alertas como delírios de uma cientista que "enlouquecera" por causa de sua tragédia pessoal.

— Você acredita nela, no entanto. — Olho com atenção para Lark. — Você não estaria aqui se assim não fosse.

— Sim — ela responde simplesmente. — A parte científica é sólida, não há dúvida quanto a isso. E acho que alguém que passou pelo que ela passou tem mais chances de dizer a verdade do que qualquer pessoa do outro lado. Ela não tem mais nada a perder.

— Você acha que... — Minha voz vacila. Não sei como expressar o que eu quero dizer sem parecer covarde demais. — Você acha que é seguro o que ela está planejando para mim? Ou eu poderia ser outra... história trágica como ele?

Lark coloca a mão no meu braço.

— Se eu pensasse isso, não estaria aqui tentando ajudá-lo a ir. De qualquer forma, as naves Wagner são muito mais cuidadosamente construídas e aperfeiçoadas após o acidente de Johannes.

Ela faz uma pausa.

— Mas também sei que o antigo lema da NASA é verdadeiro: "O risco é o preço do progresso". Não há garantias.

— Eu sei.

É a chance que eu disse que estava disposto a aproveitar. Então, agora é hora de manter minha palavra — e simplesmente esperar que eu possa acabar com a recompensa em vez do risco.

# OITO

NAOMI

HOJE, NOSSO SÉTIMO DIA NO ESPAÇO, É A PRIMEIRA MANHÃ em que acordo sabendo onde estou. Em vez de chamar instintivamente minha mãe e meu pai, ou esperar abrir os olhos e ver meu dormitório do campo de treinamento, dessa vez não há surpresa quando as luzes acendem. Sei que a música *pop* levemente irritante que ouço não vem do meu telefone ou do quarto de Sam, mas do Controle da Missão. Sei que quando eu rolo na cama e puxo a cortina da janela para espiar lá fora, a questão será mais sobre o que não está lá do que o que está. Nenhum solo abaixo de nós, nenhuma nuvem acima de nós. Apenas o breu infinito. Então, acho que posso dizer que estou progredindo nos "sete estágios do luto pela Terra" sobre os quais nosso psicólogo da NASA palestrou antes de partirmos. Saí oficialmente da Negação.

Provavelmente ajuda que, uma semana depois, nossos dias na *Pontus* tenham caído em uma rotina. As manhãs começam com o café da manhã em equipe, enquanto o doutor Takumi ou a general Sokolov se juntam a nós por meio do telão para nos passar a agenda do dia. Normalmente, temos uma grande simulação de treinamento em RV em grupo — um ensaio multissensorial de nossa próxima manobra em Marte ou solução de uma emergência hipotética

— seguida por um bloco de treinamento e tarefas individuais em toda a nave, adaptados a cada uma de nossas funções específicas. Meu papel como especialista em comunicação e tecnologia significa que passo algumas horas por dia sozinha, com um par de pesados fones de ouvido na Estação de Comunicação, interagindo com os líderes da NASA e da Missão Europa, baixando *uplinks* da Terra e decifrando qualquer mensagem codificada que venha da Estação Espacial Internacional ou outros satélites em órbita. Quando finjo que não é para sempre — que estou apenas vivendo minha maior fantasia *nerd* de ciência e posso ir para casa na hora que quiser —, a verdade é que amo o que faço aqui. Mas, mesmo assim, por baixo da emoção de quebrar códigos e ficar no comando de toda essa tecnologia ultra-avançada, há um silêncio que dá nos nervos. O Campo de Treinamento Espacial era um lugar fervilhante de pessoas e atividades, onde você nunca se sentia sozinho, por mais que a saudade de casa batesse. Aqui, podemos muito bem estar usando nosso isolamento como um uniforme. Basta olhar pela janela para saber que estamos fatalmente longe de tudo o que conhecemos e amamos.

No jantar é quando nós seis nos reagrupamos e, quando subo pelo elevador depois de três horas rastreando sinais de satélite, estou desejando uma conversa humana quase tanto quanto comida. Mas sou a última a chegar à sala de jantar, onde encontro meus colegas de tripulação divididos em duas mesas: Sydney, Dev e Jian em uma e Beckett e Minka em outra. Obviamente, não vou me sentar com Beckett, mas como Sydney e eu fazemos um contato visual desconfortável a distância, dá para ver que ela também não me quer na mesa dela.

Parece que estou de novo no ensino médio, só que dessa vez não há escapatória. Pego a minha bandeja e deslizo sozinha para uma mesa vazia, puxando um caderno e uma caneta da mochila.

Pelo menos, posso fingir que escolhi sentar sozinha, que tenho coisas a fazer. Começo a escrever uma mensagem para digitar para Sam antes de dormir, mas logo me distraio com o som das risadas de Dev e Sydney.

— Seu esquisito — eu a ouço chamá-lo com carinho, como se fosse o maior elogio.

Fecho os olhos com força, imaginando por um momento que as coisas aconteceram como deveriam — que, em vez de estar sentada sozinha, estou ao lado de Leo e é a risada dele que ouço. E então, ocorre-me que eu não consigo me *lembrar* realmente do riso dele, apesar de fazer apenas... quanto? Uns dez dias desde que nos separamos? Talvez se eu já tivesse uma mensagem de voz ou vídeo dele, seria menos nebuloso... mas ele está mais silencioso do que eu quero admitir.

— Ei. Você está bem?

Ergo a cabeça ao ouvir Jian, que parou na minha mesa a caminho de despejar sua bandeja vazia.

— Sim. — Dou um jeito de sorrir. — Somente... cansada, eu acho.

— Bem, se você estiver a fim, junte-se a nós para um filme hoje à noite — diz ele. — Vamos assistir a um clássico antigo do qual eu acho que você gostaria. *Estrelas Além do Tempo*.

— Esse é o meu favorito, na verdade.

Fiquei cativada por aquele filme antes mesmo de assisti-lo, apenas pela descrição do meu pai quando eu tinha 10 anos. "*Trata-se de mulheres cuja inteligência mudou o futuro da ciência e das viagens espaciais. Esse é o tipo de mulher que eu sei que você pode ser quando crescer,* azizam."

— Que bom. Então, você vai estar lá? — Jian abre um sorriso largo.

Afasto a pontada de saudade do meu pai, do meu lar.

— Sim. Vejo vocês daqui a pouco.

— Naomi. Você precisa ver isso.

Meu corpo se enrijece com o som da voz de Beckett quando entro na sala de estar, um espaço parecido com uma toca, no último andar do nosso Alojamento dos Astronautas, com alguns sofás e poltronas aparafusados de frente para uma tela de cinema. Eu quase não me juntei a eles aqui — há algo um pouco menos solitário em ficar sozinha com um bom livro do que cercada por cinco pessoas com as quais não me encaixo. Mas, então, pensei na expressão gentil de Jian e me forcei a entrar no elevador. Agora, porém, com a voz de Beckett soando como uma ameaça, gostaria de ter seguido meu primeiro instinto.

— Eu pensei que vocês estivessem assistindo a *Estrelas Além do Tempo*.

Olho de relance para a tela, onde uma âncora de rosto sério se dirige para a câmera.

— Por que estão assistindo ao noticiário?

— Confie em mim — diz a última pessoa em quem eu confiaria. — Você não vai querer perder isso.

E então eu o vejo. *Leo*. Seus intensos olhos azuis e um sorriso com covinhas enchem a tela, atingindo diretamente meu coração. Por um horrendo momento, acho que o pior aconteceu com ele, e me imagino correndo para a eclusa de ar, tirando o meu capacete e me entregando ao espaço sideral.

Mas, então, o rosto de Lark e Asher se juntam ao quadro, e o ar escapa dos meus pulmões. Eles devem estar juntos em algum lugar.

— Boatos estão circulando a respeito dos finalistas da Missão Europa desaparecidos, sobre para onde eles teriam ido e *por que* levaram uma funcionária do CTEI com eles — diz a âncora, num tom de voz dramático. — Fique ligado na nossa programação para uma declaração exclusiva do doutor Ren Takumi...

Eu me afasto da TV, não querendo ouvir qualquer coisa que ele tenha a dizer. Os outros estão me olhando, avaliando minha reação, e forço um sorriso no meu rosto.

— Há uma boa explicação para isso. Eu sei que há.

— Naomi — ouço Jian começar a dizer, mas não espero que ele termine. Já estou correndo, saindo da sala e entrando na cápsula do elevador, sentindo um frio na barriga enquanto ele despenca velozmente até a Estação de Comunicação. Nunca precisei tanto de uma mensagem de Leo como agora.

Minhas pernas praticamente voam para a mesa *touch screen* mais próxima, onde deslizo minha impressão digital e entro no meu *e-mail* num piscar de olhos. Durante toda a semana, venho dizendo a mim mesma que o silêncio de Leo se devia provavelmente ao sinal fraco de Wi-Fi em Roma — mas e se significasse alguma outra coisa?

A visão da nova mensagem em negrito no topo da minha caixa de entrada enche meus olhos com lágrimas de alívio. *Ele está bem. Ele está seguro.*

Ele não me esqueceu.

Reli as palavras de Leo duas vezes, meus olhos permanecendo na frase sobre ele ter que desaparecer por um tempo e sua promessa de que tudo é por uma boa razão. Não sei como poderei esperar para descobrir no que ele, Lark e Asher estão envolvidos, e sinto uma pontada de arrependimento por não estar lá — não fazer parte disso.

Clico no arquivo da música que ele incluiu em sua mensagem, e uma voz e uma melodia emocionantes quebram o silêncio na sala.

*"Te voglio bene assai,
ma tanto bene sai."*

Minhas bochechas se enchem de calor quando reconheço o que significam as primeiras linhas do refrão. "Eu te amo muito, você sabe." Enquanto absorvo cada nota, cada acorde, quase consigo sentir Leo sentado ao meu lado, murmurando as mesmas palavras no meu ouvido.

Estou morrendo de vontade de entender o restante da letra depois da minha primeira audição e rapidamente insiro a música no aplicativo tradutor na minha mesa. Fico sem fôlego quando a versão em inglês aparece, descrevendo sentimentos que eu nunca sonhei que alguém dedicaria a... mim.

Todo o resto se esvai — a nave, os outros cinco, a solidão aqui, os terrores espreitando lá fora. Por um mágico momento, tudo o que ouço e vejo é ele. E mesmo que estejamos separados, mesmo que nunca mais fiquemos num mesmo aposento... enquanto a música toca, eu me sinto a garota mais sortuda do universo.

Eu nem ao menos me lembro de como voltei para o meu quarto naquela noite; estava tão atordoada. O lado lógico do meu cérebro tentou estourar minha bolha, lembrando-me de que esta é uma história de amor sem final feliz. Mas, pela primeira vez, deixei meu lado emocional — possivelmente ilusório — vencer. Fui para a cama ainda flutuando, a música enviada por Leo ainda tocando na minha cabeça. Por isso, foi muito mais chocante quando acordei no meio da noite com o som de batidas urgentes.

Puxo as cobertas para o meu peito como um escudo. *Que horas são?* Tateio a prateleira de cabeceira em busca do meu *tablet* e o ligo, vejo os números que piscam na tela, no escuro: 03:15:08 Tempo Universal Coordenado. Um horário decididamente assustador para alguém aparecer à minha porta.

A batida recomeça, mas dessa vez eu ouço um padrão — uma série quase rítmica de batidas. Fecho os olhos, concentrando-me na duração de cada toque, combinando-o com uma letra do alfabeto Morse. S. Y. D...

Pego a lanterna ao lado da minha cama e me levanto num pulo, tropeçando em direção à porta. De fato, encontro Sydney do outro lado, usando um traje de moletom e segurando sua própria lanterna. Quando a luz reflete em seu rosto, capto sua expressão: congelada pelo pânico.

— O que aconteceu? — Eu a chamo para dentro, mas ela não se move. — Eu pensei que você tinha parado de falar comigo.

— Eu testei a BRR — sussurra Sydney. — Eu não queria acreditar em você, mas não conseguia parar de pensar no que disse. Então, decidi verificar por mim mesma, só que eu... dei um passo adiante.

— O que você quer dizer? — Eu a encaro.

— Apenas venha comigo. Preciso que você veja algo antes que todas as luzes e câmeras voltem pela manhã.

— Ok... Me dê um segundo.

Vasculho a gaveta embaixo da minha cama em busca de um par de meias e um moletom com capuz para vestir sobre o meu pijama, e depois a sigo através da porta deslizante do meu compartimento. Do lado de fora, um muro de escuridão nos espera, e minhas mãos tremem quando aponto a lanterna mais alto, seu brilho tênue mal penetrando o negrume.

— Vamos lá. — Sydney agarra meu braço e damos passos lentos e cuidadosos em direção ao elevador. E, então, quando estamos perto o suficiente para que a cápsula registre nossos passos, ela acende com seu brilho prateado, dando-nos uma luz na escuridão. Eu suspiro de alívio quando entramos.

— Para onde estamos indo, exatamente? — pergunto para Sydney.

— O Laboratório Flutuante — ela responde, e eu arqueio as sobrancelhas. Até agora, apenas nossa oficial de ciências, também conhecida como Minka, e a oficial médica da missão, Sydney, tiveram acesso ao laboratório. Ficava me perguntando quando seria a minha vez. Conhecendo o meu histórico, eu provavelmente deveria ter adivinhado que acabaria entrando nele sorrateiramente.

Passamos pela fileira de mesas *touch screen* na Estação de Comunicação, deslocando-nos em direção à escotilha que nos leva para fora da bolha do nosso Alojamento dos Astronautas e para o lado não habitável e inexplorado da nave. Sydney aponta nossas lanternas para a frente para eu abrir a escotilha e, enquanto rastejamos para dentro, através do túnel que liga todos os diferentes módulos da nave — nossos corpos começam a subir. Há uma agitação no meu estômago e o ar escapa dos meus pulmões quando a gravidade zero retorna. É uma sensação à qual não consigo imaginar me acostumando.

Nós nos impulsionamos para a frente empurrando os apoios de mão, passando pela estufa artificial, o compartimento de carga e o módulo de armazenamento até chegarmos à eclusa de ar que leva ao laboratório. Sigo Sydney pela pesada porta circular e movo minha lanterna à frente, captando vislumbres de um laboratório de ciências com gravidade zero através do pálido facho de luz. Fios enrolam-se do chão ao teto, as mesas de laboratório dobráveis se estendem das paredes, as telas dos monitores e os espelhos de aumento giram sobre nossas cabeças, e pelo menos duas dúzias de instrumentos científicos esperam ao alcance da mão, presos a uma partição de velcro na parede. Estou tão absorta em nosso entorno que, por um segundo, esqueço o verdadeiro motivo de estarmos aqui.

Até Sydney pressionar as palmas das mãos contra uma seção branca acolchoada da parede, que se abre para revelar uma geladeira de laboratório. Ela pega uma placa de Petri, com o fundo preenchido por um familiar líquido azul. E então, Sydney pressiona o meio de uma das mesas dobradas do laboratório até que ela fique em posição de trabalho, pega um microscópio de uma das prateleiras da parede e praticamente me empurra em direção a ele, eu me agarro a um corrimão para evitar flutuar para longe. Observando Sydney em ação, ocorre-me que eu poderia estar errada antes, pensando que não me encaixava com os outros aqui. Eu obviamente não sou a única disposta a quebrar as regras e me colocar em situações arriscadas, tudo em nome da ciência — e da verdade.

— Você estava certa sobre os três núcleos — Sydney murmura atrás de mim enquanto ajusto a lente. — Depois que constatei isso, fiquei... bem, surtada seria um eufemismo. Tudo o que eu conseguia pensar era que tinha que saber que *tipo* de vida essa célula bizarra representa se for para continuar nos aplicando essas injeções. Então, eu pensei: se você estivesse certa sobre a BRR ser proveniente de Europa, eu poderia tentar replicar as condições atmosféricas de Europa no nível microscópico. Simplesmente alterei a temperatura da água na placa de Petri e a misturei com nutrientes e uma quantidade extra de oxigênio e carbono...

Sinto um frio no estômago.

— Você *simplesmente* fez tudo isso? Sydney, diga-me que você não reanimou algo que nem sabemos o que é!

O silêncio dela confirma meu receio. E quando me inclino para a lente, posso sentir a tensão de todos os músculos do meu corpo, preparando-se para o desconhecido.

À primeira vista, não parece diferente das bactérias que vi no meu próprio microscópio quando investiguei a BRR no campo de treinamento: um organismo tubular avermelhado, com seus três núcleos sem precedentes no meio do citoplasma da célula. E então...

Solto um grito, recuando tão rápido que solto a mão do corrimão. A bactéria dormente está se *contorcendo* — uma vez e depois duas. E então, ela ganha vida. Seis gavinhas finas brotam em torno de seu exterior, como membros, e de repente sua concha em forma de tubo está dobrando de tamanho, expandindo-se logo abaixo do vidro.

Eu pulo para trás em choque, a gravidade zero me fazendo voar direto para a parede. Encontro uma escada para agarrar e Sydney se junta a mim do outro lado, nós duas olhando com medo para a mesa de laboratório abandonada.

— Eu não acabei de ver isso — digo quando recupero a voz.

— Provocou a mesma reação em mim também — diz Sydney trêmula. — Mas quando olhei pela segunda vez, aquilo... aquela *coisa* tinha diminuído para o tamanho normal. Portanto, ela deve ter a capacidade de alterar o seu tamanho e forma à vontade.

— Isso não é aterrorizante nem nada. — Engulo em seco. Meu corpo gela quando me dou conta de quão sozinhas Sydney e eu estamos aqui, com um espécime desconhecido crescendo enquanto falamos. A situação exige que reunamos o máximo de autocontrole para pensar com clareza, para simplesmente não sair correndo do laboratório.

— Precisamos confrontar os líderes da missão sobre isso. Mas, primeiro, não podemos deixar que isso continue crescendo quando estamos todos confinados juntos nesta nave. Nós temos que... — Minha voz falha porque é claro que isso é a última coisa que gostaria de dizer. Uma descoberta como essa, uma nova forma de vida, é o milagre de um cientista. E estou prestes a sugerir matá-la.

— Eu achei que você poderia dizer isso. — Sydney baixa os olhos para o chão. — Sinto muito por nos meter nessa confusão. Eu deveria ter acreditado em você.

*Hmm, sim, você deveria.* Mas engulo a resposta, forçando-me a manter a calma. Além do mais, quem sou eu para falar, depois do que fiz com Dot.

— Está bem. Vamos descobrir o que fazer. Penso que a nossa melhor opção é... despejar na eclusa de ar principal — digo com um estremecimento. — Aquela que leva ao espaço.

— Isso significa vestir o traje para uma caminhada no espaço — observa Sydney.

— Como vamos dar conta disso tudo com apenas nós duas e um par de lanternas? Sem mencionar que a eclusa de ar é muito próxima da cápsula de voo.

— Tem razão. Cyb. — Suspiro fundo. Provavelmente, o robô ainda está conectado à sua cápsula para ser recarregado durante a noite, mas se ele estiver alerta e em operação na cabine de comando, não há como ele não nos ouvir — e ficar encurralada pela inteligência artificial do doutor Takumi só tornaria esta noite cerca de dez vezes mais complicada.

Aponto a lanterna ao redor do laboratório, o estreito facho de luz circulando o espaço enquanto procuro por algo que possamos usar. E então, detenho-me quando o brilho pálido ilumina uma máquina preta e branca aparafusada, ocupando um terço da parede norte do laboratório. Parece uma daquelas antigas copiadoras ou impressoras/*escâneres* da Terra, mas com uma porta blindada que protege o que está dentro e mais uma dezena de botões do lado de fora.

— O incinerador catalítico — murmuro. — Isso poderia funcionar.

— Sério? — Sydney segue o facho da minha lanterna com os olhos. — Você já usou um desses antes?

— Ainda não, é o território de Minka, na verdade, mas eu sei como funciona. É o dispositivo que usa um catalisador para decompor resíduos perigosos e convertê-los em gás metano para combustível de foguete. — Eu olho para cima, sentindo meu espírito se animar. — Então, quando colocarmos a placa de Petri lá dentro, o ar fumegante e de alta pressão da máquina deve matar as bactérias e transformá-las em metano!

— Você tem certeza de que é nisso que se transformarão? — Sydney pergunta, mordendo uma das unhas.

— Isso é tudo que se espera de um incinerador catalítico — digo a ela. — Além disso, que outras opções temos?

— É verdade. — Sydney olha da placa de Petri sob o microscópio para o incinerador. — Então, tudo o que precisamos fazer é colocar a placa lá dentro?

Eu balanço a cabeça confirmando. Nós duas hesitamos, nenhuma de nós particularmente ansiosa para chegar perto do organismo alienígena novamente. Mas, então, respiro fundo e empurro a escada em direção à mesa do laboratório. Foi ideia minha, afinal de contas.

Sydney me segue, e fico aliviada quando ela se move em direção ao microscópio, pegando a placa de Petri nas mãos. Ela mantém os olhos voltados para a frente, evitando encarar a cena dentro do vidro, mas sua respiração rasa me revela quão assustada ela realmente está. Ilumino a placa de Petri com a minha lanterna, incapaz de me impedir de olhar, e meu coração dispara ao perceber movimentos deslizantes. Algo tão microscópico, quanto células bacterianas, jamais deveria ser visível a olho nu — o que significa que o organismo nas mãos de Sydney está crescendo a uma taxa exponencial.

— Depressa — digo entredentes, dando-lhe um leve empurrão no ar em direção à máquina.

Demoro mais alguns minutos para descobrir como ligar a máquina, meu coração batendo forte no peito o tempo todo enquanto analiso os diferentes botões e acrônimos no *display*, muito ciente da bomba-relógio que Sydney está segurando. Finalmente, a porta se abre com um estalo, seu interior já sibilando com o vapor acumulado.

— Aqui vai. — Mordo o lábio, dividida entre alívio e remorso quando Sydney desliza cuidadosamente a placa para dentro. Minha voz baixa para um sussurro quando olho para o movimento escuro no vidro uma última vez. — Eu sinto muito...

Digo a mim mesma uma dúzia de coisas diferentes quando a máquina entra em ação e a placa de Petri começa a girar, se dissolvendo. Digo a mim mesma que o organismo poderia ter sido perigoso, que poderia ter ameaçado nossa nave, nossa missão, nossas vidas. Nós tivemos que fazer isso. Era nosso dever. Não podíamos esperar nem mais um minuto e deixar o risco aumentar.

Mas nada disso diminui a minha culpa. Porque... e se eu estiver errada? E se essa coisa só *parecer* esquisita e ameaçadora, mas realmente não for? E se acabamos de matar uma descoberta científica histórica sem motivo?

A máquina emite uma série de sinais sonoros e, em seguida, um tubo que corre da parte traseira do incinerador para a parede da nave começa a gorgolejar de atividade. O *metano convertido*. E, um momento depois, tudo fica quieto. A sequência está completa.

Sydney e eu trocamos um olhar nervoso antes de abrir a porta do incinerador catalítico. Em seu interior, não há mais nenhum vestígio da BRR ou da placa de Petri. Tudo o que resta é o vapor persistente.

— Bem, essa é provavelmente a última vez que reanimo alguma coisa — diz Sydney, dando um suspiro de alívio.

— Eu espero que sim. — Olho para o meu monitor de pulso.

— Vamos lá, vamos sair daqui. Talvez ainda consigamos dormir algumas horas antes do toque de despertar.

Nós flutuamos através do laboratório até a porta da escotilha, nenhuma de nós olhando para trás quando a fechamos depois de transpô-la. Atravessamos os módulos da nave em silêncio, e só quando abrimos a porta do Alojamento dos Astronautas e nossos pés batem no chão é que as coisas começam a recuperar um pouco de normalidade. De volta à cápsula do elevador e subindo juntas, Sydney aperta meu braço.

— Obrigada, Naomi. Eu lhe devo uma. Ou cinco. — Ela faz uma pausa. — Amigas?

— Claro.

Por mais perturbadora que tenha sido toda essa aventura, pelo menos eu tenho uma aliada agora — algo que estou começando a me dar conta do quanto eu precisava.

Deixamos a cápsula do elevador caminhando nas pontas dos pés em nosso andar e paro diante da minha cabine.

— Vejo você pela manhã — digo em meio a um bocejo. — Boa noite, Sydney.

— Boa noite — ela repete. — Durma bem.

Mas, quando minha mente rememora a cena que acabamos de vivenciar, algo me diz que teremos sorte se conseguirmos dormir.

# NOVE

LEO

PELA PRIMEIRA VEZ DESDE QUE A CONHEÇO, Greta Wagner parece nervosa. Eu a pego me olhando desconfiada durante o treinamento da manhã e não posso deixar de me perguntar se ela mudou de ideia — se ela descobriu que eu sou apenas um atleta outrora importante, não o astronauta prodígio que ela esperava. Sua mente parece estar em outro lugar enquanto me sabatina sobre as diferentes regiões de Europa, e eu me preparo para o golpe que sinto vir. Eu mesmo posso ter tido reservas quanto a colocar minha vida nas mãos de Greta depois do que aconteceu com Johannes, mas a ideia de ela me tirar da missão me lembra mais uma vez o quanto eu quero isso — *preciso* disso.

E, então, ouço um uivo, vindo das janelas do laboratório supostamente à prova de som. *Vento*. Em nossa nova Terra, castigada pelo clima, esse som nunca significa nada de bom.

Os olhos de Greta disparam de um lado para o outro, de mim até as nuvens de tempestade visíveis através da janela do laboratório.

— Temos que lançá-lo antes que a tempestade chegue.

Fiel ao seu aviso, aceleramos o restante do meu dia de treinamento. Da Cartografia, onde Greta me mostra como interpretar e seguir o mapa oculto que permeia a superfície de Europa, ao Curso Básico de Sobrevivência no Espaço com Lark e um treinamento de voo simulado com Asher que eu na verdade concluo dessa vez, tudo transcorre com rapidez.

Estamos nos sentando para uma refeição rápida no laboratório, trazida a nós por Corion em uma reluzente bandeja de prata, quando nossa conversa é interrompida pelo som do vento. Ele esteve ululando ao fundo o dia todo, mas essa última rajada soa mais como um grito, ecoando numa altura que poderia quebrar as vidraças.

Todos olhamos através da claraboia para ver a escuridão caindo, mesmo que ainda estejamos no meio do dia. Greta aponta para a parede, murmurando algo em alemão, e de repente uma tela de vídeo baixa sobre ela, tremulando com imagens do noticiário. É quando vemos o que realmente está acontecendo lá fora — as nuvens liberando sua fúria mais uma vez.

Agarro a lateral da mesa com força, tornando minhas juntas brancas, assistindo às imagens que passam de árvores violentamente açoitadas para telhados se desprendendo de suas estruturas em Salzburgo, a apenas algumas horas daqui. Um mapa preenche a tela e, ao darem um *zoom* em Viena, a cidade à nossa porta, as imagens mudam para as nuvens em turbilhão que se transformam em algo novo.

— O tornado atingiu a cidade de Munique e está se movendo rapidamente para o leste, em direção a Viena.

Greta deixa cair o prato com um tinido.

— A nave!

Ela se afasta da mesa e o restante de nós segue o exemplo, nossas cadeiras arrastando no piso metálico enquanto Corion grita instruções para sua equipe em seu *headset*:

— Acionem as barreiras secundárias. Desbloqueiem o abrigo contra tempestades! — Ele gesticula para que o sigamos, mas depois de uma decisão tomada em uma fração de segundo, dou meia-volta e corro para o armário escondido que Greta me mostrou. Aquele que guarda o meu traje espacial e equipamento de suporte à vida.

— O que você está fazendo? — ouço Asher gritar atrás de mim, mas não paro de me mover até estar diante do armário escondido, abrindo-o com a palma da mão.

— Leo. — Greta me alcança, estudando meu rosto atentamente. — Você tem certeza?

— Não podemos esperar mais — respondo. — Eu sei que esse tornado pode destruir nossa nave ou nos custar nossa janela de lançamento, ou ambos. Deixe-me ir agora, enquanto ainda tenho uma chance.

Ela hesita e, por um momento, tenho certeza de que ela dirá não. Mas, então, ela assente de leve com a cabeça e começa a gritar instruções.

— Corion, prepare nossa transferência para a plataforma de lançamento. Lark e Asher, ajudem Leo a se vestir. Vamos lá!

Com os dois, cada qual de um lado, ajudando-me a vestir o traje de pressão cinza-azulado de quase quinze quilos acoplado à mochila do equipamento de sobrevivência, um pensamento me ocorre com uma força atordoante: *isso é real. Isso está realmente acontecendo.*

Lark e Asher me ajudam a colocar o gorro com sistema de comunicação e o capacete de pressão total, enquanto entro em pesadas botas espaciais pretas e calço luvas de pressão. Então, depois de Greta me examinar e verificar meus níveis de oxigênio — saímos.

Atravessamos as portas do laboratório, com Greta, Asher e Lark à minha volta como se eu fosse um lutador de boxe e eles, a minha equipe de apoio no ringue. Corion está esperando no banco da frente de uma Plataforma Móvel[*] de seis rodas, uma versão

---

[*] Conhecida como All-Terrain Mobility Platform (ATMP) ou Supacat. É um veículo leve de seis rodas usado pelas forças aéreas e móveis do exército britânico. (N.T.)

moderna dos veículos militares abertos próprios de uma zona de guerra. São necessários os quatro pares de mãos para me ajudar a subir até o meu assento em meio à tempestade que se aproxima, meu pesado equipamento intensificando o esforço de cada movimento. E, então, as rodas começam a deslizar pelo tortuoso caminho para fora do laboratório de Greta, o vento nos castigando enquanto atravessamos o trecho de cerca de um quilômetro e meio encobertos pelas copas das árvores para alcançarmos a atração principal: seu lago particular, com sua própria barcaça de foguete. Lá, como um farol sob as nuvens, está a *WagnerOne*: uma espaçonave elegante, compacta e poderosa construída para outro mundo.

— Caral... Uau. — Asher assobia baixinho. — Dá para acreditar nisso, cara?

— Não. — Balanço minha cabeça, incrédulo. *Se meus pais e Angelica pudessem me ver agora...*

Greta me conduz pela plataforma de lançamento e para dentro da cabine de comando, que parece uma réplica encolhida da cápsula de voo da *Pontus*, enquanto outra escotilha se abre para uma pequena cabine de um quarto com uma cama de solteiro aparafusada no piso, cozinha, chuveiro e vaso sanitário. É resistente e minimalista, sem nenhum conforto adicional como na *Pontus*, mas eu sei a razão disso. A viabilidade da *WagnerOne* reside no seu peso e velocidade. Quanto menor e mais rápido pudermos ser, mais rápido alcançaremos a *Pontus* e menos efeito nosso peso adicionado terá em sua trajetória quando nós dois — *incrociamo le dita*, dedos cruzados! — conseguirmos acoplar.

Fazendo menção de retornar à plataforma de voo, levo um tremendo susto quando um console quadrado cinzento que eu pensei que fazia parte da cabine de comando começa a *caminhar* em nossa direção.

— Comandante Danieli — o quadrado... a coisa diz. Uma luz metálica dispara de sua superfície enquanto fala. — Estou ansioso para servi-lo.

Eu me viro para encarar Greta.

— Um robô? Vou voar com uma IA?

— O nome dele é Kitt — responde Greta. — Não tínhamos espaço para um humanoide, mas Kitt é um robô muito eficiente, capaz de ajudá-lo nas tarefas diárias a bordo da nave.

Atiro meus braços em volta dela, sentindo uma onda de gratidão. Greta parece um pouco confusa no começo, mas depois ela corresponde ao meu abraço de forma um pouco hesitante. Quando ela recua, fico surpreso ao ver um brilho de lágrimas por trás dos seus óculos. Desvio o olhar, sabendo que ela não gostaria que eu notasse.

— Eu pensei que estaria completamente sozinho lá em cima — digo. — Não acredito que você não me contou sobre Kitt antes!

— Bem, eu não queria que você ficasse relaxado em seu treinamento — diz ela com um sorriso irônico. — Além disso, Kitt só foi programado com memória e bateria suficientes para durar até Europa. Depois disso, será desativado, para que você não fique muito apegado.

— Oh. — Faço uma pausa. — Bem, ainda assim. Obrigado.

Ela assente.

— Você está pronto para se despedir?

— Espere. — Baixo minha voz, olhando para fora da cápsula, para o lugar onde Asher e Lark estão. — O que vai acontecer com eles depois disso? Você os manterá seguros?

— Você tem a minha palavra — ela promete. — Ambos serão empregados pela Wagner Enterprises pelo tempo que quiserem, com a escolha de acomodações e minha segurança particular cuidando deles também.

Suspiro aliviado.

— Ok. E há... há outra coisa que preciso que você faça por mim.

Greta levanta uma sobrancelha.

— O que é?

— Encontre o irmão e os pais de Naomi Ardalan. Fique de olho neles, verifique se estão bem. E se houver outro lugar onde possam estar mais seguros de todas as enchentes da Califórnia, com melhores cuidados médicos para o irmão dela — torne isso possível para eles, por favor. — Dou um ligeiro sorriso. — Você poderia dizer que é o meu último desejo.

— Feito — Greta concorda. Ela olha para o céu trovejante. — Pronto?

Assinto e saio da nave espacial para ver Lark e Asher uma última vez. É uma lembrança congelada em minha mente, para levar comigo pelo resto da vida: abraçar os únicos amigos que me sobraram na Terra, as pessoas que me salvaram do mais sombrio dos futuros.

— Obrigado a todos por tudo. Eu nunca esquecerei isso. E vou deixar vocês orgulhosos lá em cima.

— Amo você, irmão. — Asher bate nas minhas costas enquanto nos abraçamos em despedida, há certa amargura em sua expressão. — Dê um alô às estrelas por mim.

Lark aperta a minha mão.

— Você vai ser incrível. Boa sorte lá em cima. — E, então, ela sussurra no meu ouvido: — Diga oi para *Naomi* por mim.

— Mal posso esperar para fazer isso — Eu sorrio com a perspectiva de fazê-lo.

Greta pigarreia ao meu lado.

— Está na hora. — Ela encontra meus olhos, e dá para ver que luta para manter suas emoções afastadas. — Não sei se já disse isso, mas obrigada. Por ser corajoso o suficiente para se arriscar, e por acreditar em algo que outros poderiam descartar como sendo as ideias loucas de uma velha cientista maluca.

— Você não é tão velha — respondo, tentando descontrair o momento, para eu próprio não desmoronar.

— E por me dar um propósito novamente. — Sua voz é quase inaudível devido ao vento, mas eu sei que a ouvi direito. — Você às vezes me lembra alguém... Ele teria se saído bem nisso. Eu sei que você também se sairá.

À menção de seu filho, um calafrio me percorre. Estou refazendo os passos de Johannes — dando adeus a Greta, entrando na espaçonave, preparando-me para a decolagem. Mas, não, o resultado dessa vez não pode ser o mesmo... pode?

— Obrigado — murmuro. — Vamos... vamos em frente.

Eu a observo se afastar para se juntar a Asher e Lark, e dou aos três um último aceno. E, então, engolindo o nó na garganta, viro e entro na espaçonave sozinho.

Prendo a correia de segurança no meu assento de lançamento, seguindo todos os movimentos que Asher me ensinou na *touch screen* de pilotagem, enquanto tento ignorar o bater do meu coração contra a caixa torácica. O chão embaixo de mim trepida, o céu lá fora fica laranja ardente quando Greta acende uma série de enormes varas de madeira, incendiando-as em rápida sucessão, e os motores ligam. A contagem regressiva ecoa em meus ouvidos pelos alto-falantes da cabine e eu fecho os olhos, preparando-me para...

— T-minus um. E... DECOLAR!

Talvez, se tivéssemos feito o lançamento um minuto antes, ou se o tornado tivesse atingido um minuto depois, eu poderia estar fora de seu caminho. Mas, no momento em que o foguete dispara no ar, sinto a força esmagadora do vento ameaçando sugar a

*WagnerOne* em seu vórtice. As paredes da nave tremem ao meu redor, minha velocidade começa a vacilar e eu observo horrorizado a queda vertiginosa dos números piscando na tela. Minha jornada, tão rápido como começou, já está terminando. Posso sentir a tempestade castigando a espaçonave, o vento cortante nos puxando para fora do curso; eu já posso ver o pouso forçado na Terra que está por vir...

— LEO! — A voz de Greta grita no meu fone de ouvido. — Aumente sua velocidade de escape. Você pode vencer isso!

Com as mãos trêmulas dentro das luvas, opero com rapidez os controles de voo, acelerando, desviando e ajustando a minha trajetória, até que finalmente a gravidade diminui. A última coisa que vejo é um *flash* de luz...

E, então, tudo fica negro.

# PARTE DOIS

## MARTE

**Origem da mensagem:** TERRA — ESTADOS UNIDOS — SUL DA CALIFÓRNIA
**Destinatário da mensagem:** NAVE ESPACIAL *PONTUS* — EM TRÂNSITO TERRA-MARTE
**Aos cuidados de:** ARDALAN, NAOMI
[*Status* da mensagem: recebida — criptografada]

Oi, Mana.

A noite passada começou quase como nos velhos tempos em nossa casa, e digo como nos velhos tempos *mesmo*, antes que metade de Los Angeles fosse inundada e começássemos a viver nos alimentando de rações. Papai grelhou espetinhos de carne e mamãe cozinhou seu famoso arroz persa com cerejas, e foi como se eu voltasse a ter 11 anos. Pelo menos, parece ser este o tempo que faz desde a última vez que comemos algo tão delicioso como *kebab* ou arroz de cereja. Mas, aí, quando estávamos acomodados no sofá, havia ali aquele gritante espaço vazio. E, quando ligamos a TV, em vez de assistirmos a um de nossos costumeiros programas ou escolhermos um filme para assistir, era *você* que estava na tela.

Não sei explicar como foi estranha aquela sensação: passar de uma cena que parecia tão nostálgica, como se você pudesse estar sentada ali bem do meu lado, a tomar um murro na cara com o lembrete de que você na verdade está no *espaço*. Na maioria das vezes, acho que me saio bem em procurar ser forte e conformado em relação a tudo isso, mas às vezes é simplesmente... demais para suportar. E, às vezes, a única coisa que ajuda é subir até o seu quarto, ficar entre seus antigos pertences e fingir que ainda tenho uma irmã e melhor amiga na Terra.

Enfim... Sua participação em transmissão ao vivo para a série documental *Os Seis Finalistas* foi a razão pela qual mamãe e papai decidiram bancar o jantar épico da noite passada, então, eu tenho que lhe agradecer por isso! Agora, falando sério, foi *muito* bom ver você. Eu gostaria que pudéssemos conversar mais — é uma loucura a forma como eles administram meticulosamente o seu tempo aí em cima —, mas eu sei que tenho de ser grato por pelo menos essa tecnologia existir para que possamos nos comunicar a centenas de milhões de quilômetros de distância.

Eu estava pensando em como, quando éramos pequenos, toda vez que ouvíamos falar de outro furacão ou *tsunami* mandando mais uma cidade para debaixo d'água, ficávamos olhando um para o outro e dizendo: "Estamos vivendo no futuro". Naquela época, dizíamos aquilo no sentido mais sombrio, mas, agora que você está no espaço, mudando o mundo (quero dizer, o universo!), você redefiniu o que significa viver no futuro e transformou a expressão em algo positivo. E isso é legal pra caramba.

Falando em legal... Recebi seu anexo criptografado na outra noite, sobre a sua descoberta (!!) e estou anexando uma pesquisa minha para você aqui. Basicamente, estou trabalhando em uma lista de organismos da Terra que correspondem a algumas das características que você descreveu — para que nós possamos ter pelo menos uma vaga ideia do que esperar em Europa. (E, sim, eu sei que disse "nós", risos. A verdade é que ajuda muito sentir-me envolvido de alguma maneira, mesmo que pequenina.)

De qualquer forma, algo me pareceu interessante: pesquisei pelas características fisiológicas que você mencionou e as mesmas e poucas criaturas vivas apareceram no resultado das buscas — mas eram todas da *Terra pré-histórica*. Então, isso nos diz alguma coisa. Deixo para você, irmã-gênio, descobrir o quê.

Escreverei mais para você amanhã, e mamãe e papai me pediram para lembrá-la de enviar mais mensagens de vídeo — todos nós sentimos a sua falta.

Amo você,

Sam

# DEZ

NAOMI

FICO DIANTE DO PEQUENO E QUADRADO ESPELHO DE PLÁSTICO acima da pia do meu banheiro, verificando meu reflexo meia hora antes da histórica coletiva de imprensa Da Terra ao Espaço Profundo, que nos transmitirá ao vivo para centenas de milhões de pessoas num episódio especial da série documental *Os Seis Finalistas*. É apenas a segunda ocasião em que os astronautas conversam por vídeo com a Terra a essa grande distância — quase a meio caminho de Marte — e tento não pensar no que aconteceu com a última tripulação enquanto passo uma escova pelos cabelos.

O doutor Takumi nos disse que mais da metade da população da Terra assistirá à transmissão hoje. Mal consigo assimilar esse número impressionante, mas o pensamento de que minha família estará assistindo — e talvez, espero, Leo — é o que me dá foco. Meus sentimentos sobre a missão podem vacilar, mas meu desejo de deixá-los orgulhosos é constante.

— Naomi. — Uma voz entrecortada e mecânica ecoa do lado de fora da minha porta, e minhas costas enrijecem. *Cyb*. — Nós estamos esperando por você.

Até agora na nave, houve uma clara divisão entre as IAs e a tripulação humana. Com exceção do primeiro dia, Cyb e Tera não fizeram uma única aparição em nosso Alojamento dos Astronautas, ao passo que apenas Jian voltou ao módulo de comando onde os robôs estão estacionados e no qual Cyb comanda a cabine. Então, é uma surpresa quando ouço a voz dele. Se Cyb está se juntando a nós, o evento deve ser mais importante do que eu pensava.

Abro a minha porta, deslizando-a, saindo ao mesmo tempo que Minka enquanto ela deixa o quarto ao lado do meu. Os outros estão enfileirados próximo à cápsula do elevador, todos nós trajando nossos uniformes da Missão: Europa, de acordo com as instruções do doutor Takumi e da general, embora alguns de meus colegas de tripulação tenham conseguido se arrumar, mesmo com as opções de moda limitadas a bordo da *Pontus*. Minka combina a camisa com uma saia assimétrica e meia-calça preta — dois itens que nunca me ocorreria vestir —, enquanto Sydney usa um jeans preto com buracos estratégicos nos joelhos, um retorno à tendência preferida do século anterior. Enquanto isso, mantenho a simplicidade com meu velho jeans azul-escuro favorito, o que me provoca uma pontada de tristeza ao lembrar de quando o usei pela última vez — no fim de semana antes de eu deixar meu lar.

Nesse momento, noto Tera se aproximando de Cyb, uma pilha de jaquetas de aparência familiar carregadas em seus braços mecânicos. Assim que Minka e eu nos juntamos ao grupo, ela começa a entregá-las a cada um de nós. Espero as jaquetas bomber azul-gelo de sempre, com nosso emblema e insígnias da missão, mas dessa vez há algo mais abaixo: um logotipo enorme anunciando em letras grandes: *Trazido a você pela ACS Sportswear!*

— O que significa isso? — pergunto a Tera, apontando para o logotipo.

— É o novo patrocinador corporativo da nossa missão — ela responde. — Roupas esportivas seguras para todas as condições climáticas. O doutor Takumi me instruiu a garantir que um de vocês as mencione ao vivo para a câmera.

Eu me viro para Sydney e Dev, que estão perto de mim, e nós três trocamos olhares perplexos.

— Desde quando temos patrocinadores? — eu pressiono. — Isso parece muito... estranho. — Deveríamos estar colonizando outro planeta e salvando a humanidade, anunciar produtos dificilmente se encaixa em qualquer um dos objetivos.

— Redução da população na Terra significa redução de dólares em impostos, portanto, o patrocínio representa uma fonte significativa de nosso financiamento para missões. — A voz de Tera se torna mais monótona do que o habitual, enquanto ela recita algum tipo de discurso memorizado. — Graças em parte à ACS Sportswear, somos capazes de viajar para mais longe do que qualquer pessoa na história da humanidade, nos mais modernos e confortáveis alojamentos. A ACS Sportswear é uma generosa apoiadora do Campo de Treinamento Espacial Internacional e de seu brilhante líder, o doutor Ren Takumi e...

— Já chega, Tera. — A voz de Cyb ressoa no recinto, interrompendo a frase do robô de *backup*.

A boca mecânica de Tera se fecha e seus olhos — lentes redondas e azuis de câmera — piscam, direcionadas para a frente, enquanto ela espera pelo próximo comando de seu superior.

— Acredito que Tera ficou um pouco *confusa*. — Cyb pronuncia a palavra na entonação mais desdenhosa possível para um robô, e de repente me vejo curiosa sobre os acontecimentos no módulo de comando. — Ela interpretou a pergunta de Naomi como um *prompt* para ler a declaração sobre a ACS que um de vocês fará diante da câmera. Não há necessidade de dizer a última frase, no entanto. Em vez disso, gostaríamos que vocês dissessem ao público como a ACS

Sportswear fornece as roupas mais duráveis e à prova de intempéries para proteger seus corpos durante tempestades extremas.

— Hã... como é que é?

A expressão mortificada de Jian fala pelo restante de nós. A ideia de sentar diante da câmera em nossa nave espacial de bilhões de dólares, distante da onda interminável de furacões, inundações e incêndios na Terra, e usar a videoconferência para vender roupas contra os desastres naturais é revoltante. Então, é claro, a única pessoa que se voluntaria é Beckett Wolfe.

— Eu faço isso. — Ele dá de ombros.

— Ótimo. Agora vamos nos posicionar diante da câmera lá embaixo. — Cyb se desloca pesadamente na direção da cápsula do elevador e o restante de nós o segue, eu, Dev e Sydney demorando-nos alguns passos atrás.

— Isso vai ser embaraçoso — diz Dev, curvando-se e fingindo subserviência pelas costas de Beckett.

— Estou começando a achar que essa *videoconferência* pode ser apenas um golpe publicitário para ganhar dinheiro — sussurro. E, então, lembro-me da última frase do discurso embaraçoso de Tera, no momento em que Cyb a interrompeu: "A ACS *Sportswear é uma generosa apoiadora do Campo de Treinamento Espacial Internacional e de seu brilhante líder...*". — Ele está ganhando dinheiro às nossas custas — falo baixinho num rompante. — Ele não recebe apenas um salário do governo, mas também uma parte do dinheiro do patrocínio.

E de repente sei como o dia de hoje vai transcorrer. A antecipada videoconferência histórica com a Terra é, na verdade, um pretexto para vender mais produtos da ACS, de modo que eles, por sua vez, encham os bolsos do doutor Takumi.

— Não é à toa que ele nunca se importou com os riscos e quis manter a missão a todo custo. — Cerro os dentes. — Nós somos a sua fonte de renda.

— Eu não chegaria a tanto. — Dev parece espantado com a minha cáustica crítica e Sydney me dá uma discreta cotovelada, um lembrete para eu manter as aparências na frente dele. Dev não sabe o que descobri no Campo de Treinamento Espacial ou aqui no laboratório com Sydney; ele não sabe nada sobre o que o doutor Takumi está escondendo.

Mas é apenas uma questão de tempo até que tudo seja descoberto.

— Vocês três! Mexam-se.

A voz de Cyb me causa um sobressalto, enquanto minhas faces ficam ruborizadas para valer. Será que ele me ouviu? Provavelmente não, os robôs estão muito adiante. Nós aceleramos o passo e encontramos o restante da tripulação no elevador, todos nós ficamos em silêncio enquanto descemos do quarto andar para o primeiro.

Fui encarregada de configurar a Estação de Comunicação com antecedência, para que a tela principal de cinema já estivesse aberta e piscando com um relógio de contagem regressiva no momento da nossa entrada, enquanto duas câmeras maiores eram posicionadas em frente às nossas seis cadeiras.

Tomamos nossos lugares em ordem alfabética, eu em uma extremidade e Beckett na outra, com um robô de cada lado. Felizmente, o robô que se posta ao meu lado é o menos intenso dos dois, e um pouco atrapalhado.

Pouco antes do relógio da contagem regressiva atingir a marca de dois minutos, a tela ganha vida e o doutor Takumi e a general Sokolov preenchem o quadro. Eu me mexo desconfortavelmente no meu lugar. Que frases eles planejam nos passar agora?

— Boa tarde, astronautas e IAs — o doutor Takumi nos cumprimenta. Sua voz grave consegue ser tão ressonante na tela quanto em pessoa. — Entraremos ao vivo em apenas alguns instantes. Vocês verão a tela dividida nos cinco países que representam, com um diferente âncora de notícias posicionado em cada local. Membros selecionados do público foram escolhidos para fazer perguntas, para que tenhamos uma breve sessão de perguntas e respostas, e a general e eu também teceremos algumas considerações. Haverá dois intervalos comerciais. Nesse momento, vocês farão o depoimento a respeito da ACS Sportswear, sobre o qual, suponho, os robôs já os informaram, correto?

— Entendido — Beckett se adianta. — Deixem comigo.

Eu tento não revirar os olhos.

— Tudo bem, então. Entraremos ao vivo em três... dois...

Ouço a voz da minha mãe na minha cabeça ("Não fique com a postura curvada, *azizam*") e me sento um pouco mais ereta, só por ela.

— Um.

E, então, a tela muda de repente, uma explosão de cores. Observo com avidez, assimilando a visão de tudo que sinto falta: as árvores antigas e as estradas de terra, o som do vento soprando, as vozes e as gargalhadas, a multidão de pessoas e, sim, até mesmo a água, a chuva e os oceanos transbordantes. Sinto falta de tudo isso com um ímpeto que faz meus olhos arderem e meu estômago doer.

A tela dividida nos dá uma riqueza de imagens da Terra, e eu absorvo cada uma das cinco cenas: um desbotado templo dourado, apoiado em pilares acima da água cujo nível está subindo, na Índia; um campo verde inclinado e terraplanado na China; a fachada frontal de um hotel próximo à ferrovia no Canadá; uma enorme escadaria que parte do mar e leva à praça de uma cidade na Ucrânia; e o amplo *campus* do Johnson Space Center de Houston, sede do Controle de Missão e do nosso Campo de Treinamento Espacial. Esses monumentos sobreviventes são um lembrete de toda a beleza remanescente na Terra, mesmo em meio à destruição, e sinto uma pontada de remorso por todos os recursos que estamos investindo para encontrar um novo lar não terem sido destinados a salvar aquele do qual usufruímos esse tempo todo.

Cada um dos lugares mostrados na tela está repleto de hordas de habitantes locais que vão à loucura quando nos veem em seus telões, gritando e aplaudindo, alguns inclusive *chorando*, como se tivéssemos criado música ou algo digno desse tipo de adulação. Alguns seguram cartazes com mensagens e *slogans* com nossos nomes, e meu coração dá um pulo quando flagro um deles escrito para mim em persa:

"Boa jornada, Naomi."

Procuro ver quem está segurando o cartaz e me deparo com uma garota de uns 9 ou 10 anos de idade. Ela se parece muito comigo naquela idade, com seus olhos grandes e escuros, os cabelos rebeldes e aquelas sobrancelhas grossas que ela provavelmente terá que esperar mais alguns anos até que lhe seja permitido depilar com a pinça. A expressão da garota transborda de esperança, de admiração, e sinto uma onda de emoção ao vê-la. Tento chamar sua atenção pela tela, e articulo *Obrigada* com os lábios. Por mais que eu anseie pelo meu lar, pelo menos sei que estar aqui está fazendo um pouco de bem.

— Saudações a todos! — o doutor Takumi diz, com uma voz ressoante. — Estamos agora ao vivo, da Terra ao espaço profundo. Todos digam um "olá" do seu respectivo canto do mundo ou, no caso dos Seis Finalistas, do universo!

Um coro de "olás" segue-se em vários idiomas, e eu sorrio para a câmera, tentando fazer contato visual com a multidão nas cinco seções da tela.

— Vamos começar aqui por Houston, sede do programa espacial — prossegue Takumi. — Agora, general Sokolov, acredito que tenha selecionado alguns membros da nossa plateia aqui para fazer suas perguntas prementes aos Seis Finalistas?

— Isso mesmo. — A general entra em cena. — Primeiro, temos Cooper Grace, de 12 anos, o mais novo de uma família que vive em Houston já há quatro gerações. Diga-nos, Cooper, qual é a sua pergunta para os Seis Finalistas?

Todos nós sorrimos ao vermos o garoto aproximar-se da general com timidez, suas bochechas muito ruborizadas.

— O-o que vocês fazem o dia inteiro na nave espacial? — ele sussurra no microfone.

— Uma pergunta muito boa — a general diz a ele antes de voltar a nos encarar pela tela. — Por que cada um de vocês não se apresenta e fala um pouco sobre suas diferentes funções? Jian, vamos começar com você.

— Ah, está bem. — Jian pigarreia. — Meu nome é Jian Soo, de Tianjin, China. — Ele faz uma pausa, sorrindo com o rugido de alvoroço manifestado pela seção chinesa da tela. — Eu sou o copiloto, o que significa que ajudo Cyb, nosso piloto IA gênio aqui, nas tarefas de voo e navegação. Eu entro no módulo de comando uma vez ao dia para monitorar a nossa trajetória e progresso e cuidar de qualquer coisa que necessite de um toque humano. — Ele olha para Cyb com um sorriso tímido. — A maior parte do crédito pertence a ele até agora, mas terei mais trabalho a cumprir quando finalmente chegar o momento da manobra de Marte e o desembarque em Europa.

— Oh, sim, você terá — reforça a general. — Minka?

— Eu sou Minka Palladin, de Odessa, Ucrânia. Esses degraus em que vocês estão... ficam a menos de um quilômetro e meio da minha casa. — Enquanto ela olha para a tela, há uma ligeira hesitação em sua voz que eu nunca ouvi antes. — Eu... eu sou a oficial cientista da missão. Meu trabalho na *Pontus* é realizar diferentes experimentos de laboratório que o doutor Takumi ou a general Sokolov designam para mim, como testar diferentes métodos de criação de oxigênio, alimentos e outros recursos essenciais de que precisaremos quando chegarmos a Europa. Quando aterrissarmos, também servirei como química da missão.

Continuamos com Dev, cujo papel como tenente-comandante inclui liderar todas as operações de atividade extraveicular/caminhada no espaço e facilitar a acoplagem de nossa nave com o veículo de suprimento de Marte, e Sydney, que fala de maneira hesitante sobre a administração da BRR, concentrando-se mais na descrição de seu trabalho em todas as áreas de cuidados médicos pelas quais ela será responsável. E, então, é a vez de Beckett. Antes de se apresentar, ele dá à câmera um aceno casual e um sorriso arrogante que é sua marca registrada, aguardando um momento pelos murmúrios impressionados da multidão que sempre acompanham seu famoso sobrenome.

— Sou o especialista subaquático, o que significa que estou encarregado de todas as coisas relacionadas ao oceano de Europa e aos nossos esforços de terraformação em solo — diz ele.

Olho para o chão tentando esconder o desdém que certamente está estampado no meu rosto. *Não era para ter sido você.*

— Quando aterrissarmos, serei eu quem fará as perigosas jornadas sob o gelo, conduzindo o submersível para lá e para cá em um oceano desconhecido enquanto exploramos e desenvolvemos o novo mundo. — Ele fita a câmera com uma expressão tão solene que me faria rir alto se eu não estivesse tão irritada. — É uma grande responsabilidade, mas minha carreira de nadador me preparou bem para esse desafio.

Contenho o desdém. Na verdade, eu não chamaria ser o capitão de sua equipe de natação no ensino médio de "carreira", mas tudo bem. No momento em que estou me preparando para eu própria responder à pergunta, Cooper, que agora parece ter abandonado sua timidez, faz a Beckett uma pergunta complementar.

— Então, você deve estar muito entediado na nave espacial, sem oceano ainda e nem nada para fazer! — diz ele, seus olhos redondos arregalando-se. — Você só... fica de bobeira e assiste à TV o dia todo?

O público na tela ri em reação ao comentário do garoto, enquanto Beckett fica visivelmente irritado.

— Não mesmo — ele diz sem se alterar. — Eu tenho minhas próprias tarefas extremamente importantes na nave também.

— Tipo o quê?

Olho Beckett de relance e posso enxergar isso em seu rosto: não há a menor possibilidade de ele deixar uma criança de 12 anos constrangê-lo ao vivo, diante do mundo, pela TV.

— Tipo ser o único astronauta com acesso ao laboratório de impressão 3D da nave, onde desenvolvemos ferramentas espetaculares para a sobrevivência em Europa. Se você acha que já viu alta tecnologia antes, pois bem. Espere só até ver isso.

Beckett levanta uma sobrancelha, praticamente desafiando o público a não ficar impressionado. Ele não tem nada com que se preocupar em relação a isso. Os rostos na tela se iluminam com admiração, amigos e familiares virando-se uns para os outros com murmúrios de "Caramba" e "Que legal".

Meu primeiro impulso me diz que Beckett está mentindo, é claro. Nós não *temos* um laboratório de impressão 3D na *Pontus*. Esse não é o tipo de coisa que você não nota. Mas então eu flagro a expressão paralisada da general Sokolov na tela. Ela parece... pega de surpresa. Como se Beckett tivesse deixado escapar algo que não deveria.

— Naomi? — ela diz, após um momento de silêncio.

Todo mundo se vira para mim agora, esperando que eu mergulhe na descrição do meu trabalho, mas ainda estou me recuperando da revelação de Beckett. O que poderia estar acontecendo que faria o doutor Takumi e a general Sokolov desejarem manter o laboratório de impressão 3D escondido de todos, exceto *Beckett*, dentre todas as pessoas? Porque, com base nas expressões confusas à minha volta, parece que a maioria dos meus colegas de tripulação não sabe de coisa alguma, tanto quanto eu. Apenas Minka permanece fazendo cara de paisagem. Gostaria de saber se ela o ouviu gabando-se disso antes.

Consigo dar aos espectadores um resumo parcialmente coerente da minha rotina como especialista em comunicações e tecnologia da nave, mas estou presente apenas em parte. *O que, exatamente, eles estão fazendo naquele laboratório?*

— Agora, antes de passarmos para o nosso próximo local, temos uma surpresa para os americanos a bordo — diz Takumi. Ele está se apresentando para a multidão agora, sem fazer contato visual com Beckett ou comigo. — Suas famílias enviaram presentes para vocês, que serão abertos ao vivo durante esta videoconferência. Os presentes serão exibidos em um lugar de destaque aqui no Controle da Missão, representando vocês diante de muitos funcionários que trabalham dia e noite para mantê-los seguros.

Eu me inclino para a frente, meu batimento cardíaco acelerando. Ver o que meus pais e Sam escolheram para mim será quase como tê-los lá.

— E o primeiro presente é para... — Um dos assistentes do doutor Takumi lhe entrega um pacote. — Naomi. Pronta para eu abri-lo?

Assinto ansiosa, olhando para a tela enquanto ele rasga o papel de embrulho. O doutor Takumi levanta a tampa da caixa e descobre uma tela inundada por tons de vermelho, azul e ouro. É a pintura de uma mulher, erguendo-se alta e poderosa, com as costas arqueadas numa pose de guerreira, enquanto segura um alto cajado e levanta o rosto para o céu. Seu cabelo preto está puxado para trás com um dourado diadema de estrelas, enquanto duas poderosas asas de anjo se estendem da parte de trás de seu vestido carmesim.

— A deusa iraniana Anahita — lê o doutor Takumi em uma placa gravada na moldura da pintura. — Deusa da água, governante das estrelas.

Ela é magnífica. Tudo nela, da pose à expressão, faz eu me sentir orgulhosa, forte, capaz de qualquer coisa. Estendo a mão, desejando poder me aproximar do meu presente, perto o suficiente para sentir a tinta sob a palma da minha mão.

— Há algo escrito no verso! — um dos membros da plateia grita animado.

O doutor Takumi lança um olhar de censura antes de virar a tela para ler: "*Para a nossa querida Naomi: um símbolo do mundo antigo e da força e do poder de onde você vem, qualidades que sabemos que a levarão através de sua jornada para o novo. Lembre-se sempre de como você é amada. Mamãe, papai e Sam*".

Pisco para conter as lágrimas, mas dessa vez elas não são de tristeza. Eu os sinto comigo. E sei que não são apenas qualidades como força que me levarão pela jornada para Europa — é o amor.

— Obrigada — finalmente consigo dizer para a câmera. — Mãe, pai, Sam... isso significa mais do que vocês imaginam.

Eu só queria que a pintura estivesse aqui, para eu pendurá-la sobre a minha cama. Vou ter que procurar uma foto da pintura assim que a videoconferência terminar, para salvar no meu *tablet*.

— Em seguida, Beckett!

Todos olham para a frente enquanto o doutor Takumi desembrulha um pacote menor, curioso para ver o tipo de presente vindo do âmbito da Casa Branca.

— Ah... olhem só isso! — O doutor Takumi ergue um grosso livro encadernado em negro com letras cursivas prateadas na lombada, a capa decorada com brasões. — Uma cópia da primeira edição de *He Who Drew the Sword*, o clássico romance americano publicado em 1938!

Respiro fundo. Essa é uma relíquia antiga à beça. Dou a Beckett um olhar de soslaio, mas ele não parece tão impressionado com o presente quanto o restante de nós. Parece quase frustrado, e eu me pergunto se ele estava esperando algo mais vistoso.

— Existe uma mensagem acompanhando esse também? — um membro da plateia grita.

O doutor Takumi folheia cuidadosamente as páginas delicadas e verifica novamente a embalagem, mas não encontra nada.

Penso nas palavras amorosas da minha família e quase sinto pena de Beckett. *Quase*. Mas, ao primeiro intervalo comercial, a sensação desaparece tão rápido quanto surgiu. Beckett entra no modo vendedor para os espectadores inocentes da Terra sem um pingo de ironia, fazendo com que a jaqueta ACS Sportswear pareça uma peça milagrosa que afastará todos os horrores das mudanças climáticas. Dessa vez, não posso deixar de revirar os olhos, mesmo na transmissão ao vivo.

A localização do ponto de vista da videoconferência muda dos Estados Unidos para a Índia, e eu relaxo no meu lugar enquanto o doutor Takumi e a general Sokolov desaparecem em segundo plano. Ainda assim, não consigo esquecer as palavras de Beckett de pouco antes. Não consigo parar de me perguntar sobre o suposto laboratório de impressão 3D... e se ele contém a resposta para os segredos que eu sei que os três estão guardando?

# ONZE

LEO

EU ENTRO E SAIO DO ESTADO CONSCIENTE, CERTO DE QUE ESTOU no lugar errado toda vez que abro os olhos. Minhas pálpebras parecem grudadas — é preciso muito esforço para abri-las e, quando finalmente o faço, mal consigo enxergar através da minha visão embaçada. Tudo o que consigo distinguir é a forma nebulosa de um console com uma grande janela escura diante dele. E também há algo cinzento que está se movendo pesadamente ao meu redor como uma mosca grande e irritante. Estendo a mão, tentando esmagá-la, mas minha cabeça bate no assento novamente, meus olhos se fecham — e eu apago.

Na próxima vez que acordo, é ao som dos meus próprios gritos. Estou caindo, meu corpo escorregando no assento, só que não há chão, não há lugar para pousar. Algo úmido e frio pressiona minha testa enquanto uma voz estranha diz:

— O remédio para dor deverá fazer efeito em breve. Sua cabeça sofreu um forte golpe, mas você ficará bem. Não é possível realizar um lançamento em meio a um tornado sem consequências, ao que parece.

Eu solto um lamúrio, viro a cabeça para longe da voz sem rosto, e o ruído de fundo começa a desaparecer...

Não tenho ideia de quanto tempo se passou quando acordo novamente, dessa vez com um zumbido nos ouvidos. Parece algum tipo de alarme, e eu me sento rápido demais; a sala começa a girar ao meu redor. Espero que pare e meu equilíbrio retorne, mas isso só piora e agora estou indo para a frente no meu assento, a correia cravando no meu traje enquanto meu estômago se revira.

— Faça parar! — eu grito, cobrindo minha cabeça latejante.

— Doutora Wagner, temos um grande problema aqui — a voz estranha balbucia perto de mim. — Estamos girando e nossa taxa de rotação está acelerando rápido. Não sei onde está a avaria, mas a nave começou a adernar e não consigo controlar...

Estamos arremetendo agora e solto um grito sufocado. *O que está acontecendo? Onde estou, o que é isso?*

Olho para cima de maneira frenética, e é aí que me ocorre — posso ver novamente. A neblina desapareceu. E estou olhando para uma janela no teto que me mostra apenas um céu estrelado e negro.

*A missão.* Ela volta com força à superfície, os detalhes inundando minha mente como uma montagem de filme enquanto eu me lembro de tudo. E bem a tempo também — porque estamos com grandes problemas.

Minhas mãos tremem enquanto opero o meu monitor de pulso.

— Doutora Wagner, é o Leo. Está ouvindo? Parece que sofri algum tipo de lesão, mas agora estou acordado e bem *alerta*... — Minha última palavra sai num grito quando nossa cápsula começa a girar ainda mais rápido. — O que está acontecendo com nossa nave?

— Leo, estamos executando diagnósticos na *WagnerOne* do lado de cá e devemos ter resultados a qualquer momento — responde

Greta Wagner. Ela está tentando parecer calma, mas ouço o resfolegar em sua voz, a tensão do medo.

Eu grito quando a nave gira de novo, emborcando mais uma vez, e agora não estou apenas preocupado com a rapidez com que estamos girando, mas com a direção. Estamos nos afastando da trajetória da *Pontus* e, se não conseguirmos...

— É o propulsor de manobras! — a voz de Greta grita no meu ouvido. — Há algo de errado com ele... um curto-circuito na fiação, provavelmente causado pelo impacto do tornado quando entrou em contato com a nave. Vamos começar com uma reinicialização. Está ouvindo?

Meus dedos vasculham o painel de controle até encontrar o botão de acionamento dos propulsores de manobra e rapidamente os desligo e volto a ligá-los. Mas nada muda — e agora estamos nos movendo ainda mais rápido.

— Estamos nos aproximando de uma revolução por segundo! — Kitt grita para o alto-falante. — Como podemos consertar isso?

A rotação é tão violentamente rápida que parece que a força da velocidade é o suficiente para arrancar os órgãos do meu corpo. Meus olhos voltam a ficar embaçados, minha cabeça está prestes a bater na cadeira pela última vez, quando ouço...

— Desligue-os por completo e use os propulsores do sistema de controle na frente da nave em vez deles — instrui Greta.

— É uma das coisas que praticamos no outro dia — uma segunda voz soa através do meu fone de ouvido. *Asher*. — Você consegue fazer isso, Leo.

*Eu consigo fazer isso. Eu preciso.*

Desligo um conjunto de propulsores no módulo de comando e, em seguida, vasculho a *touch screen*, procurando o que preciso. Por fim, localizo os propulsores do sistema de controle frontal, que normalmente não devem ser ativados até o pouso — mas não tenho escolha a não ser usá-los agora. Estou ativando prematuramente propulsores que não devem ser utilizados até o pouso — a mesma manobra que matou o filho de Greta em outra nave Wagner antes desta.

Minha mão congela sobre a fileira de botões. Não consigo decidir, não consigo me mexer. Até ouvir Asher gritar:

— *Agora*, Leo! É tudo o que temos.

Nossa cápsula dá outro mergulho de lado, e bato minha mão no botão. O alívio está a caminho — o alívio ou o fim. E levará mais alguns minutos excruciantes antes que eu saiba qual deles será.

# DOZE

NAOMI

UMA HORA ANTES DA PRÓXIMA RODADA PROGRAMADA DE INJEÇÕES de BRR, Sydney e eu nos reunimos no meu quarto, tentando resolver nossa equação mais complicada ainda.

— Então, opção A — começa Sydney. — Nós confrontamos o doutor Takumi e a general Sokolov com o que sabemos sobre a BRR, e nos recusamos a administrar mais injeções até que nos digam toda a verdade sobre que tipo de organismo essa bactéria realmente é e o que fará a longo prazo...

— É a escolha mais simples — digo, melancólica. — Mas provavelmente a mais falha. A essa altura, não confio em Takumi ou na general para nos dizer a verdade sequer sobre o clima, quanto mais algo tão secreto quanto a BRR. Portanto, acho que não poderíamos contar com respostas verdadeiras deles. Mas, mais importante do que isso, vimos como os dois podem controlar a nave de lá. A última coisa que queremos é uma retaliação, quando não podemos revidar.

— Hmm... Sim. — Sydney torce um de seus longos cachos negros com o dedo, suspirando de frustração. — Então, qual é a opção B? Nós temos uma?

— Eu estava pensando se não poderíamos substituir o soro por outra coisa — sugiro. — Posso tentar pensar e replicar alguma substância de controle inofensiva, como um placebo, que pareceria semelhante à BRR na câmera. Obviamente, não posso fazer isso a tempo para hoje à noite, mas em algum momento dessa semana parece-me factível. Ninguém, além de nós, precisaria saber que é apenas um placebo.

— Eu pensei nisso também. Mas... e se realmente precisarmos da BRR, por mais assustador que seja o que há nas injeções? — O rosto de Sydney se contorce de preocupação. — E se eu interromper as injeções e descobrirmos que nossa tripulação não consegue lidar com a radiação sem elas?

Olho para as estrelas pela nesga da minha janela, igualmente perplexa.

— Temos mais alguns meses antes de chegarmos perto o suficiente da zona de perigo de radiação, para podermos dar a substância de controle até lá — penso. — Enquanto isso, acho que a chave é descobrir que *tipo* de vida está nas injeções de BRR e nos espera em Europa. Você mencionou que minhas anotações apontavam para algum tipo de... monstro do mar. — Eu estremeço. — E compartilhei as mesmas anotações com meu irmão em casa, que destacou as semelhanças com as criaturas pré-históricas da Terra. Então, estamos falando de vida inteligente ou selvagem? É algo com que podemos coexistir ou não? Se pudermos descobrir isso antes de chegarmos à órbita de Júpiter, e realmente soubermos com o que estamos lidando, isso poderá salvar nossas vidas.

— Tudo isso parece certo, mas... como? — Sydney se pergunta. — Você já viu todos os dados que Dot tinha, certo?

— Há uma outra coisa que posso tentar — digo devagar. — Posso enviar um sinal da nossa nave para Europa. Se recebermos ou não algum tipo de resposta, isso nos dirá muito.

Sydney assente, e fico surpresa ao sentir uma pontada de empolgação. Embora eu ache que isso não deveria ser tão chocante. Posso não ter escolhido acabar aqui na *Pontus*, mas há poucas coisas que amo tanto quanto ter um plano — ainda mais um que me permita assumir o manto do *Conspirador do Espaço* em busca de vida.

— O que você achou da bomba de Beckett hoje? — eu pergunto. — Você já viu alguma coisa que poderia ser um laboratório de impressão 3D na *Pontus*?

— Era isso que eu tentei descobrir o tempo todo em que ele ficou falando. Onde estaria algo assim? A menos que... ele estivesse apenas blefando, será?

— Não... — minha voz diminui. — Quero dizer, não que eu ache que ele seja incapaz de mentir, mas creio que estava dizendo a verdade. Talvez batendo com a língua nos dentes.

Sydney cai de costas na minha cama, parecendo tão exausta com tudo isso quanto eu.

— No que foi que nos metemos aqui? Estou falando sério. E pensar que eu só queria ser uma boa e velha médica quando crescesse — ela reclama. — Agora olhe para mim. Estou... estou em uma máquina gigante voando pelo espaço sideral, bolando estratégias sobre *alienígenas* com uma garota que, apenas três dias atrás, eu pensava que era doida. — Ela faz uma pausa e me dá um sorriso de desculpas. — Desculpe por isso, a propósito.

— Tudo bem. — Não posso deixar de rir. — A vida tinha outros planos, pelo jeito. Para todos nós seis.

— Ainda bem que você está aqui. — Sydney senta-se e olha nos meus olhos. — Você... e Dev... tornam isso muito menos assustador.

— *Idem* — digo a ela. — Por falar em Dev. Vocês dois... têm um lance? — Dou-lhe um sorriso travesso, e ela joga um travesseiro em mim.

— Não... sim. Eu não sei. Talvez.

— Bem, já temos uma "parceria" em Europa então. — Eu ergo minhas sobrancelhas para ela e nós duas começamos a rir. Por um breve momento, o peso do mundo cai de nossos ombros — e voltamos a ser adolescentes.

Vou até a Estação de Comunicação depois do jantar, pronta para colocar em prática o primeiro passo do nosso plano. Sentada na mesa *touch screen*, ocorre-me: é a primeira vez que, ao invés de colocar os fones de ouvido e ouvir sinais de rádio, estou enviando um dos meus. É uma medida que cientistas do passado, aqueles sobre os quais eu cresci aprendendo, como Stephen Hawking e Elon Musk, provavelmente não aprovariam. Mas já superamos há muito o ponto de cautela.

Abro o *software* Deep Space Network no meu computador e começo ajustando uma de nossas antenas direcionais para apontar para longe da Terra, em direção a Europa. Depois disso, a pergunta é: o que devo enviar para esses seres hipotéticos com os quais em breve compartilharemos um mundo? Como envio uma mensagem que consiga comunicar nossa presença sem nos anunciar como uma ameaça? Isso pode levar a uma resposta sobre se a vida de Europa é ou não inteligente?

E, então, penso na mensagem de Leo para mim. Enquanto a letra e a melodia de "Caruso" flutuam em minha mente, de repente eu sei que tipo de sinal enviar.

Meu pulso acelera enquanto abro a pasta de músicas compartilhadas da nossa equipe e procuro uma música antiga do Radiohead, a favorita do meu pai. Assim que eu a encontro, e a assombrosa sequência de acordes começa a tocar — é como ser transportada para casa. Eu praticamente sinto o cheiro do arroz da mamãe; eu posso sentir a maciez do casaco de lã do papai quando ele passa pela porta da frente, e Sam e eu corremos para encontrá-lo.

> *"... In the flood, you'll build an Ark*
> *And sail us to the moon\**

A música perfeita — que funciona como uma mensagem perfeita.

Meus dedos voam pelo teclado *touch screen*, codificando "Sail to the Moon" em uma mensagem de onda de rádio. E, então, prendo a respiração e a envio pelas estrelas para Europa.

Depois, sento-me com os braços em volta dos joelhos, fazendo algumas contas rápidas de cabeça para descobrir em quanto tempo o meu sinal poderia atingir seu alvo. Com base na nossa distância atual da órbita de Júpiter, calculo que levará meia hora, no máximo. Um arrepio percorre minha espinha com a realidade disso.

Acabo de tentar fazer contato com alienígenas — e, mesmo que quisesse, nunca poderei voltar atrás.

Ao som do zumbido do elevador, minha cabeça se levanta. As portas se abrem e Beckett Wolfe surge dele. Eu saio rápido da minha conta na mesa *touch screen* e me levanto.

— O que você está fazendo aqui? — Ele olha minha mesa com curiosidade.

— É o meu tempo pessoal. Não é da sua conta como eu o passo — contesto.

— Estou apenas cuidando da nave e de sua tripulação — diz Beckett despreocupadamente. — Para garantir que os costumeiros

---

\* "... No dilúvio, você construirá uma arca / E nos conduzirá até a Lua..." (N. T.)

suspeitos não estejam causando muitos problemas. — Ele me lança um olhar penetrante. — Como prometi ao doutor Takumi e à general que faria.

— O que você tem com os dois, afinal? — exijo saber. — Não há como eles simplesmente delegarem a você tanta responsabilidade e também lhe dispensarem tratamento especial, a menos que tenha conhecimento de algo contra eles.

— Parece que alguém aqui está um pouco enciumada — diz Beckett, sua voz carregada de falsa preocupação. — O que foi, você era a aluna de ouro na Terra e está achando difícil ver alguém ser o favorito agora?

— Você está sempre contando vantagem — rebato entredentes. Passo por ele em direção ao elevador, mas Beckett desliza na frente dele, bloqueando o meu caminho.

— O que você e Sydney andam cochichando tanto ultimamente?

— Estamos planejando um golpe para derrubá-lo — digo com sarcasmo. — Isso se chama amizade. Agora me deixe passar.

Beckett recua um pouco, e eu me espremo para passar em direção ao elevador. Mas, antes de entrar, é minha vez de perguntar:

— E quanto a você? Vai para o seu não tão secreto laboratório de impressão 3D?

Ele fica tenso.

— Se você acha que vou falar com você sobre isso, está enganada.

— Por quê? Está guardando os detalhes para a nossa próxima aparição na TV?

Ele não responde, e dá para ver por sua expressão que atingi um ponto sensível. O doutor Takumi e a general devem tê-lo repreendido severamente após a conferência de imprensa.

— Então, o que *vocês* estão fazendo lá que é tão secreto? Armas ou algo assim?

Estou tentando pegá-lo, fazê-lo escorregar como aconteceu antes, na transmissão ao vivo. Mas, dessa vez, ele fica quieto. Não vacila... não até eu dizer a palavra "armas".

O elevador começa a fechar e eu calço a porta com o pé para mantê-la aberta.

— Vamos lá, um segredo por outro — digo num ímpeto, incapaz de segurar minha curiosidade. — Eu lhe conto sobre o que eu e Sydney estávamos conversando se me mostrar o laboratório 3D. Nós podemos ir lá agora mesmo.

— Não, obrigado — diz ele, seco. — Algumas coisas não são da sua conta. Além disso, não acho que suas fofocas se qualifiquem como uma troca justa.

Estreito os olhos para ele, sentindo meu sangue começar a ferver.

— Se você acha que alguma vez na minha vida tive tempo para fofocar, você é mais ignorante do que eu pensava.

Deixo a porta do elevador bater com força. Foi estúpido da minha parte pensar que poderia negociar com ele.

Eu só preciso descobrir por mim mesma a verdade sobre as armas que eles estão construindo.

# TREZE

LEO

O RUÍDO DE ESTÁTICA E O SOM DE RESPIRAÇÃO ABAFADA no meu fone de ouvido me fazem saltar da cadeira aliviado. Faz três dias desde a última vez que tive qualquer contato humano — três dias intermináveis olhando para o universo escuro enquanto o tempo parecia não passar, arrastando-se para sempre e ameaçando me engolir no vazio. Não havia nada que eu pudesse fazer a não ser esperar, minha mente presa em uma rememoração interminável de nosso angustiante lançamento. Greta pode ter me chamado de corajoso antes de eu partir, mas se eu soubesse como seria aquela primeira hora, quando nossa cápsula entrou em um rodopio descontrolado, não tenho certeza se ainda teria coragem de ir.

Foram vinte e sete minutos girando, na velocidade mais aflitiva que se possa imaginar. Segundo Greta e Asher, aos vinte e nove minutos, eu estaria morto. Nenhum órgão humano pode sobreviver a tantas revoluções por segundo. Suas orientações salvaram a minha vida, restando apenas dois minutos. É o inverso do que aconteceu com Johannes, e não sei dizer o que sinto mais: se gratidão ou culpa.

Depois de desativar o propulsor de manobra e ativar os motores do sistema de controle, corrigimos o curso e, felizmente, o voo tem sido suave desde então. Mas isso não impede que um temor frio invada meu peito toda vez que sinto a nave inclinar ou acelerar — um medo intensificado quando não há outro ser humano com quem conversar.

Agora, finalmente, parece que estou recebendo uma resposta para as dezenas de mensagens que tenho transmitido por rádio para a Terra. Aguardo a pessoa do outro lado falar, nervoso de expectativa.

— Leo. — É a Lark. Sua voz soa diferente, abafada. Deve ser a longa distância.

— Até que enfim! — exclamo. — Estou esperando há séculos aqui em cima. Eu estava começando a pensar que algo estava errado.

— Eu sei. Sinto muito. Estamos lidando com tempestades consecutivas desde o tornado, além de gerenciar as consequências da descoberta do CTEI a respeito do seu lançamento. — Ela solta uma risada cansada. — O espaço parece muito mais tranquilo do que nosso lar neste momento.

— Oh. — Meu estômago se contrai com a culpa. — Vocês estão bem?

— Nós ficaremos. Ainda bem que Greta tem uma esplêndida equipe de segurança. Enfim, tenho que ir, mas só queria que você soubesse que não precisa se preocupar se houver silêncio do nosso lado. Temos um satélite rastreando sua nave o tempo todo, portanto, mesmo quando não estivermos em contato direto, estaremos sempre verificando você e garantindo que tudo corra bem.

— Hã, tudo bem, mas por que...

— Desculpe, eu preciso mesmo ir. Farei contato de novo assim que puder, mas, enquanto isso, tente aproveitar a calmaria antes do caos. Esses dois meses antes de Marte passam mais rápido do que você imagina!

Com isso, o receptor de rádio fica silencioso. Eu o encaro, incrédulo. Se eu não a conhecesse bem, pensaria que Lark estava me evitando. O que foi essa conversa estranha e apressada?

Eu flutuo sem rumo pela cápsula tentando acalmar minha mente que está a mil. Quando me aproximo da cabine de comando, o exterior quadrado e cinzento de Kitt se acende.

— Síndrome do isolamento? — arrisca a IA. — Devo lembrá-lo de que você tem à sua disposição um disco rígido cheio de programas de televisão e filmes da Terra carregados nas *touch screens* aqui, se precisar...

— Eu estou bem — eu o interrompo.

— Incluindo o novo episódio da série documental *Os Seis Finalistas* — ele prossegue, alheio à minha entonação. — Chegou esta manhã em nossa transmissão diária.

Eu paro. Em meio a todo o caos do meu cronograma de treinamento acelerado e o lançamento, eu me esqueci de que havia até uma série sobre os Seis Finalistas. E com Greta me advertindo para não fazer qualquer contato com a *Pontus* até chegarmos à órbita de Marte, para evitar que o CTEI rastreasse e sabotasse nossa missão, essa é a única maneira de que disponho para ver Naomi.

— Obrigado — digo a Kitt, antes de ir em direção à mesa. Acesso a *touch screen* e faço uma busca rápida pela série documental dos Seis Finalistas, prendendo a respiração enquanto aguardo o episódio carregar.

*Lá estão eles*. A filmagem começa com dois astronautas correndo um ao lado do outro no ginásio da nave, as esteiras sob os seus pés se transformando em um verdejante solo de floresta, graças à realidade virtual. A câmera move, ampliando o plano, e é aí que vejo quem são: Jian e *Naomi*. Olho fixo para a tela, observando sua resplandecente pele trigueira, a mecha de cabelo preto afastada de seu rosto, os olhos castanho-escuros estreitando-se em concentração. Engulo em seco com força. Quando terminam o exercício, ela se inclina para cutucar Jian com o cotovelo e murmura algo em seu ouvido que o faz rebentar numa gargalhada. Os olhos dele seguem

Naomi depois que ela pula da esteira, o sorriso ainda estampado em seu rosto — e é neste momento que eu percebo. Jian Soo tem uma queda por Naomi.

A cena corta para Beckett e Dev em uma missão de treinamento simulada, e essa é a minha deixa para desligar. Tento seguir em frente, distrair-me com uma das minhas muitas tarefas diárias pela nave, mas fico pensando na expressão de Jian. Será que existe alguma chance de ela começar a sentir algo por ele também? E se, quando eu chegar lá, for tarde demais?

DUAS SEMANAS DEPOIS...

# CATORZE

```
NAOMI
PONTUS, DIA 43
```

— ALGUÉM NOS QUER INCOMUNICÁVEIS E ISOLADOS DO mundo inteiro. Por quê?

— Não apenas alguém. Um de nós.

Eu me viro bruscamente com a resposta de Dev. Nossos olhares se encontram, e eu posso ver meu próprio medo, pavor e suspeita refletidos nos olhos dele.

Eu empurro o corrimão, minhas mãos deslizando na minha pressa para escapar. O terror faz minha mente regredir à de uma criança, com um pensamento ilógico gritando acima dos outros. *Afaste-se daqui, afaste-se dele — e volte ao momento anterior.* Se eu puder simplesmente fechar a porta do compartimento de carga, talvez consiga de alguma forma apagar a memória do que descobrimos aqui; talvez eu possa voltar à segurança de ainda acreditar que minha família está a apenas um bate-papo por vídeo de distância. Eu nunca embarquei num pensamento mágico antes, mas meu desespero me deixa meio convencida de que se eu conseguir acreditar com bastante intensidade — talvez meu fone de ouvido em breve comece a estalar novamente com vozes da Terra.

Flutuar até a porta da escotilha no meu estado atual é como pisar em areia movediça. Sinto as paredes se fechando ao meu redor enquanto tento avançar, suas sombras sugando o ar dos meus pulmões. Os fios enrolados que correm pelo chão se tornam garras, estendendo-se para me prender, enquanto o chiado do equipamento é como o som que um predador faz logo antes de atacar. Em todos os lugares que olho agora, a nave parece diferente, ameaçadora — como se estivesse ganhando vida e sedenta por sangue.

— Naomi! Cuidado!

Sinto mãos pressionando minhas costas e ofego quando meu corpo se lança para a frente, pouco antes de um objeto redondo e pesado passar. É o parafuso perdido, completando outra volta em seu ciclo interminável ao redor do módulo.

— Obrigada — murmuro para Dev. Olhando para o parafuso, e percebendo quão perto eu estive de perder a consciência por completo, saio do meu transe. A adrenalina dissipa meu choque e me movo a toda velocidade, passando de um corrimão para outro com Dev logo atrás de mim, até chegarmos à porta da escotilha. Ele a abre e mergulhamos no túnel, flutuando lado a lado através dos nós escuros e sinuosos que levam ao Alojamento dos Astronautas. A luz de nossos monitores de pulso nos guia pelo caminho, e deslizo o dedo no meu até o rosto de Jian aparecer na tela.

— Jian, estamos voltando — grito para o microfone embutido. — Você pode reunir os outros e nos encontrar na Estação de Comunicação?

Quando chegamos lá, encontramos quatro rostos tensos em volta da abertura da escotilha. Jian busca meus olhos quando saímos, e sua expressão congela. Ele sabe.

— E então? — Minka pressiona. — O que está acontecendo?

Olho para ela, para cada um dos meus companheiros de tripulação, e meu coração começa a bater no ritmo de um velocista. Quem foi? Quem poderia executar esse nível de sabotagem? Beckett parece ser a resposta óbvia, mas enquanto eu o observo agora, com sua costumeira e confiante arrogância desaparecendo, eu me pergunto se ele é mesmo capaz disso. Se ele for... isso significa que subestimei Beckett esse tempo todo.

— Perdemos todo o contato com o solo — revelo. — Alguém... alguém destruiu o sistema de transmissão da banda X e jogou-o pela porta do compartimento de carga. Já era.

— O quê?!

— Mas como...

Afasto-me dos gritos de choque e olho para as telas escuras que nos cercam. É difícil acreditar que elas até pouco tempo atrás estavam preenchidas com centenas de rostos; que poderíamos falar com cinco países diferentes ao mesmo tempo como se não fosse grande coisa. Agora, perto dessas telas mortas e rádios silenciosos, parece que a lembrança foi tirada de outra vida.

— O que eu quero saber é quem fez isso conosco. Beckett? — Minha voz treme de raiva mal controlada. — Você tem algo a confessar? Todos sabemos que você é o único com um motivo real aqui.

— O quê? — ele se engasga. — Do que você está falando?

— Não esqueci o que a general disse: "Um de vocês assumirá o papel de liderança em nosso lugar, sempre que o doutor Takumi e eu estivermos inacessíveis". — Encontro seu olhar, minha pele tornando-se quente de fúria. — Eles fizeram de você um líder de fato, e você estava ansioso demais para tornar essa posição permanente. Certo?

— Filho da... — Jian se lança em sua direção, mas Dev o puxa de volta.

— Espere um segundo! Não sabemos ao certo se foi ele mesmo.

— Não fui eu — insiste Beckett. — Eu juro. Basta pensar nisto: sem uma conexão com Houston, não há ninguém para me impor como líder, de qualquer modo. Esse suposto motivo não faz sentido. — Seus olhos dardejam na minha direção. — Naomi, por outro lado... você já nos sabotou uma vez, com o que fez com Dot. Eu vi você quebrar as regras mais vezes do que consigo contar. Você não é a especialista em comunicação e tecnologia? — Sua voz baixa para um tom que faz minha pele arrepiar. — O transmissor é seu domínio. De mais ninguém.

Eu balanço minha cabeça, incrédula.

— Você realmente perdeu a cabeça se acha que pode colocar a culpa disso em mim.

Mas quando olho para os meus colegas de tripulação, percebo com um sobressalto que ninguém intercedeu em minha defesa. Eles olham de mim para Beckett com cautela, até Sydney finalmente falar.

— Não. Naomi não faria isso. Ela tem uma família em casa.

— Exato. — Minha voz a interrompe e cruzo meus braços na frente do peito. — Eu não posso perdê-los. Não posso deixar que pensem que me perderam.

— Então, quem fez isso? — Minka exige saber. É claro que ninguém diz nada. — E o que devemos fazer agora?

Caímos no silêncio, interrompidos apenas pelo som dos passos de Dev, que anda de um lado para o outro. E, então, eu pulo com um lampejo de inspiração.

— Os robôs têm seus próprios sistemas de comunicação implantados que devem funcionar independentemente de nosso transmissor. Não será nada parecido com a conexão sob demanda que tínhamos com a Terra antes... mas ainda podemos enviar e receber mensagens de Houston!

Eu corro de volta para a porta da escotilha, sem me preocupar em esperar por uma resposta. A esperança inunda o meu peito, e tudo o que consigo pensar é em chegar ao módulo de comando, a Cyb. Posso ouvir os outros me seguindo, e o pé de alguém esbarra no meu ombro quando passamos para a gravidade zero. Nós seis nos deslocamos em bloco, empurrando os apoios de mãos e pés para ganhar velocidade à medida que as diferentes cápsulas de nossa nave passam como um borrão. E, então, chegamos à porta da escotilha com um símbolo de navegação pintado na frente — o módulo de comando.

Jian abre a porta e nós flutuamos para dentro, retornando às luzes piscantes da cabine e à vasta extensão de breu através das janelas da cúpula. Encontramos os robôs em suas posições habituais, com Cyb no banco do piloto e Tera de pé em seu posto contra a parede, seus olhos azuis neon voltados para o teto, onde um mapa de navegação é exibido como um filme na tela acima. Há algo quase chocante nesse ambiente de tranquilidade, quando estamos no meio de uma emergência. É um lembrete absoluto de que, embora Cyb e Tera possam ter sido criados para imitar seres humanos, não há nada humano neles.

A cabeça de Cyb gira para nos encarar.

— O que foi?

— Naomi encontrou a fonte da falha do sinal — responde Jian, olhando para mim como se me pedisse para continuar.

— O transmissor da banda X está destruído. Mas acho que ainda há esperança de comunicação com o solo através de você e de Tera.

Ouço um clique quando Tera deixa de olhar para o teto e vira a cabeça na minha direção, Cyb faz o mesmo em seguida.

— Eu não entendo — diz Cyb após uma pausa.

— Depois eu explico melhor, agora nós precisamos usar o seu *software* do SOIA urgentemente para tentar recuperar o contato com o doutor Takumi e a general. — Dou um passo à frente, olhando as placas de metal deslizantes no torso de Cyb. — Por favor.

O robô se levanta da cadeira e eu observo, com o coração na garganta, enquanto as placas de metal se separam para revelar uma *touch screen* retangular. Ele move os dedos mecânicos pela tela, executando uma série rápida de toques até chegar à tela CHAMAR.

Mas os nomes na pequena lista de contatos — I. SOKOLOV, R. TAKUMI e HOUSTON CCM — aparecem em itálico e em vermelho, com um símbolo de alerta ao lado. Tenho um mau pressentimento antes que Cyb tente a primeira ligação.

— Qual é o problema? — pergunta Sydney inquieta por cima do meu ombro, depois de alguns minutos de silêncio.

— Eu não...

Sou interrompida quando uma mensagem pisca na tela de Cyb. Ele não estava programado para o fracasso, mas aí está.

SEM SINAL — NENHUMA CONEXÃO ENCONTRADA.

— Isso não está acontecendo. — Jian desaba na sua cadeira de copiloto, com o rosto pálido.

— Eles deviam estar usando nosso transmissor como um relé de comunicação. E sem ele... — Minha voz quase desaparece. — Acho que vou vomitar.

É o pior pesadelo de todo astronauta — e está acontecendo conosco.

Leva apenas alguns minutos para a nossa vida cuidadosamente construída na *Pontus* desmoronar. Sem contato, não há agenda a seguir ou tarefas a serem concluídas, não há nada a fazer, nenhum lugar para estar. Tudo o que nos resta é o longo e vazio período de tempo à frente, tão sombrio quanto o escuro vácuo do lado de fora da nave. Eu tento dizer a mim mesma que poderia ser pior, que pelo menos não estou sozinha nisso. Mas não é muito reconfortante estar perto de meus colegas de tripulação quando sei que um deles é o responsável. Como vou dormir à noite, sabendo que há alguém a poucos passos do meu quarto que obviamente está nos prejudicando? Ainda estou convencida de que o culpado é Beckett Wolfe — mas, à medida que o dia passa, minha certeza começa a vacilar. Talvez seja a mudança de comportamento dele desde que perdemos o contato que me faz olhar o resto da equipe através de uma lente nova e desconfiada. Seu rosto ficou pálido, sua expressão era a de um ator que esqueceu todas as falas no palco — uma mistura de choque e pânico que é difícil simular. Mas se não foi Beckett quem destruiu o transmissor... então, quem foi?

De volta ao Alojamento dos Astronautas, nós seis nos juntamos para uma reunião de emergência na sala de estar. Estudo os cinco rostos ao meu redor, esperando uma máscara deslizar, mas o culpado, seja quem for, desempenha seu papel muito bem. Por outro lado, Beckett cresceu em uma casa de políticos. Talvez ele tenha aprendido a fingir com os melhores.

— O que acontece agora? — Dev pergunta, sua voz pouco mais do que um sussurro. — Ninguém nos preparou para esse cenário...

— Nós... nós poderíamos voltar — Sydney sugere, seus olhos se iluminando com o pensamento. — Poderíamos voltar à órbita terrestre e acoplar na EEI. Eles têm todo o equipamento para construir um novo transmissor ou até um sistema de comunicação totalmente novo, e podem nos conectar com o Controle da Missão imediatamente...

— Que nos trucidaria por desistir da missão — interrompe Jian. — Todo mundo na Terra faria isso.

— Como isso seria desistir? — Sydney argumenta. — Estaríamos apenas fazendo uma pausa para consertar o que está quebrado. Só isso.

— Porque voltarmos pode nos custar a coisa toda — eu a lembro. Dói dizer as palavras em voz alta. Gostaria de poder embarcar em sua fantasia de voltar para casa, mesmo que por um minuto, mas não posso negar a verdade. — Atrasar nossa viagem a Marte significa perdermos a janela de alinhamento do alvo, o que acrescentaria mais seis meses em nossa viagem. E não há como a nave de suprimentos durar tanto tempo em órbita com seu vazamento de combustível.

Jian assente.

— Se voltarmos, faremos uma escolha definitiva: escolhemos a nós mesmos, em vez da missão.

Ficamos em um silêncio desconfortável até Minka murmurar:

— Eu gostaria que pudéssemos fazer isso.

— Sim, bem, não podemos — diz Beckett, seco. — Acho que estamos todos de acordo aqui que desertar não é uma opção, certo?

Cerro os dentes. Sinto-me mortificada por ser obrigada a reconhecer que Beckett tem razão no que diz, ainda mais quando estamos falando sobre a diferença entre retornar à minha família agora e nunca mais vê-la. Mas isso é maior que eu, maior que nós. Não tenho escolha a não ser fazer a coisa certa.

— Então — continua Beckett, quando ninguém o contradiz —, teremos que encontrar uma maneira de fazer isso funcionar... de passar nossos dias no espaço sem ajuda do solo. A nave de suprimentos de Marte tem todas as peças necessárias para configurar um sistema de comunicação avançado quando pousarmos em Europa, por isso, é apenas uma questão de tempo até que possamos entrar em contato com todos outra vez.

— Você quer dizer *se* pousarmos — Sydney o corrige. — Nossas chances de sucesso diminuíram de maneira drástica, agora que não temos nenhuma orientação do Controle da Missão.

— Temos os robôs, no entanto — ressalta Jian, parecendo um pouco mais esperançoso do que antes. — E a *Pontus* está seguindo uma trajetória pré-programada, então, não precisamos da ajuda do Controle da Missão. Pensando bem, as IAs e nosso *software* de voo são muito mais cruciais do que termos ou não contato com Houston.

— Vamos precisar nos acostumar com o fato de só podermos contar uns com os outros agora — digo de modo sombrio. — Portanto, seria bom que a pessoa que fez isso conosco assumisse e confessasse. Dessa forma, todos podemos saber quem é o culpado e não ter que passar o restante da jornada duvidando e desconfiando dos outros cinco.

Meus olhos recaem sobre Beckett enquanto falo, e ele me lança um olhar de desprezo.

— Sim, Naomi. Quero a resposta para essa pergunta tanto quanto você.

# QUINZE

LEO

UMA SEMANA INTEIRA SE PASSA SEM UMA PALAVRA. POSSO SENTIR o isolamento começando a me mudar, tornando-me por dentro tão desgastado como tenho certeza de que deve estar minha aparência agora, depois desses dias de inquietação e noites insones. Minha mente gira em um ciclo de medo, e eu me pergunto o que poderia ser importante o suficiente para impedir Greta, Lark e Asher de entrarem em contato comigo, enquanto ao mesmo tempo imagino diferentes cenários que poderiam estar ocorrendo na *Pontus* agora. Será que Jian está a meio caminho de seduzir Naomi, e vou aparecer para descobrir que nenhum deles me quer lá?

— Leo! Você está aí?

*Asher*. Por um segundo, acho que estou ouvindo coisas, mas depois que ele chama meu nome pela segunda vez eu corro para o receptor de rádio.

— Claro que estou aqui — respondo. — Onde mais eu poderia estar a não ser preso sozinho no espaço nessa... nessa *armadilha mortal*. E todos vocês prometeram me ajudar, antes de abandonarem de repente a missão...

— Eu sabia que você estaria bravo. — Asher suspira. — Entendi e peço desculpas, mas não tivemos escolha. Precisávamos esperar até termos certeza de que estávamos completamente sozinhos... e que eles não estavam nos vigiando ou ouvindo.

— Do que você está falando? — Franzo a testa para o receptor de rádio. — Quem são "eles"?

— Os policiais sujos que o doutor Takumi comprou — diz Asher bruscamente. — Eles voltaram, com ordens para prender Greta por sequestro e para levar nós três de volta a Houston. Dessa vez, eles vieram em número bem maior... — Ele se interrompe e sinto um frio na barriga de pavor.

— Asher? O que aconteceu?

— Eles nos encontraram. — Sua voz torna-se um sussurro. — Mas Greta nos deu a chance de fugir. Ela criou uma distração enviando suas IAs para enfrentar os policiais e, em seguida, entrou na briga *com* eles, mesmo sabendo que não tinham chance contra toda a munição da polícia. Foi tudo uma manobra para mantê-los ocupados lidando com ela e nos dar tempo para escapar do laboratório e correr até o esconderijo que Greta nos revelou.

— Então... então você está dizendo que eles a pegaram? — eu pergunto consternado. — Greta está na cadeia?

Ele não responde e, no silêncio que se segue, percebo que é ainda pior do que isso. Meu coração se agita contra o meu peito.

— Ela se foi. — A voz de Asher falha. — Os paramédicos disseram que as balas a mataram com o impacto. Greta sabia que isso aconteceria se ela tentasse revidar, mas ainda assim fez isso por nós. — Ele respira fundo. — Ela morreu para manter nós três, e sua missão, vivos.

Minhas mãos escorregam do corrimão que estou segurando e meu corpo fica à deriva. Posso ouvir Asher me chamando, mas não respondo. Não conseguiria falar, mesmo que quisesse. Estou mordendo meu lábio com tanta força que logo sinto o gosto de sangue.

Minha mentora está morta. Aquela força extraordinária se perdeu.

E eu estou por conta própria.

**Origem da mensagem:** TERRA — ESTADOS UNIDOS — SUL DA CALIFÓRNIA
**Destinatário da mensagem:** NAVE ESPACIAL *PONTUS* — EM TRÂNSITO TERRA-MARTE
**Aos cuidados de:** ARDALAN, NAOMI
[*Status* da mensagem: falha na entrega]

Oi, mana,

Estou tentando não entrar em pânico, mas a verdade é que nunca senti tanto medo na minha vida. Nem mesmo na noite anterior à minha primeira cirurgia de coração de peito aberto, e você sabe como aquilo foi ruim. Agora, tudo o que posso fazer para manter a sanidade é repetir para mim mesmo vezes sem conta que os noticiários da TV estão errados, que nenhum dos cenários sombrios que eles pintaram são reais. Não estamos conseguindo vê-la nem conversar com você, mas os rastreadores de satélite ainda mostram a *Pontus* avançando, mantendo sua trajetória. Então, eu não acredito nos rumores de que está apenas voando no piloto automático. Eu tenho que acreditar que você ainda está viva. É como mamãe disse, pouco antes de acender todas as velas da casa e nós três nos sentarmos em círculo para orar: ela disse que sentiríamos se você houvesse partido. Somos muito próximos de você para não saber. Então, por favor, por favor, deixe-a estar certa. Por favor, esteja viva e segura.

Ontem tivemos uma distração — um telefonema da sua antiga líder de equipe no Campo de Treinamento Espacial, Lark! Nenhum de nós tinha falado com ela antes, e a última coisa que ouvi falar dela foi que aparentemente estava desaparecida?! Nem preciso dizer que a ligação foi uma surpresa. A princípio, temi que ela estivesse entrando em contato para oferecer "condolências" prematuras, como alguns de nossos vizinhos foram burros o bastante para fazer. Mas acabou que ela ligou para perguntar sobre *nós*. Queria saber tudo: se estamos confortáveis neste novo apartamento, se ele está situado longe o suficiente das inundações e das falhas, se minha medicação para o coração está funcionando, quando foi a minha última consulta com o cardiologista etc. ENTÃO ela nos contou algo absolutamente incrível: passou os últimos meses trabalhando para ninguém menos do que a doutora Greta Wagner... e se precisarmos de qualquer coisa, basta ligar e a Wagner Enterprises cuidará de providenciar! Quero dizer, justo agora eu não consigo falar com você! Eu daria tudo para ouvir sua reação a essa notícia.

Mamãe começou a chorar, e então papai perguntou a que devemos essa gentileza. Lark disse que a você, que a doutora Wagner soube através de um de seus ex-colegas de equipe quão especial você é e prometeu cuidar daquilo que mais importa para você: nossa família.

Eu disse: "Isso parece coisa do cara sobre o qual Naomi nos falou, aquele que eu tenho tentado encontrar. Leonardo Danieli. Você sabe onde ele está?".

Lark ficou quieta e, quando voltou a falar, tudo o que ela disse foi que gostaria de ter mais coisas para nos contar. Ela teve que desligar logo depois disso, mas prometeu telefonar novamente esta semana. Então, esse tem sido o ponto positivo de nossos dias, e mamãe até entendeu isso como um sinal de que você ainda está por aí, e cuidando de nós dos confins do espaço.

Espero que ela esteja certa. Espero que um dia em breve você esteja lendo estas mensagens. E, até lá, quem sabe tenhamos respostas para você sobre Leo também.

Nós amamos você,

Sam

# DEZESSEIS

NAOMI

ANDO DE UM LADO PARA O OUTRO NA ESTAÇÃO DE COMUNICAÇÃO pelo quinto dia consecutivo, tentando encontrar uma solução. Tem que haver outra maneira de fazer contato com a Terra, mesmo sem o sistema de comunicação da banda X. Ainda temos nossas antenas direcionais menores, mas elas cobrem apenas um alcance de dezesseis mil quilômetros. Portanto, embora eu possa continuar buscando captar sinais e enviando os meus, não me será muito útil, mesmo que eu consiga obter uma resposta. Qualquer coisa perto o suficiente para nos comunicarmos agora não seria humana.

Desabo na cadeira mais próxima, em frente à pilha de equipamentos de rádio que acabei de examinar. Não tenho a menor chance de alcançar a Terra com nenhuma dessas coisas, mas quando meus olhos batem no transceptor de rádio amador, eu o pego. Tínhamos um desses em casa, quando Sam e eu éramos crianças do ensino fundamental passando por uma fase de obsessão pelo rádio. Papai nos ajudou a montar nossa própria estação e escolher um indicativo de chamada (KNS2AR), e Sam e eu "comandávamos" um programa todas as manhãs chamado *A.M. com os Ardalan*. Sorrio com a lembrança, mesmo que isso ao mesmo tempo me faça querer chorar.

Aproximo o rádio e, por capricho, ligo o microfone embutido.

— Olá... CQ — eu sussurro. — Aqui é KNS2AR, transmitindo da *Pontus*, a caminho de Marte. Alguém na escuta?

Fecho os olhos e repito as palavras, mas há apenas silêncio do outro lado. Assim como eu esperava.

Jogo o rádio amador de volta na mesa e torno a andar de um lado para o outro, meus pensamentos retornando à minha lista mental de razões para suspeitar — ou confiar — de cada um dos meus colegas de tripulação. Beckett está obviamente bem acima dos outros na coluna "Suspeito", e estou remoendo as avaliações sobre os demais quando escuto: um som fraco e parecido com um sino emitido nos fones de ouvido que quase esqueci que ainda estou usando. Eu congelo e meu coração para enquanto ouço.

Lá está novamente. Seis notas, formando uma melodia perturbadora. Estendo as mãos trêmulas para aumentar o volume nos fones de ouvido, e a frase musical se repete, inundando meu íntimo com uma mistura atordoante de esperança e medo.

Com um sobressalto, lembro-me do sinal que enviei para Europa dias atrás: "Sail to the Moon". Essa... essa é a nossa resposta?

Praticamente voo para o computador e abro o *software* de monitoramento de sinais, onde um ponto verde na tela me aguarda, piscando — uma imagem do sinal que estou ouvindo. Clico duas vezes e a tela é recarregada com uma página inteira de dados sobre o sinal. Meus olhos procuram a única entrada de dados que me interessa: localização.

As coordenadas do sinal estão tão distantes de Europa quanto da Terra... mas os números que rolam pela tela mostram que o sinal está se aproximando cada vez mais de nós.

Eu me levanto num pulo, buscando o botão do intercomunicador na parede para transmitir uma mensagem para toda a nave.

— Encontrem-me na Estação de Comunicação agora... todos os cinco.

Meus colegas de tripulação se aglomeram por cima do meu ombro enquanto ligo os alto-falantes até o volume máximo e deixo o computador reproduzir o sinal.

— Aí está. — Eu engulo em seco. — Transmitindo para a nossa nave de algum lugar das profundezas do espaço.

As seis notas ecoam pela sala, seus tons metálicos provocando arrepios na minha pele. O colorido abandona a face de Minka, enquanto Dev e Sydney dão as mãos e Jian respira fundo. Mas a reação de Beckett é que me impressiona. A dele é diferente da dos outros — menos surpreso, mais ameaçador — e começo a pensar que não é a primeira vez que ele ouve o sinal.

— O que... o que isso significa? — Dev gagueja.

— Tudo o que tenho até agora são as notas: LÁ-FÁ-LÁ-MI-SOL-LÁ. Alguém aqui sabe se isso se traduz em alguma coisa? — Olho direto para Beckett, mas ele voltou à sua habitual expressão neutra, seus olhos não revelando coisa alguma.

— Considerando que somos todos poliglotas, se não é uma palavra em um idioma conhecido por nós, deve ser algum tipo de código — deduz Jian. — Mas... que código usa notas musicais?

— Havia um, nos tempos da música clássica — Minka fala. — Eu aprendi sobre isso no primeiro ano. Shostakovich ocultava versões cifradas dos nomes de pessoas nas notas de algumas de suas principais composições, e isso era chamado de criptograma musical.

Eu a encaro.

— Por acaso eles lhe ensinaram como decodificar essas cifras?

— Espere um pouco — Dev se intromete antes que Minka tenha a chance de responder. — Você realmente acha que uma espécie exótica se comunicaria conosco por meio de um código usado centenas de anos atrás por algum grupo restrito na Terra?

— Tecnicamente, não sabemos *o que* nos enviou isso, mas, sim, acho. Se eles são avançados o bastante para nos enviar um sinal, também são espertos o bastante para saber que a música é a linguagem universal — respondo, mesmo que o pensamento sobre tais extraterrestres sofisticados me faça estremecer. — Minka, você sabe como decifrar esse código?

— Acho que consigo me lembrar. — Ela se aproxima da mesa, arrastando o dedo para abrir uma página em branco na tela. Seus dedos deslizam rápido enquanto ela rabisca as letras das sete notas musicais, com as letras do alfabeto embaixo. — A ideia por trás dos criptogramas musicais é você escrever uma palavra por meio de uma partitura. Entretanto, ao considerarmos as letras que são utilizadas para as alturas musicais em inglês, como as notas musicais usam apenas as sete primeiras letras do alfabeto, certas notas correspondem a mais de uma letra. Assim, a nota A não significa apenas a letra *A*, mas também *H*, *O* e *V*, deste modo:

| | | | | | | |
|---|---|---|---|---|---|---|
| *A* | *B* | *C* | *D* | *E* | *F* | *G* |
| *H* | *I* | *J* | *K* | *L* | *M* | *N* |
| *O* | *P* | *Q* | *R* | *S* | *T* | *U* |
| *V* | *W* | *X* | *Y* | *Z* | | |

— Portanto, precisamos examinar as letras em cada nota e encontrar a combinação que faça mais sentido.

Ela abre espaço e todos nós contemplamos a tela, decifrando em silêncio as letras.

— Ok, então, com as notas recebidas sendo A-F-A-E-G-A, em inglês, isso daria... — Dev aperta os olhos. — Amoluv ou Ofozua ou...

— *Athena* — eu respondo, perdendo o fôlego. Estendo as mãos trêmulas, conectando as letras na tela. — O sinal também significa A-T-H-E-N-A.

Minka deixa escapar um grito de choque e ouço Beckett praguejar baixinho.

Está vindo de Marte.

— Poderiam ser... eles? — Sydney sussurra. — Vivos e ainda por lá?

— Claro que não. — Beckett balança a cabeça. — A SatCon vem monitorando a órbita de Marte e acompanhando a tripulação da *Athena* há anos. Seus biomonitores estão inativos esse tempo todo, e não há vestígios de assinaturas de vida humana vindas de qualquer lugar perto do planeta vermelho. Pelo que sabemos, esse é apenas um sinal perdido e não significa nada.

— Então, como você explica tudo isso? — eu o desafio.

— Coincidência — ele responde sem titubear. — Além disso, quem disse que você está certa e não é mesmo Amoluv ou outra coisa?

Porque na ciência, e na vida, a resposta mais simples, na maioria das vezes, é a certa — respondo a ele. — E *Athena* é a resposta óbvia e simples.

Há algo mais que me faz acreditar nisso também. É a expressão nos olhos de Beckett, a sua ânsia em explicar dessa forma, que me dizem que ele está assustado. E é por isso que eu sei, no meu âmago: é *Athena*.

# DEZESSETE

LEO

FOI PRECISO MARTE PARA ME TRAZER DE VOLTA À VIDA.

As semanas subsequentes à perda de Greta passaram em um borrão escuro, no qual os dias se fundiam com as noites e nada mudava. Movia-me como um zumbi entre minha cama e o controle da nave. Tentava evitar me permitir pensar ou sentir demais, mas quando as emoções afloravam, eram como uma avalanche de arrependimento. *Eu nunca deveria ter feito isso.*

Se eu simplesmente tivesse dito não à proposta de Greta desde o início, ela estaria viva hoje. Lark e Asher estariam seguros e livres. Mas, em vez disso, encontro-me sozinho em um ambiente que só está esperando uma oportunidade para me matar — e estou arrastando meus amigos na Terra pelo mesmo caminho.

Logo parei de contabilizar os dias ou de acreditar que de fato chegaríamos lá; deixei a nave no piloto automático, com Kitt monitorando nosso progresso. Talvez uma parte de mim até tenha parado de se importar. Mas isso mudou quando vi aquela luz na escuridão do espaço — um *flash* vermelho ao longe.

— Oh, meu Deus.

Começo a arfar, convencido de que meus olhos estão me enganando. Minhas pernas estão bambas enquanto avanço, pressionando minhas mãos no vidro da janela. Lá está...

... o *flash* vermelho. O coração pulsante que eu estava procurando.

— Estamos quase lá. — Minha voz sai baixa como um sussurro e tento outra vez. — Lark, Asher, parece que estamos nos aproximando da órbita de Marte. Estão ouvindo?

As palavras parecem incríveis demais para serem reais, como falas de um filme. Eu giro, virando-me para Kitt e lançando meus braços impulsivamente em volta dele em comemoração.

— Você ouviu isso, Kitt? Conseguimos!

A IA emite um som de *cluck-cluck* que eu suspeito que seja sua versão de risada.

— Sem dúvida já passamos por muita coisa nesse par de meses, comandante.

— Sim. — Meu sorriso desaparece. — A começar por tudo o que perdemos. Mas se o plano de Greta funcionar... — *Então, tudo pode valer a pena.*

Seria o maior alívio da minha vida, juntar-me à *Pontus* e não precisar mais navegar sozinho por tudo isso. Sei como sou sortudo por ter Kitt — eu já teria enlouquecido há semanas sem ele —, mas cada vez que o conecto à sua cápsula de carregamento à noite, sou lembrado de que ele não é real, não da mesma forma como Naomi ou Greta. E, como aprendi nos últimos dois meses, não há nada mais solitário ou desorientador do que ser o único ser humano num raio de milhões de quilômetros.

Nossa cápsula espirala para a frente, e eu posso ver o planeta vermelho melhor agora, aproximando-se. Solto um grito movido pela adrenalina, meu corpo vibrando igualmente de emoção e terror. Porque é disso que se trata: o momento sem volta. Ou alcanço com sucesso o ponto de encontro e acoplo com a *Pontus* e a nave de suprimentos de Marte, ou estou condenado a me debater no espaço até morrer. Pressão nada pequena.

— Ok, Leo, é hora de iniciar a inserção na órbita de Marte — Lark me orienta pelo fone de ouvido. Até ela está começando a soar como se estivesse roendo as unhas.

Concordo e, digitando os comandos na *touch screen*, aciono os foguetes da nave, diminuindo a velocidade para coincidir com a órbita de Marte. A ação me leva de volta ao dia em que Naomi e eu concluímos uma simulação desse evento, no mesmo dia em que a beijei pela primeira vez — e de repente fico tonto com a proximidade do reencontro.

Isso não é um sonho nem uma simulação. Estou de fato olhando para Marte. Estou mais perto do céu do que nunca. E posso estar a poucos minutos de ver Naomi outra vez.

Estudo os números que rolam na tela à minha frente, observando com a respiração suspensa enquanto minha velocidade começa a se aproximar cada vez mais da de Marte. E, então, num movimento rápido que me tira o fôlego, a *WagnerOne* é atraída para a órbita.

Minhas mãos tremem enquanto uso o recurso Busca por Satélite na *touch screen* da cabine, observando, pela primeira vez, a luz verde acender. *Satélite(s) encontrado(s)*.

Dois pontos verdes piscam à frente, a cerca de 160 quilômetros de distância. A *Pontus* está avançando em direção à nave de suprimentos *Athena* — e, com base nos cálculos na minha tela de Dinâmica Orbital, tenho aproximadamente vinte minutos para me acoplar. O que significa que finalmente chegou a hora de fazer contato.

Pego o transceptor, me me inclino sobre o microfone e, enquanto contato pelo rádio os Seis Finalistas, repito as palavras que durante meses sonhei dizer.

— *Ciao*, meus amigos na *Pontus*. Aqui é Leo Danieli, aproximando-se na espaçonave *WagnerOne*. Fui enviado da Terra como reforço à sua missão e estarei perto o suficiente para acoplar em menos de vinte minutos.

Mal posso respirar enquanto espero por uma resposta, imaginando como Naomi reagirá, o que ela dirá. Mas então Kitt me lembra de que precisamos acelerar e volto minha atenção para o console da cabine, guiando-nos pelo espaço até que eu esteja quase na esteira da *Pontus*.

Continuo tentando contatar pelo rádio os Seis Finalistas, reenviando minha mensagem a cada três minutos, mas a única resposta é estática. Eu bato no rádio, tentando descobrir por que não estou recebendo uma resposta — até ouvir Kitt gritar, agarrando a alavanca de controle na minha frente. Sigo seu olhar bem a tempo de ver uma série de disparos de *laser* voando em nossa direção.

— Estamos sob ataque! Lark, Wagner Enterprises, estão me ouvindo? Nossa nave está sob ataque! — Kitt brada enquanto mergulho nossa cápsula para baixo, desviando-nos por pouco. Mas essa queda de altitude poderia me custar tudo.

De todas as reações complicadas que os Seis Finalistas poderiam ter tido com a minha chegada, eu nunca teria previsto essa. Eles podem não saber que sou eu, mas ainda assim... o que isso diz, o que isso significa, é que o primeiro instinto deles ao avistarem uma nave desconhecida não é o de saudar e fazer perguntas, mas sim de matar? E mesmo que eu tenha sobrevivido à tentativa, isso quase já nem importa — não agora que minha rota se desalinhou com a da *Pontus* e estou perigosamente perto de perder por completo a nave.

# DEZOITO

NAOMI

UM AVISO DE CYB PENETRA MEUS SONHOS, SUA VOZ ECOANDO por todos os recantos da *Pontus*.

— ALERTA: avistamento de espaçonave suspeita. Mobilizando mísseis de advertência em defesa.

*O quê?* Luto para entender as palavras no meu estado, grogue de sono. Estamos a apenas algumas horas da nossa chegada a Marte, do nosso *rendez-vous*, o que significa que estamos muito longe no espaço profundo para que *haja* outra espaçonave. A menos que... poderia ter algo a ver com a nossa última conexão com a Terra? Será que o CTEI tentou nos enviar uma tábua de salvação, e a nossa IA acabou entrando em modo de ataque por engano?

Pulo da cama, sem me dar ao trabalho de trocar o pijama por outra roupa antes de sair voando pela porta para entrar no elevador. Colido com Sydney no caminho, e chegamos à escotilha principal no momento em que Minka, Beckett e Dev estão passando por ela. Nós cinco nos movemos o mais rápido possível através dos túneis sinuosos e cápsulas em gravidade zero, nosso pânico afetando nossa coordenação enquanto nos esbarramos com cotovelos e membros. A cada dois minutos, a nave ruge com o som de disparos, provocando um estremecimento nas paredes e uma pontada de medo em meu peito.

Quando chegamos ao módulo de comando, a única luz que consigo avistar através das janelas escuras é a libélula de aço piscando ao longe. Mas eu conheço essa nave: é justamente a que estamos perseguindo, a nave de suprimentos de Marte.

— O que aconteceu? — exijo saber. — Onde está a outra espaçonave que você viu?

— Abatida — informa Cyb com um aceno mecânico. — Eu relatei a nave desconhecida à Deep Space Network. Nosso caminho está livre agora.

— O quê? — berro. — Por que você teve que atacar? E se fosse outra tripulação enviada pela NASA para nos ajudar, uma com uma conexão ativa com a Terra...

— Você não acha que Cyb teria reconhecido se fosse uma nave originária da Terra? — Beckett me lança um olhar condescendente. — Ele foi programado para a tarefa específica de nos proteger. Pelo que sabemos, acabamos de evitar uma séria ameaça alienígena.

— Espere um segundo. — Estreito os olhos. — Eu pensei que você não acreditasse em alienígenas, lembra? E se isso fosse um OVNI real, você acha mesmo que deveríamos apenas atirar, sem fazer nenhum tipo de contato?

— Eu segui minhas ordens de treinamento — diz Cyb com tranquilidade. — O copiloto Soo e eu procedemos como fomos ensinados.

— Na verdade, eu não fiz nada — diz Jian, desconfortável. — Eu mal consegui avistar a nave. Cyb foi quem apertou o botão... — Sua voz falha e, então, ele respira fundo. — Mas temos um problema maior.

— O que é agora? — Minka geme.

Jian aponta para a *touch screen* do piloto.

— Olhe para o mapa. Algo mudou. Agora, ele mostra a nave de suprimentos quilômetros abaixo do plano orbital para o qual nosso *software* de navegação de voo está nos enviando. Se continuarmos nesse curso, nossas naves se desencontrarão por completo.

Sinto um frio no estômago.

— O vazamento de combustível está fazendo com que o satélite caia mais rápido do que o esperado — eu me dou conta. — Precisamos programar uma alteração de inclinação orbital na navegação de voo de Cyb, começando com o recálculo de nossos vetores de velocidade e de posição.

Os outros olham para mim como se eu estivesse falando uma língua estrangeira. Como residente especialista em física aqui, cabe a mim entender os números que rolam pela tela, aplicá-los à equação de Kepler e descobrir nossa nova rota orbital. Jian me oferece sua cadeira e eu afundo nela, preparando-me para uma noite de matemática pela frente.

São necessárias duas tentativas para corrigir o curso, eu rabiscando de maneira frenética as equações na tela do *tablet* enquanto a *Pontus* voa quilômetros acima da nave de suprimentos de Marte, ainda traiçoeiramente longe de seu alvo.

Implemento rápido a nova trajetória à navegação de voo e devolvo a Jian seu assento de copiloto, debruçando-me sobre sua cadeira enquanto a *Pontus* acelera e mergulha no plano orbital correto. A nave de suprimentos se materializa através do vidro da cabine, passando de um pequeno ponto de luz no escuro para um satélite completamente visível e que vai aumentando de tamanho. Nós nos aproximamos cada vez mais dele, e Dev entra em ação, dando ordens para a acoplagem. E, então, com um estalo, as duas naves se juntam.

— ISSO! — Dev ergue os punhos no ar e me abraça. Sydney, Jian e até Minka se juntam a ele, nós cinco comemorando o momento histórico com aplausos e um abraço em grupo. Mas algo ainda está me incomodando quando olho para Cyb.

— Primeira fase concluída — anuncia Cyb. — Parabéns, equipe. Dev, Sydney e Naomi, é hora de se vestirem e se prepararem para sua atividade extraveicular. Confirmando: Dev e Sydney corrigem o vazamento de combustível fora da nave de suprimentos, enquanto Naomi executa diagnósticos na tecnologia interna. Entendido?

— Entendido — respondemos em uníssono enquanto Dev rodopia Sydney.

— Hora de caminhar no espaço, gata!

Ela esfrega as mãos de alegria.

— Será como realizar cirurgia entre as estrelas.

Embora eu não vá colocar os pés lá fora com os dois, ainda sinto arrepios de expectativa, enquanto Minka e Jian me ajudam a entrar no meu traje de atividade extraveicular. Dev, Sydney e eu flutuamos juntos na eclusa de ar enquanto as câmeras de rastreamento em nossos monitores de pulso piscam, projetando uma transmissão ao vivo para a *Pontus* de tudo o que vemos.

A porta externa se abre primeiro e fico boquiaberta diante da interminável vastidão negra, à espreita para nos engolir. Dev e Sydney dão-se as mãos através das luvas, e eu observo as amarras de seus trajes se desenrolarem atrás dos dois, enquanto eles saem para o vazio.

Depois que a porta externa se fecha atrás deles, abro a porta interna da escotilha e entro em uma cápsula escura, uma fração do tamanho da *Pontus*.

— Entrei na nave de suprimentos *Athena* — relato em meu *headset* enquanto procuro as luzes. Noto algo brilhando no escuro: uma substância âmbar esponjosa, agarrada à parede do lado de fora da eclusa. Eu contato a *Pontus* novamente.

— Vocês estão vendo isso? Têm ideia do que seja?

A resposta de Minka chega em meio a chiados.

— Talvez... Parece um pacote de comida que estourou...

Faço uma careta.

— Bem, isso não seria um bom presságio para o nosso suprim...

Eu me interrompo quando minha mão encontra o interruptor, iluminando a sala em amarelo fluorescente. E, então, solto um grito pavoroso.

Um cadáver está flutuando diante de mim, de cabeça para baixo, seus membros esqueléticos roçando o teto como uma espécie de decoração horripilante de Halloween. O morto ainda está vestido com um traje espacial da NASA para a *Athena*, a etiqueta de pano desgastada com a inscrição REMI ANDERS. Um nome que eu conheço de cor, desde os dias em que eu era jovem, assistindo a todas as notícias que encontrava sobre a missão Marte. Mas não há como reconhecer o rosto outrora belo de Remi na máscara azul cerosa diante de mim.

Tombo para a frente, nauseada com a visão, e é aí que algo escuro roça no meu capacete. Um grito soa nos meus ouvidos.

— Naomi! Na sua frente!

Congelada de pavor, preciso de toda a minha coragem para olhar para cima. É quando descubro que Remi Anders não estava sozinho. Quatro dos cinco astronautas desaparecidos da *Athena* estão aqui na nave de suprimentos, seus corpos inertes girando em um ciclo interminável através do ar reciclado e da microgravidade. A mesma substância âmbar brilhante da porta da eclusa de ar mancha todos os seus trajes.

— Naomi, saia daí e volte para a nave — Jian brada através do fone de ouvido. — Dev e Sydney, abortem a caminhada espacial e retornem à *Pontus*. Agora.

— Mas eu a-ainda preciso... pegar os suprimentos — sussurro, colocando um pé na frente do outro, como que em transe.

— A nave de abastecimento está contaminada! — Beckett grita no meu fone de ouvido. — Já vi essas coisas antes e não podemos arriscar levá-las conosco. Saia daí!

— Como piloto, eu anulo esse comando — interrompe Cyb. — Não podemos sair sem obter os alimentos e suprimentos necessários para a colonização de Europa.

— Mas... — Eu me detenho ao ouvir algo familiar, algo que deixa a minha pele toda arrepiada. Avanço, contrariando o que o bom senso me aconselha fazer, seguindo o som até um transmissor de rádio... que toca a frase musical de seis notas. A-T-H-E-N-A.

— Foram eles — eu arquejo. — A mensagem das ondas de rádio que recebemos... deve ter sido o pedido de socorro da equipe da *Athena* de anos atrás.

Há um silêncio atordoado do outro lado do meu fone de ouvido e, então, Jian diz:

— Mas como Houston pôde deixar algo assim passar?

— Esta nave de suprimentos não foi construída para ocupação humana, por isso só tem o mais básico dos sistemas de comunicação — respondo, observando ao redor. — Não vejo nenhuma câmera interna e parece que eles têm mínimos recursos de rádio, e é por isso que o sinal deles nunca chegou à Terra. — Minha voz falha com a emoção. — E é por isso que eles nunca foram resgatados.

— O que eles estavam fazendo na nave de suprimentos? — Ouço a voz de Minka perguntando ao fundo. — Eles deveriam estar em terra marciana, em seu Hab...

— Eles estavam fugindo de alguma coisa — respondo, parando de repente diante da bolha de âmbar descascada no chão... a mesma substância que estava grudada nos trajes espaciais dos astronautas mortos. Só que agora ela está... se contorcendo.

Cubro a boca horrorizada quando o âmbar começa a se esticar para uma nova forma, com hastes negras brotando ao seu redor, como as pétalas de uma flor deformada.

— Vocês três, retornem para a *Pontus* agora mesmo — ordena Jian bruscamente. — Não toquem em nada.

Flutuo de volta para a eclusa de ar, e estou quase lá quando o som de gritos me desconcerta. Minha mão escorrega do corrimão e meu corpo dá uma cambalhota para trás quando a voz de Sydney grita em meu fone de ouvido:

— Tem alguma coisa aqui fora!

Um som estridente segue seu grito, e eu me impulsiono para a frente a fim de alcançar a pequena janela de vigia. Consigo ver Sydney e Dev no módulo externo ao lado do tanque de combustível aberto, suas expressões congeladas de terror por trás do visor dos capacetes. E, então, há um *flash* de movimento. Sydney cambaleia para trás enquanto Dev grita:

— Está no traje espacial dela!

Meu coração dispara enquanto olho pela vigia, procurando por algo, qualquer coisa que eles possam usar.

— Os parafusos! — eu grito. — Pegue um dos parafusos da vedação do depósito de combustível. Você pode usá-lo para retirar essa... essa coisa.

— E, haja o que houver, não traga nenhum traço disso com você — diz Beckett, com um tom desesperado em sua voz que eu nunca ouvira antes.

Enquanto Dev vai em direção aos parafusos, começo a voltar para a porta da eclusa, deixando para trás a nave de suprimentos e seus horrores. Ouço o grito no meu *headset* quando Dev crava o parafuso na criatura esponjosa, libertando Sydney de suas garras, e abro a porta externa.

— Entrem aqui, agora!

Uma figura balança em direção à porta aberta, e consigo distinguir o contorno de Dev, empurrando Sydney na frente. E, então, quando ele está prestes a segui-la, Dev solta um grito sufocado.

Rastejo em direção à porta para olhar e imediatamente recuo de medo. A criatura âmbar pulou no capacete de Dev, cobrindo-lhe a visão. Sydney e eu nos movemos em direção a ele... mas, de repente, sem aviso, a porta da eclusa de ar se fecha. Tento abrir a escotilha, sem sucesso.

— O que vocês fizeram? — Sydney grita em seu *headset*. — Temos que ajudá-lo...

— Não podemos colocar três astronautas em risco — declara Cyb. — Não tenho escolha a não ser impedir vocês duas de segui-lo. São as ordens que tenho.

— Mas Dev...

Olho desesperada para a tela na manga do meu traje e clico em "POV — KHANNA". Consigo ver Dev balançando loucamente, tentando se libertar da criatura. E, então, ouvimos um estalo grotesco.

— Meu capacete... está quebrado! — ele diz, surpreso.

Escorrego para o chão, rezando para que isso seja um pesadelo, para eu acordar de volta na *Pontus* com todos lá e em segurança. Mas, em vez disso, eu me dou conta de que o mesmo parafuso que salvou Sydney foi o que atingiu Dev. E agora ele não tem ar para respirar.

— Cubra o capacete com sua luva! — grito. — Cyb, abra a porta da eclusa de ar! Temos que trazê-lo para cá antes que...

— Ainda não... a coisa ainda está comigo — Dev se engasga.

— Ele está perdendo oxigênio rapidamente! — Sydney grita. — Nós temos que fazer alguma coisa!

Um alarme soa quando a tela na manga do meu traje pisca com os sinais vitais de Dev. Ele só tem alguns segundos para sobreviver sem oxigênio.

Minha mente dispara, formulando um plano... e, então, ouço o som de algo se soltando.

Olho para a tela, incrédula, enquanto Dev usa as forças que lhe restam para cortar sua amarra... o que faz com que ele e a criatura alienígena flutuem para longe da *Pontus*.

— E-este é o único jeito — ele sussurra.

— O que você fez? — Sydney soluça.

— Jian, Cyb, vocês têm que ir atrás dele! — imploro.

Mas é tarde demais. O bipe baixo indicando ausência de sinais vitais ecoam em nossos *headsets*.

Dev Khanna está morto.

# DEZENOVE

NAOMI

O CHORO LANCINANTE DE SYDNEY CORTA O MEU CORAÇÃO. Eu estendo os braços para ela, enlaçando-a através do volume de nossos trajes espaciais, enquanto meus próprios soluços irrompem.

No outro lado de nossos *headsets*, tudo fica silencioso, exceto pelo som dos sussurros de alguém repetindo "Não". E, então, o chão estremece abaixo de nós quando a *Pontus* se desacopla da nave contaminada — deixando para trás os corpos da malfadada tripulação de *Athena*, a vida marciana e todos os alimentos e suprimentos com os quais contávamos e que agora flutuarão no espaço para sempre. Sydney e eu somos forçadas a passar trinta intermináveis minutos em uma segunda câmara para descontaminação, deitadas sob máquinas enquanto nossos trajes são esterilizados, incapazes de falar ou fazer qualquer coisa além de reviver mentalmente, em um loop torturante, o trauma que acabamos de experimentar. Afinal, recebemos autorização para deixar a câmara e emergimos no Alojamento dos Astronautas, onde o restante de nossa equipe está nos aguardando. Mas agora, em vez de Seis Finalistas, somos apenas cinco.

Nós nos reunimos na sala de estar, tentando consolar uns aos outros diante de nossas perdas esmagadoras. Sydney está tremendo incontrolavelmente, e Minka busca um cobertor para cobrir os seus ombros.

— Temos que voltar agora... não é? — Jian pergunta, expressando o que todos estamos pensando.

Fico surpresa ao descobrir que a ideia não me enche do alívio que eu esperava. Mas, também, não era assim que eu queria que terminasse: em um fracasso maciço, como se houvéssemos passado por tudo isso a troco de nada.

— Não. — A voz de Sydney soa baixa, mas firme. — Dev morreu por esta missão. Ele morreu para nos proteger, para que pudéssemos continuar até Europa. Não há como darmos meia-volta e desistirmos. Não o fizemos quando perdemos o contato com a Terra e não o faremos agora.

— Ela está certa — digo, mesmo quando meu coração se contorce ao pensar em perder a chance de retornar à minha família, a Leo. Mas eu não seria capaz de viver comigo mesma se deixasse Dev morrer em vão.

— Também não quero desistir, mas o que devemos fazer com relação à comida? — Jian pergunta. — Toda essa missão se baseava na suposição de que poderíamos pegar vinte anos de suprimentos de Marte. Agora, sem isso, só temos o suficiente na *Pontus* para mais dois anos, talvez três se economizarmos bastante nossas porções.

— Como pode ser melhor voltarmos para uma Terra que não nos quer lá, que gastou todo esse dinheiro nos enviando para um outro lugar no Sistema Solar para que pudéssemos salvá-los? — Beckett contesta. — Você acha mesmo que seremos recebidos de braços abertos? Além disso, ainda temos mais recursos em nossa nave do que a maioria das pessoas em casa. Ainda mais agora que... bem, agora que infelizmente temos menos uma pessoa para alimentar.

Eu me encolho. Dói admitir, mas Beckett tem razão.

— Sempre foi mesmo nossa intenção começar a cultivar alimentos na estufa solar — observo. — Nós só teremos que fazer isso mais cedo. Precisamos nos preocupar mesmo é com o que vimos hoje. Extraterrestres. — Lanço a Beckett um olhar penetrante. — Você obviamente sabia sobre aquilo na nave de suprimentos e não nos avisou. Então, agora é sua chance de explicar e nos contar o que você sabe sobre Europa.

Beckett, desconfortável, muda de posição em seu assento, e me pergunto se a expressão em seu rosto tem algo a ver com culpa.

— Eu só sabia sobre o que foi ocultado a respeito da missão para Marte: que vida alienígena foi encontrada no planeta e seu toque foi mortal para os seres humanos. O doutor Takumi e a general Sokolov fizeram essa descoberta e eles procuraram o meu tio para relatar a notícia antes de envolver a NASA. Mas ele... digamos que ele os convenceu a não dizer nada. Meu tio estava apenas na metade do seu primeiro mandato, e fora ele quem pressionara o Congresso e a NASA para apressar a missão Marte, tudo para que pudéssemos vencer a China e tomar o planeta como nosso. Se o povo americano descobrisse que ele era o responsável pela mancada mais perigosa da história das viagens espaciais... — Ele arqueia as sobrancelhas. — De qualquer forma, Takumi e Sokolov tiveram um bom incentivo para guardarem seu segredo. Ele ofereceu a eles o que sempre quiseram: Europa, e toda a glória e riqueza que granjeariam por estarem no comando da missão.

— E o seu prêmio por guardar o segredo foi um lugar entre os Seis Finalistas — concluo com amargura. Se não fosse por Beckett, Leo estaria sentado à minha frente.

— Talvez eu tivesse uma vantagem, mas ainda assim fiz por merecer meu lugar aqui — diz ele, calmo. — Como todos vocês.

Antes que eu possa explodir com ele por essa mentira escancarada, Jian se apressa a mudar de assunto.

— Por que eles contariam a você, afinal? — ele pergunta. — Quem compartilha esse tipo de informação confidencial com um garoto?

— Bem, os três não ficaram exatamente felizes quando me pegaram xeretando — responde Beckett sem se alterar. — Ainda tenho as cicatrizes deixadas por meu pai para provar isso. Mas quando ele descobriu mais tarde o que eu ouvi, percebeu a influência que isso lhe dava sobre seu irmão. — O rosto dele assume uma expressão sombria. — Vocês provavelmente estão entendendo agora que fazer parte de minha família não é o bilhete de loteria premiado que todo mundo gosta de fingir que é. Vivi com seres humanos podres até o âmago. Por que vocês acham que eu estava tão determinado a deixar a Terra para trás?

— Algo ainda não faz sentido. Obviamente, a *Athena* provou que há vida fora da Terra, e vida perigosa. Por que algumas dessas pessoas que sabiam disso ainda insistem na Missão Europa? — eu me pergunto. — Por que o presidente Wolfe ainda concordaria com isso? E como é possível que tenham planejado incluir uma escala em Marte depois de saberem o que havia lá?

— Porque não passou pela cabeça de ninguém que a nave de suprimentos estivesse comprometida. Quem teria previsto que os astronautas tivessem tentado escapar para a órbita e que a vida alienígena os seguiria até a cápsula? — Beckett balança a cabeça. — E não havia garantia de que a Terra permaneceria livre de ETs. Lembro-me de que um dos alertas do doutor Takumi para o meu tio foi que as missões que já conduzimos de e para Marte nos expuseram a micróbios marcianos... que poderiam se transformar naquilo que acabamos de ver.

— Panspermia — murmuro.

— Hã?

— É a teoria de que a vida em todo o universo é distribuída por meio da poeira espacial, meteoroides... e naves espaciais carregando, inconscientemente, micro-organismos — explico.

— Interessante — Beckett diz, mais para si mesmo do que para mim. — O doutor Takumi disse uma vez ao meu tio que era tão provável que as formas mais antigas dessa espécie houvessem se originado em Europa quanto na Terra. — Ele faz uma pausa. — Talvez seja por isso que nossa análise de DNA tenha sido parte do processo de recrutamento e seleção.

Olho para ele.

— E foi?

Antes que ele possa nos contar mais, nosso transmissor de rádio zune com um sinal desconhecido. Nós cinco ficamos com a respiração suspensa, nossa esperança carregando a cápsula com uma energia própria. Seria a Terra?

E, então, Jian solta a bomba.

— A outra nave... voltou.

# VINTE

LEO

MEU PÂNICO CRESCE A CADA MINUTO QUE LEVA para eu recuperar minha velocidade e altitude. A essa altura, cada milissegundo é a diferença entre a vida e a morte. Se eu não conseguir alcançar a *Pontus* antes que a nave seja catapultada para Júpiter, é o fim de tudo. Não apenas da minha missão e do reencontro com Naomi... mas da minha vida.

Meus olhos disparam entre a janela panorâmica e o painel *touch screen*, onde dois pontos verdes, representando a *Pontus* e a nave de suprimentos de Marte, estão se aproximando cada vez mais. Quando os vejo fundirem-se na tela, solto um grito de agonia. Acabou.

Não há como eu compensar a velocidade e a distância entre nós no curto espaço de tempo que eles levarão para consertar o vazamento de combustível. Os Seis Finalistas serão lançados para fora da órbita de Marte, sem nunca tomarem conhecimento de que eu estava aqui.

— Estamos perdidos — sussurro para Kitt.

Tiro minha mão da alavanca de controle, deixando a nave operar no piloto automático, já não me preocupo mais em corrigir o curso. Começo a quebrar a cabeça com os números: quantos dias de combustível e propulsão restam à nossa nave, quantas horas ainda me restam para viver.

Ativo a Câmera Interna para começar a gravar mensagens de despedida, uma para Lark e Asher e outra para Naomi. Acabo de apertar "Gravar" quando o braço mecânico de Kitt dá tapinhas no meu ombro.

— Comandante Danieli. Veja.

Relanceio a vista para a tela, e então volto a olhar para me certificar. Por alguma estranha razão, a *Pontus* está desacoplando da nave de suprimentos. Mas não tenho tempo para me perguntar por que eles executariam um movimento tão contraditório — vislumbro minha segunda chance e aciono os propulsores com um golpe decidido, acelerando com tudo.

À medida que avançamos em velocidade supersônica, Kitt me lembra:

— Temos que nos certificar de que eles saibam que se trata de você, para que não atirem de novo quando virem a nossa nave.

Penso rápido. O sinal de rádio não funcionou da última vez... O que mais eu poderia tentar?

— Kitt... você sabe transmitir música para uma espaçonave próxima?

Se Kitt acha a solicitação estranha, não deixa transparecer. O fato de os robôs terem notoriamente boas caras de paisagem ajuda nesse caso. Em vez disso, ele me mostra como transmitir diretamente à *Pontus* a música em que estou pensando. E, então, os acordes de "L'Italiano", a canção que tocava quando desembarquei do jato em Houston e conheci meus colegas finalistas, começa a ecoar pelos alto-falantes da cápsula.

Com um pouco de sorte, neste exato momento Naomi estará ouvindo a mesma coisa...

# VINTE E UM

NAOMI

O TEMPO PARA QUANDO A EXUBERANTE MELODIA IRROMPE na nave silenciosa, trazendo a *Pontus* e seus passageiros de volta à vida. A primeira coisa que me vem à cabeça é que, de alguma forma, conseguimos retomar as transmissões com a Terra, que Leo está me enviando uma mensagem de casa — mas, então, dou uma olhada nas informações contidas em Origem da Mensagem. E, de repente, meu coração está saltando para fora do peito, minha mente inebriada de esperança.

— Eu sei quem está naquela nave.

Disparo como uma flecha, mergulhando na cápsula do elevador, meus companheiros de tripulação logo atrás de mim. Corro à frente deles, da Estação de Comunicação até a escotilha, e flutuo o mais rápido que é possível a um ser humano até alcançar o módulo de comando. Ao empurrar a porta da escotilha, lembro-me, num lampejo, de que Cyb já havia disparado armas *laser* contra a nave "inimiga" uma vez. Se ele fizer isso de novo...

— Jian! — Aponto para Cyb, e ele consegue conter a IA por tempo suficiente apenas para que eu corra até a *touch screen* da cabine.

"SOLICITAÇÃO DE ACOPLAMENTO DE NAVE PRÓXIMA" pisca na tela. Meu corpo inteiro treme quando pressiono Aceitar.

Cada segundo parece uma eternidade à medida que a espaçonave se aproxima, os quilômetros entre nós diminuindo... até estarmos perto o bastante para eu enxergar o rosto na janela.

Estou vivendo um sonho quando o astronauta olha para cima, e é ele de verdade. Leo.

O milagre que jamais ousei imaginar.

Corro para a eclusa de ar, ignorando as perguntas berradas pelos meus colegas de tripulação perplexos. Parece que meu coração vai saltar pela boca enquanto o aguardo abrir a escotilha.

Leva mais tempo do que deveria para ele flutuar através da porta, e, por um momento terrível, pergunto-me se tudo isso não passa de uma alucinação induzida pelo estresse. Será que estou prestes a ficar arrasada com a decepção, forçada a reviver mais uma vez a nossa separação? Quero dizer, como sequer é possível que isso seja real?

Mas, então, a escotilha se abre. Lá está ele.

Tudo o que consigo sentir é o palpitar do meu coração, retumbando num crescendo, enquanto corremos um para o outro. Estamos próximos o bastante para nos tocarmos agora, e minha pele se arrepia de expectativa.

Leo estende a mão, que está trêmula, para tocar a minha face, olhando para mim como se não tivesse certeza de que sou real. E, então, meus lábios estão nos dele, minhas mãos pressionando suas costas, os dedos dele correndo pelos meus cabelos. Ele encosta a testa na minha e, enquanto nos abraçamos, sinto que estou voando, livre da nave, livre de qualquer coisa que esteja me segurando. É quando percebo que estamos, de fato, flutuando no ar, nossos corpos entrelaçados erguendo-se acima do chão. E, quando fitamos um ao outro, tenho certeza de uma coisa: se o amor pode trazer Leo do outro lado do universo até mim, então tudo é possível.

Eu nunca mais perderei a esperança.

# VINTE E DOIS

LEO

— PARE! Afaste-se da equipe!

Naomi e eu nos separamos, ruborizados e confusos. E, então, dois pesados braços de aço agarram meus ombros, puxando-me para longe dela e algemando meus pulsos atrás das costas antes que eu sequer me dê conta do que está acontecendo.

— Cyb. — Encaro os seus olhos vazios. — Sou Leo Danieli, do Campo de Treinamento Espacial. Você não se lembra de mim?

Mas ele não está ouvindo. Cyb deve ter ativado seu Modo de Defesa de IA, e agora está me arrastando pelo piso da cápsula até a eclusa de ar.

— Você vai voltar para onde veio — diz ele, com a voz fria como gelo.

— Não! É seguro, é o Leo! — Naomi grita, correndo para Cyb. Ele a joga para o lado num movimento que não lhe exige esforço algum, e eu olho ao redor de maneira frenética, tentando fazer contato visual com o restante da tripulação, suas expressões perplexas ao testemunhar a cena.

— Eu juro, estou aqui por um bom motivo. Por favor, pessoal... não deixem que ele faça isso!

Se os outros pudessem nos oferecer apoio, se não dependesse apenas de mim e Naomi para nos defendermos da IA enfurecida, então eu poderia ser libertado. Mas todos só ficam ali parados, até que...

Arquejo quando meu corpo desliza para longe das garras de Cyb. As algemas são soltas, flutuando no ar enquanto meu corpo levita junto com elas, bem a tempo de ver Jian prendendo a IA contra a parede. Eu o encaro surpreso. Eu não fazia ideia de que o cara fosse tão forte — ou que se importasse comigo o bastante para me ajudar. Mas então vejo Naomi ao seu lado e percebo que não era a mim que Jian estava tentando ajudar.

Avanço para me juntar a eles, e os momentos seguintes são um borrão metálico se debatendo contra carne e osso enquanto nos esforçamos para manter os braços descontrolados do robô no lugar. As mãos de Naomi chacoalham quando ela estende o braço para a tela do sistema operacional de inteligência artificial de Cyb. E, então, depois de pressionar uma série de botões na tela...

— Modo de defesa desativado.

Quando os olhos de Cyb se abrem de novo, piscando, ele é como um balão murcho, toda a vontade de lutar foi esvaziada. Solto seu braço, enquanto Naomi pega o meu.

— Venha comigo — diz ela. — Não vou deixá-lo se afastar de novo.

— Espere aí. — Jian levanta a mão para detê-la. — Precisamos de uma reunião da tripulação. Temos que decidir como equipe o que fazer com... — Jian olha para mim. — Ele.


Percebo que algo está errado no momento em que estamos todos reunidos no primeiro andar do que Naomi me explica ser o Alojamento dos Astronautas. O ambiente é atordoante com seus alarmes e apitos, um forte contraste com a minha cápsula individual utilitária. Mas algo está faltando. Alguém.

— Onde está Dev?

Quando as expressões ao meu redor se tornam lúgubres, sinto uma pontada de medo.

— O que foi? O que aconteceu?

Naomi começa a explicar, lágrimas derramando-se em suas bochechas enquanto conta o que ocorreu na nave de suprimentos. Enquanto fala, o corpo de Sydney Pearle estremece com soluços, e Naomi a envolve com um braço. Eu encaro as duas, desejando não acreditar.

— Ele era meu amigo — eu sussurro. — Achei que todos nós ficaríamos juntos aqui.

— O que o fez ter tanta certeza de que se juntaria a nós, afinal? — Beckett se intromete de maneira ríspida. Obviamente, ele ainda é o mesmo idiota de antes.

— Eu não tinha certeza. Mas sim esperança.

— Quero dizer, não é um pouco... conveniente demais que Leo apareça logo depois que perdemos Dev? — Beckett olha em volta para Sydney, Jian e Minka. — Que razão temos para confiar nele?

— Você está falando sério? — eu gaguejo. Isso é muito baixo até mesmo para Beckett. — Você está mesmo sugerindo que...

— Eu sei que você não teve nada a ver com o que aconteceu com Dev — adianta-se Sydney, seus olhos desprovidos de emoção enquanto olha para mim. — Mas isso não significa que eu quero que você ocupe o lugar de Dev, dormindo no compartimento dele, vestindo seu uniforme... — Sua voz falha e ela vira o rosto, cobrindo-o.

— Eu não faria nada disso — digo-lhe com suavidade. — Eu tenho a minha própria nave. Eu estaria apenas me juntando à de vocês para a viagem a Europa, para que eu possa ajudá-los lá... se vocês me aceitarem.

Jian me encara como se eu fosse um fantasma.

— Mas como? Para começar, como você veio parar aqui?

Respiro fundo e começo a contar a minha história. Explico como Greta me procurou, e conto-lhes sobre o mapa que ela decodificou das cristas de Europa e seu plano para ajudar os Seis Finalistas a sobreviverem.

— Oh. Meu. Deus. — Os olhos de Naomi se enchem de lágrimas enquanto olha para mim. — É... é incrível demais para acreditar. As descobertas da doutora Wagner e o fato de que... de que a mulher que eu admirei a minha vida inteira foi quem trouxe você de volta para mim... — Sua voz vacila. — Eu gostaria apenas de tê-la conhecido e de agradecer a ela por tudo o que fez.

— Eu também. Ela teria adorado você.

— Bem, é uma história muito bonita e tal, mas o doutor Takumi e a general Sokolov jamais concordariam em permitir a entrada dele — diz Beckett, falando sobre mim como se eu nem estivesse lá. — Leo foi eliminado, lembram-se? E, sendo eu a pessoa que eles deixaram no comando, tenho que dizer não. É nossa tarefa colocar a missão acima de qualquer pessoa. — Ele me olha bem nos olhos. — Você precisa voltar para a Terra, Danieli.

Eu o ignoro, mantendo meu foco nos outros quatro.

— A doutora Wagner me disse desde o início que minha nave espacial era equipada com propulsão suficiente apenas para uma viagem só de ida, então, não há a menor chance de eu retornar para a Terra. Mas eu sempre estive preparado para a possibilidade de não alcançar vocês, pessoal, e de eu ficar vagando pelo espaço até... até que a minha nave não pudesse mais me oferecer suporte de vida. Essa é minha única outra opção e eu... eu a aceitarei, se isso for o certo para todos vocês. Mas acredito em tudo o que a doutora Greta me ensinou e eu sei que posso ajudar a missão.

Observo o rosto de todos os tripulantes, tentando avaliar o lado para o qual estão propensos. Eu não vou tentar convencê-los; não posso ser esse tipo de pessoa. Mas cada parte do meu ser está desesperada para que concordem.

— Não há nenhum cenário em que eu o deixe se debatendo sozinho no espaço. — Os olhos escuros de Naomi brilham com intensidade. — Ou morrerei com você aqui, ou viajaremos juntos para Europa, mas jamais o abandonarei. Não depois de já tê-lo deixado uma vez.

Não confio em ter voz para me pronunciar. Em vez disso, levo sua mão até os meus lábios, esperando que ela possa sentir tudo o que eu quero dizer no meu beijo. Uma expressão de desânimo toma o rosto de Jian.

— Não faça isso — ele diz baixinho, olhando para Naomi, e não sei dizer se ele está falando sobre nós irmos embora, ou ela estar comigo.

— Isso é loucura — argumenta Sydney. — Você não pode simplesmente partir...

— Vejam o que ele já está fazendo — diz Beckett, levantando uma sobrancelha. — Não faz nem uma hora que ele está aqui e já está usando Naomi como escudo, se infiltrando em nossa equipe e nos dividindo...

— Isso não é verdade. — A raiva borbulha sob minha pele em reação às palavras dele, e olho suplicante de Minka para Jian e então para Sydney. — Vocês não compreendem o que tenho a oferecer. Vocês precisam de um especialista subaquático que possa guiá-los pelo oceano de Europa até a Zona Habitável, e eu sou o único capaz de fazer isso.

— Não vamos nos esquecer de que toda essa teoria da Zona Habitável vem diretamente da doutora Wagner, que foi *retirada* da missão — zomba Beckett.

Naomi se vira para o restante da tripulação, ignorando-o.

— Esta não é uma decisão unilateral. Vamos votar. Leo e eu devemos deixá-los, para que vocês prossigam até Europa sem nós, com mais recursos para compartilhar entre vocês quatro? Ou será que devemos trabalhar como uma nova equipe, utilizando as habilidades de Leo e os conhecimentos da doutora Wagner, e ver se podemos ter sucesso na missão juntos?

Há um silêncio constrangedor, até Sydney levantar a mão.

— Todo o restante é a favor?

Prendo a respiração. Jian levanta a mão, seguido por Minka. Beckett é o único que resiste.

Solto o ar dos meus pulmões quando sou tomado pelo alívio. Naomi puxa Sydney, Minka e Jian em nossa direção para um abraço em grupo, enquanto Beckett se esquiva para o lado. Eu o espio pelo canto do olho, curioso para saber como ele está encarando essa derrota — mas ele não parece tão desapontado quanto eu esperava. Pergunto-me se é porque, no fim das contas, uma pequena parte dele não quisesse ser responsável por nossa morte.

— Hã... pessoal. — Naomi interrompe a comemoração, um sorriso se espalhando por seu rosto. — Acabei de pensar no óbvio. Leo... Imagino que sua nave tenha um transmissor de banda X funcionando?

— Claro que sim — digo a ela. — Lark e Asher têm me guiado na maior parte do trajeto.

Naomi se vira lentamente, encarando o restante da equipe. E, para a minha surpresa, eles começam a comemorar aos berros.

Lidero o caminho através da escotilha de volta para a minha nave, a mão de Naomi junto à minha o tempo todo. Mesmo se não estivéssemos flutuando em gravidade zero, ainda assim meus pés não tocariam o chão. Estou no ponto alto da minha vida ao realizar o impossível e ter feito toda essa jornada para chegar até ela, uma vitória que se tornou muito mais doce com a descoberta de que eles de fato precisam de mim e da minha nave.

Mas, assim que entramos na cápsula, meu estômago congela. Cyb está parado diante da alavanca de controle da minha nave — e Kitt não está em lugar algum. Ao meu lado, Naomi respira fundo, nervosa.

— O que você está fazendo aqui, Cyb?

O robô para e gira a cabeça para nos encarar. É aí que vejo o objeto em suas mãos: uma pesada barra de aço, apontada diretamente para o meu receptor de rádio.

Naomi solta a minha mão e sai em disparada. Corro atrás dela, os outros seguindo-nos com a mesma rapidez enquanto cercamos Cyb, colocando-nos entre o robô e o rádio no momento exato em que ele desfere o primeiro golpe. A barra atinge o meu ombro e eu solto um grito quando uma dor lancinante se irradia pelo meu braço. Mal consigo enxergar direito, mas forço meu corpo a permanecer de pé, protegendo tanto Naomi quanto o meu sistema de comunicação dessa IA que se tornou violenta. E, então, Jian se lança para a frente, arrancando a barra das mãos de Cyb em um movimento impressionante de tão veloz. Cada um de nós agarra um dos braços do robô, prendendo-o contra a parede.

— Foi você. — Naomi encara o robô com uma fúria cega. — Você destruiu o nosso transmissor e cortou a nossa comunicação com a Terra. Por quê?

— Era para você ser o nosso piloto — Jian vocifera contra Cyb. — Como pôde fazer isso, o que deu em você para sabotar toda a missão e a nossa tripulação desse jeito?

— Não foi sabotagem — responde Cyb com calma. — Eu estava seguindo ordens.

— Do que você está falando? Ordens de quem?

Jian afrouxa um pouco a pressão sobre Cyb e é nesse momento que o robô estende o braço até as costas — e, de repente, suas gélidas lentes azuis se fecham. O zumbido constante de seu mecanismo é interrompido e deixa de emitir qualquer som. E, então, o exoesqueleto de platina e aço desaba no chão, partes se soltando em uma pilha de metal. O grito de horror de Minka ecoa pela câmara, uma expressão de repulsa em seu rosto enquanto ela olha para a IA caída.

— O que acabou de acontecer?

— Ele desativou a si mesmo — diz Naomi, incrédula. — Ele... se foi.

# PARTE TRÊS

# EUROPA

# VINTE E TRÊS

NAOMI

OBSERVO PELO VISOR, COM A RESPIRAÇÃO SUSPENSA, enquanto Leo carrega os restos de Cyb para a eclusa de ar. Mesmo com o traje espacial cobrindo cada centímetro de sua pele e um capacete bombeando um fluxo constante de oxigênio para os seus pulmões, ainda sinto uma onda de terror quando Leo abre a escotilha externa. Se alguma coisa der errado — se houver o menor rasgo em seu traje e ele for exposto ao ambiente externo, ou se ele se aproximar demais da borda —, eu poderia perdê-lo tão rápido que seria como se ele nunca houvesse estado aqui.

Leo ergue os braços e as partes quebradas de Cyb flutuam de suas mãos e saem pela porta aberta, reduzindo a principal inteligência artificial da Terra a lixo espacial. Ocorre-me que isso marca o terceiro abalo sísmico em nossa missão em menos de vinte e quatro horas. Da morte de Dev à chegada de Leo e a autodestruição de Cyb, temos mais mudanças às quais nos ajustar nesse único voo do que aquelas com as quais a maioria das pessoas tem que lidar numa vida inteira.

Leo escala de volta pela escotilha interna e emerge do meu lado parecendo aquele mesmo garoto que conheci no campo de treinamento. Está usando um de seus antigos uniformes de treino por baixo do traje espacial — calças cáqui com um suéter de gola careca azul-marinho do CTEI, a mesma cor de seus olhos. É como olhar direto para a lembrança que venho guardando em minha mente esse tempo todo. Estendo o braço, tentando alcançar sua mão, precisando tranquilizar a mim mesma com o seu toque que isso ainda é, contra todas as probabilidades, real.

Flutuamos lado a lado no módulo de comando da *WagnerOne*, onde Jian, Sydney, Minka e Beckett estão aglomerados em torno do transceptor de rádio recuperado de Leo. A cabeça de Jian se vira de repente quando se dá conta do nosso retorno.

— Não está funcionando... nem o rádio, nem a internet — diz ele, agitado.

Sinto um frio no estômago, mas Leo está calmo quando se move para a tela digital da cabine de comando.

— É protegido por tecnologia de reconhecimento ocular — explica ele, flutuando para bem perto de um sensor vermelho. O sensor fica verde e o *tablet* pisca, ligando, o rádio ao lado crepitando de forma promissora. Meus batimentos cardíacos aceleram.

— Está pronto. — Leo olha para mim. — Quem quer gravar a primeira mensagem para Houston?

— Eu gravo — apresso-me em responder. — Por ser a especialista em comunicação, quero dizer. Eles estarão à espera de um contato meu.

Claro que isso é apenas uma pequena parte do motivo pelo qual me ofereci. Preciso que seja eu a explicar a presença de Leo aqui. Aguardo uma discussão com Beckett, como sempre, mas dessa vez ele não se opõe. E, então, quando digito o indicativo de chamada para Houston enquanto planejo de cabeça o que vou dizer, dou-me conta do motivo de ninguém mais ter se voluntariado para a tarefa. Por mais aliviado que o mundo ficará ao saber que nós cinco estamos vivos, nada pode compensar o fato de que Dev não está. E sou eu quem deve dar a notícia.

— Houston, quem fala é Naomi Ardalan, da *Pontus*. Restabelecemos a comunicação por rádio e *on-line*, graças a outra espaçonave da Terra que apareceu para nos ajudar bem a tempo. É a nave particular da falecida doutora Greta Wagner, comandada pelo meu... pelo nosso velho amigo Leonardo Danieli.

Olho para Leo, lançando-lhe um sorriso, imaginando a reação explosiva que uma notícia dessas provocará.

— Os sistemas em sua nave são indispensáveis para que a nossa missão tenha prosseguimento, e estamos gratos por Leo se juntar a nós na jornada até Europa. Vou reconfigurar nossa internet para utilizar a nave *WagnerOne* como um relé de comunicação, para que possamos fazer o *logon* de novo direto da *Pontus*. Então, essas... essas são as boas notícias.

Eu hesito. Minha vontade seria encerrar a transmissão neste momento, para dar à Terra, para variar, um motivo para comemorar em vez de mais notícias tristes. Mas não posso. Minha voz vacila quando relato sobre o ser vivo hostil a bordo da nave de suprimentos de Marte, que matou a tripulação da *Athena* anos antes de matar nosso próprio Dev Khanna hoje.

— Por favor, informem o país dele que Dev era... ele era muito amado — eu sussurro, lutando contra outra onda de lágrimas. Pigarreio, forçando-me a permanecer calma. — Considerando que os estoques de suprimentos da *Athena* estavam todos contaminados, seremos obrigados a nos virar com os alimentos que estão a bordo da *Pontus*. Começaremos hoje a usar a estufa solar para cultivar nutrientes, e aguardamos mais instruções de Houston sobre como solucionar essa deficiência. — Respiro fundo. — E mais uma coisa. Se estiverem procurando pelo sinal de Cyb, não o encontrarão. Ele já era, depois que descobrimos que foi ele quem cortou a nossa comunicação com a Terra para começo de conversa. Ele disse que estava seguindo ordens... e todos nós gostaríamos de saber de quem.

Olho para meus colegas de tripulação e percebo que todos estamos pensando a mesma coisa. Depois do que vimos nas últimas vinte e quatro horas, como poderíamos confiar no que quer que o doutor Takumi ou a general digam?

— Quanto tempo demora até que recebam? — Minka pergunta no momento em que termino de gravar.

Olho para o mapa na tela.

— Com base na nossa distância atual da Terra, levará cerca de dez minutos para que a mensagem chegue até eles e mais dez para a resposta deles chegar aqui.

— Ótimo — diz Leo —, porque tenho algo para lhes mostrar enquanto isso.

Ele retorna para a tela, tocando e deslizando o dedo até que toda a janela se ilumina com uma renderização digital de Europa. À medida que as cristas vermelhas da lua surgem na tela, Leo as traça com o dedo e nos mostra como lê-las como um mapa.

— No momento, sua trajetória de missão estabelece Thera Macula como o ponto de pouso da *Pontus*. — Leo aponta para o local correspondente na tela. — Mas se seguirmos o manual da doutora Wagner para ler a superfície de Europa como um mapa da vida extraterrestre, podemos ver que Thera Macula é uma região perigosamente ativa. De fato, se olharem bem de perto, parece até uma...

— Uma cara — concluo sua frase, olhando fixo. — Parece quase a cara de algum tipo de... criatura.

— Isso. Mas, então, se olharem aqui... — Sua mão se move para outra região do mapa, que se destaca das demais, com seu tom de branco com um brilho incomum e sua superfície lisa e plana.

— Se seguirmos essa faixa de cristas brancas paralelas em direção ao sul, na área conhecida como Agenor Linea, não vemos nenhuma das assinaturas vermelhas que correspondem à atividade alienígena. Também temos um oceano de água salgada facilmente acessível em Agenor Linea... razão pela qual a doutora Wagner chamava essa região de Zona Habitável.

— O lugar onde poderíamos coexistir! — Meu coração pula de emoção. É a equação que tenho tentado resolver esse tempo todo — e há algo poético no fato de meu ídolo ser aquela a resolvê-lo.

— Você não está mesmo sugerindo que alteremos completamente o local de pouso da nossa nave com base na teoria maluca de uma mulher, está? — zomba Beckett, de volta à sua forma habitual.

— Não se trata de uma mulher qualquer — retruco. — Isso partiu da mente científica mais brilhante do mundo, alguém que, aliás, construiu uma espaçonave para Leo e moveu mundos e fundos para nos ajudar. Que bom motivo temos para não confiar nela e, em vez disso, acreditar nas mesmas pessoas que nos levaram àquele *show* de horrores na nave de suprimentos?

— Bem, quanto a isso não há discussão — reconhece Jian, antes de olhar para o relógio da contagem regressiva acima da tela de mapeamento de voo. Então, sobressalta-se. — Mas se não formos catapultados pela gravidade nos próximos quinze minutos, não teremos lugar algum para pousar. Naomi, precisamos que você verifique os cálculos. Vamos lá.

— Esperem um segundo! — grita Minka. — E a resposta de Houston?

— Vocês terão que falar em meu lugar — digo-lhe, mesmo que pensar em Beckett falando por nós faça meu estômago revirar. Só espero que Sydney e Minka falem a maior parte do tempo.

— Venha. — Pego a mão de Leo e é como se estivéssemos flutuando rapidamente enquanto nós três nos apressamos pelas escotilhas e retornamos ao módulo de comando da *Pontus*. Está nitidamente diferente agora, tendo Tera como o único robô de serviço e Jian ocupando o assento de piloto de Cyb.

— Naomi, os cálculos — ele pressiona.

Corro para a *touch screen* mais próxima, meus dedos movimentando-se no piloto automático enquanto trabalho na equação de Kepler e na formulação variável universal para determinar a distância nova e exata entre nossas coordenadas geográficas e as de Europa, com a massa acrescentada da *WagnerOne*. Trabalho o mais rápido que consigo para preencher o conjunto correto de números e, cinco minutos depois, Jian está inserindo meus resultados em nossa trajetória de voo.

— Ok, vocês dois precisam ir para os assentos de lançamento — ele nos instrui. — Estamos prestes a ser atingidos por um influxo de velocidade.

Nossas naves combinadas, as cápsulas da *Pontus* e da *WagnerOne* unidas, começam a girar, aproximando-se cada vez mais de Marte — tão perto que, quando olho pela janela, parece que toda a nossa nave está prestes a desaparecer na esfera vermelha. É neste momento que Jian aciona os foguetes, incrementando ainda mais a velocidade da nave enquanto a *Pontus* gira, entrando no trajeto para Júpiter com um enorme impulso gravitacional atrás de nós.

E estamos a caminho.

Enquanto a nave avança no piloto automático e o restante da tripulação tenta dormir para se recompor dos eventos das últimas vinte e quatro horas, enfim tenho o momento a sós com Leo com o qual sonho há meses — um sonho que nunca pensei que de fato pudesse se tornar realidade. Quando pego na sua mão, levando-o ao meu quarto, é quase como uma experiência extracorpórea. Faço-o esperar na cama com os olhos fechados enquanto tomo um banho antes, nós dois rindo mais alto do que o som da água corrente. Visto uma calça de pijama nova e uma regata, e então tiro as mãos dele de cima de seus olhos.

— Oi.

— Oi — Leo sussurra. Ele toma meu rosto em suas mãos, fitando-me com uma expressão que faz minhas bochechas ruborizarem e meu corpo inundar de calor.

— Isto é real? — sussurro de volta, brincando apenas em parte. Por mais que eu esteja ansiosa por adormecer em seus braços, também tenho medo do que acontecerá quando eu acordar. — Você ainda estará aqui de manhã?

Ele descansa a testa contra a minha, nossos lábios próximos o suficiente para se tocarem, e posso sentir os dele curvando-se em um sorriso.

— Eu não estaria em nenhum outro ponto do universo.

Quando nossos lábios se encontram, é como fogos de artifício explodindo dentro do meu peito. Ele me envolve em seus braços, e eu aninho o meu corpo no dele, desfrutando da sensação de sua pele contra a minha.

E não consigo acreditar que estive a ponto de passar a minha vida inteira sem isso.

Acordamos horas antes de todos os outros, felizes demais com nossa proximidade para dormirmos, falando sem parar enquanto colocamos a conversa em dia sobre a infinidade de coisas que perdemos nesses meses que passamos separados. Depois que Leo termina de me colocar a par da vida na Terra depois do campo de treinamento, encosto a cabeça no peito dele e pergunto-lhe sobre a doutora Wagner. Ainda é difícil para mim compreender que ela se foi — que a Terra perdeu a minha heroína de longa data.

— Como ela era? Quero dizer, como era de verdade, nos bastidores? Ela sempre me pareceu tão formal, mesmo em sua própria biografia.

— Ela era assim comigo também — conta Leo. — E podia ser durona, completamente focada no trabalho... O tipo de pessoa com a qual você jamais gostaria de cruzar. Mas eu vi o outro lado dela também, o lado privado. Vi alguém tão influenciada pelo amor e pela perda quanto nós. — Ele fica em silêncio por um momento. — Ninguém descreveria Greta Wagner como particularmente calorosa, mas em tudo o que fazia ela estava pensando nos outros. Ela não almejava a glória do sucesso. Queria ajudar de verdade os Seis Finalistas, e acho que enxergou isso como seu último propósito de vida.

Sorrio para ele, comovida com suas palavras.

— Ela escolheu a pessoa certa para ajudá-la a cumpri-lo.

— Há outra coisa que venho querendo lhe contar. — Leo vira-se de lado, ficando de frente para mim. — Houve uma noite em que escutei o que achava ser ela tocando piano, e era tão surpreendentemente bom que tive que subir e ver se era mesmo ela. Então, foi o que fiz, e acabou que era apenas um piano automatizado, com as notas tocando sozinhas — e, a cada nota tocada, uma letra ou símbolo ou imagem diferente piscava na tela acima. E uma dessas imagens era... o meu rosto. — Leo balança a cabeça diante da lembrança. — A maneira como Greta estava se movendo do piano para a tela... Era como se ela estivesse orquestrando a coisa toda.

Sento-me na cama, encarando-o.

— Eu contei sobre o sinal que recebemos da nave de suprimentos de Marte, não contei?

— Não. — Ele me lança um olhar interrogativo. — O que isso tem a ver com...

— Chegou por meio de um código musical — digo-lhe. — Um criptograma musical... Uma das poucas linguagens codificadas que eu ainda não dominava. Minka me ajudou a decifrá-lo.

Os olhos de Leo se arregalam.

— Parecia mesmo que ela estava escrevendo algum tipo de mensagem codificada. Eu só não sabia que de fato existia um código assim.

— Você se lembra dos símbolos, ou como eram? — Estendo o braço a fim de apanhar o bloco de notas e a caneta que mantenho na prateleira ao lado da cama e os entrego a ele.

— Eu não me lembro das combinações de letras ou números específicos, mas me lembro disto.

Espio por cima do ombro dele e fico atônita quando percebo o que ele está desenhando.

Uma dupla hélice.

— Ela estava... analisando o seu DNA — digo, meu coração começando a acelerar. — A questão é... por quê?

# VINTE E QUATRO

LEO

RUMO AO MEU PRIMEIRO DIA OFICIAL COM A TRIPULAÇÃO DA *Pontus*, sinto uma mistura de adrenalina e nervosismo. Estou ansioso para mergulhar de cabeça na missão, aprender tudo o que há para saber sobre a vida na *Pontus* e me enturmar — tornar-me um deles. Mas uma voz incômoda faz com que eu me lembre de que não me queriam aqui, que eu estaria morto se Naomi não tivesse usado sua própria influência para me manter na nave. Meu estômago dá um nó só de pensar em encarar os outros quatro, e ter que provar o meu valor todos os dias para uma equipe que desejaria que Dev estivesse em meu lugar.

Não é para ser divertido, lembro a mim mesmo, enquanto sigo Naomi até a sala de jantar. Não preciso que nenhuma dessas pessoas sejam minhas amigas — só preciso me concentrar na tarefa em questão, minha própria missão pessoal para Greta, interligada com a deles.

Chegamos e encontramos a sala de jantar vazia, e Naomi espia seu monitor de pulso. Uma mensagem pisca na tela e ela se sobressalta.

— Eles estão na Estação de Comunicação... com uma atualização de Houston.

Minha garganta fica seca. Olhando para Naomi, posso dizer que está tão nervosa quanto eu. Tecnicamente, o CTEI ainda detém o controle sobre a *Pontus*... então, a reação deles à minha chegada pode afetar tudo.

Ela agarra minha mão e, juntos, corremos para a cápsula do elevador. Assim que as portas se abrem no primeiro andar, eu ouço a voz — e meu corpo enrijece.

— ... não é confiável, e sua missão não pode se dar ao luxo de cometer outro erro.

A voz do doutor Takumi soa pelos alto-falantes do computador, suas palavras em sincronia com a nossa entrada. Sydney, Jian, Beckett e Minka se viram para nos encarar, e fico ruborizado, desconfortável, quando os olhos deles se demoram em mim. Sei o que estão pensando. Eu sou o próximo erro.

— Então, que lorota ele está inventando hoje? — diz Naomi, cruzando a sala até o monitor do computador. Takumi e Sokolov preenchem a tela, sentados juntos em um dos escritórios da NASA, ambos com expressões de preocupação estampadas no rosto.

— Bom dia, astronautas — começa a falar o doutor Takumi. — Foi um alívio compartilhado com todo o mundo quando sua mensagem chegou. Não temos palavras para expressar quão emocionados e gratos nos sentimos por finalmente termos notícias suas e sabermos que vocês cinco estão seguros. Ao mesmo tempo, nos parte o coração a perda de Dev Khanna.

Naomi estende a mão para pegar a de Sydney, e sinto um aperto no coração ao ver a sua expressão — transformando-se em algo diferente da Sydney de que eu me lembrava, agora há uma expressão dura em seu rosto.

— Vocês podem ter certeza de que sua vida e seu sacrifício serão lembrados e honrados em toda a Terra, com cerimônias fúnebres planejadas na Índia e nos Estados Unidos — acrescenta a general Sokolov. — Se quiserem escrever um discurso, um de nós ficaria feliz em lê-lo nos funerais.

— Queremos elogiar vocês cinco por continuarem cumprindo suas tarefas na missão e manterem a calma em meio às circunstâncias incompreensíveis que se apresentaram a vocês — diz o doutor Takumi. — Suas ações e a força moral que demonstraram foram provas da razão pela qual vocês foram selecionados para esta missão. Nos velhos tempos da NASA, eles costumavam dizer que os astronautas eleitos tinham "o que era necessário". Isso certamente se aplica a vocês cinco, e Dev. Está no DNA de vocês.

Eu mudo de posição, desconfortável. Por que tenho a sensação de que isso está prestes a levar a uma avaliação pouco lisonjeira a meu respeito?

— O que nos traz a Leonardo Danieli. — Na mosca. — Não tenho dúvida de que suas... intenções são as melhores possíveis. Mas a cientista que o enviou para a *Pontus* era uma mulher com problemas, cujo estado mental prejudicou severamente seu julgamento e funcionamento cerebral...

Levanto a cabeça de imediato.

— Isso é mentira — digo aos outros, minha voz tremendo de fúria. — A mente de Greta estava afiada como sempre, e seu conhecimento era tão poderoso que o doutor Takumi e a general Sokolov a queriam *morta*. E agora eles estão apenas tentando desacreditá-la...

Minka faz "psiu" bem alto para mim.

— Ouça o restante.

Desabo em um assento, cruzando os braços, enquanto o doutor Takumi prossegue.

— Se ele está agindo sob o comando dela, então, não é confiável, e sua missão não pode se dar ao luxo de cometer outro erro. Eu compreendo como deve ter parecido sorte quando ele surgiu, e certamente apreciamos sua ajuda ao permitir que a *Pontus* restabelecesse a comunicação com a Terra. — Ele faz uma pausa. — Mas pode não valer o risco de acrescentar um colega de tripulação totalmente novo, cujo treinamento recente se opõe ao de vocês.

— O que ele está querendo dizer? — Naomi gagueja. — Ele está mesmo defendendo o... o assassinato de Leo?

— Não é assassinato quando foi ele quem escolheu vir até aqui — argumenta Beckett. — Ele conhecia os riscos.

Não acredito no que estou ouvindo. Levanto-me e caminho em direção à porta, incapaz de suportar mais um segundo disso. Mas, antes de sair, ouço as últimas palavras do doutor Takumi.

— Quanto a Cyb... Todos nós do CTEI ficamos muito perturbados ao saber sobre o mau funcionamento da IA. Estamos iniciando uma investigação completa para determinar se um *hacker* pode ser responsável pelo comportamento da máquina e, em caso afirmativo, quem é o culpado. Entretanto, você fez a coisa certa ao descartar Cyb, embora eu a previna, Naomi, que não guarde o disco rígido isolado. Se tiver sido comprometido, você não vai querer vestígio algum dele na nave.

Naomi fica boquiaberta.

— Como ele soube?

Quando os outros a encaram com uma expressão questionadora, ela diz num tom de voz um pouco acima de um sussurro:

— Eu não cheguei a mencionar coisa alguma na mensagem da noite passada sobre guardar o disco rígido. A única explicação é que ele deve ter... me visto.

— Mas as nossas comunicações com a Terra ainda estavam interrompidas naquele momento, lembra? — diz Minka. — Nós não nos conectamos ao transmissor de Leo até que Cyb fosse desmontado.

— Exato. — Naomi ergue a vista, seus olhos buscando as luzes piscantes da câmera no alto. — E se houvesse uma forma de cortar a comunicação com a Terra... mas somente de um lado? Assim, não conseguiríamos vê-los nem enviar ou receber mensagens, mas eles poderiam nos ver. E se Takumi e Sokolov estiveram nos observando esse tempo todo?

— Como conseguiriam fazer isso? — pergunto da porta, curioso demais sobre esse novo desdobramento para deixar a sala.

— Lembram-se de como eu tinha certeza absoluta de que as IAs vinham com seu próprio sistema de comunicação conectado, independente do nosso transmissor? — Naomi pergunta aos outros. — Bem, eu não acho que estava errada quanto a isso. Acho que...

— Ela respira fundo. — Acho que Cyb estava seguindo ordens de Takumi e Sokolov quando destruiu nosso transmissor. Ou seja: foi uma sabotagem executada por um integrante da missão a mando de seus superiores. Eles poderiam tê-lo facilmente controlado de Houston, inclusive desativando seu sinal de rádio quando me viram verificá-lo. Eles nos mantiveram isolados nessa bolha de silêncio e medo, e durante esse tempo todo estavam assistindo.

Uma quietude perplexa se instala, e posso ver por suas expressões que os colegas de tripulação de Naomi não sabem em que acreditar.

Beckett é o primeiro a falar.

— Essa é uma acusação grave que você acabou de levantar contra as pessoas que controlam a nossa nave.

Naomi ergue o queixo.

— Sim. E eu apostaria a minha vida que é verdade. Por que outro motivo o doutor Takumi quer que eu destrua o disco rígido de Cyb? Eu o estava guardando para investigar quais comandos ele estava seguindo, e acho que já está bem claro agora. Se eu estiver certa, é melhor que eles saibam que descobrimos a verdade, e não seremos mais controlados.

— Mas por que eles iriam querer interromper a nossa comunicação com a Terra? — Jian balança a cabeça. — Quero dizer, qual seria o objetivo?

— Informação é poder, não é? — eu questiono. — E se houvesse informações que eles quisessem esconder de vocês... talvez até mesmo o fato de que eu estava a caminho?

A respiração de Naomi acelera.

— Não apenas isso... Meu irmão estava procurando uma coisa para mim. Para nós. Ele estava me enviando sua pesquisa sobre os tipos de vida alienígena que poderiam existir em Europa. O texto estava criptografado, mas e se as mensagens ainda assim foram interceptadas?

Beckett, irritado, resmunga alto.

— E o que você acha que eles estariam tentando ocultar de nós? Você está desperdiçando seu tempo com ficção científica?

— Se Sam estivesse chegando perto, e eu convencesse todos vocês disso, nós mesmos poderíamos abandonar a missão. Esse seria o problema. — Naomi lança a Sydney um olhar significativo, como se ela soubesse a que Naomi está se referindo.

— Mas nunca teremos certeza, não é? — Sydney observa. — A menos que eles possam provar que você está errada. Então, tudo o que podemos fazer agora é... continuar questionando? Não apenas seguir cegamente as autoridades no comando da missão?

Naomi assente.

— No mínimo. Já passamos por muita coisa, sabemos muita coisa, para começarmos a tomar nossas próprias decisões.

— Você está dando toda essa volta para dizer que devemos manter Leo na missão? — diz Minka, com um tom malicioso na voz, e eu vacilo.

— Em parte, sim — admite Naomi. — Mas é mais do que isso. A partir de agora, cada passo ou decisão importante que precise ser tomada, eu digo que a resposta cabe a nós... em uma votação em grupo. Não sei quanto a vocês, mas eu estou farta de ter o meu destino decidido por apenas uma ou duas vozes mais "poderosas".

E quando ela joga os cabelos para trás e caminha pela sala em minha direção, de cabeça erguida, fico admirado como nunca.

# VINTE E CINCO

NAOMI

UM MÊS ANTES DE SE APROXIMAR DA ÓRBITA DE JÚPITER, a energia na *Pontus* começa a mudar. Os dias que antes pareciam se estender por tanto tempo estão passando rápido, cheios de planos e preparativos: simulações de realidade virtual para ensaiar o nosso iminente pouso e praticar a pilotagem do rover espacial no terreno acidentado de Europa e dos submersíveis em suas águas geladas; manhãs transpirando sob as luzes da estufa solar, onde revezamo-nos tentando reforçar os nossos suprimentos alimentares; e, no meu caso, lendo tudo o que posso sobre as criaturas pré-históricas que Sam descobriu que se assemelham à BRR. Mas, embora haja muito o que ler a respeito dos atributos físicos das criaturas, não há informações sobre como elas reagiriam aos humanos em seu meio. Em uma escala que vai do inofensivo ao aterrorizante, não sei se estamos lidando com golfinhos ou tubarões. Mas de uma coisa eu tenho certeza: com Leo aqui, posso enfrentar qualquer coisa.

A *Pontus* também mudou para mim, desde que a nave dele acoplou na nossa. Em vez daquele veículo frio e austero no qual embarquei meses antes, a nave agora parece um lar que vive e respira. Ainda faltam duas peças: Dev e a antiga Sydney. O sofrimento dela criou um escudo ao seu redor, como uma capa que ela não consegue remover. E eu sei por que ela evita Leo e, por extensão, a mim. Ela não suporta ficar perto da pessoa que involuntariamente tomou o lugar de Dev. Eu gostaria que houvesse alguma coisa, qualquer coisa, que eu pudesse fazer para melhorar as coisas — mas, como minha mãe diria, o tempo cura tudo. Só me resta esperar.

A manhã do "T-minus trinta dias" é a data estabelecida para que dobremos nossas doses da BRR, para nos protegermos contra a rigorosa radiação à frente. Em vez de compartilhar uma mesa com Leo, sento-me ao lado de Sydney no café da manhã. Ela me espia por sobre seu livro com uma expressão de "Posso ajudá-la?", e sinto uma pontada no peito, lembrando-me de quando costumávamos ser amigas.

— O que devemos fazer? — eu pergunto baixinho. — Sabendo o que sabemos sobre a BRR, não parece um passo perigoso aumentar as doses? Quero dizer, já parece que estamos correndo um risco enorme toda vez que injetamos apenas uma dose normal do soro...

— Eu não sei. — Sydney brinca com seus cachos, pensando. — Passei muito tempo avaliando os prós e os contras, mas o único fato incontornável é que a radiação de Europa nos incinerará se não tivermos o antídoto. E, por mais assustador que ele seja... bem, não nos causou nenhum mal até agora, não é?

— Mas como vamos saber se a dosagem não é a única coisa que impede que terminemos como Suki ou Callum? — demonstro meu receio.

— Não saberemos. Mas até que você consiga pensar em outra maneira de resolver o problema da radiação, terei que seguir as regras previstas. E, vai saber... — Ela me lança um meio sorriso irônico. — Talvez ter algumas dessas células alienígenas em nosso sangue acabe sendo uma coisa boa.

— Taí uma coisa difícil de imaginar — respondo, estremecendo.

Mal consigo olhar quando Sydney insere a agulha no braço de Jian naquela noite. Leo pega minha mão e, embora geralmente façamos questão de evitar demonstrações públicas de afeto perto dos outros, dessa vez eu seguro firme a palma da mão dele. Temo o momento em que seremos nós no lugar de Jian, mas, mais do que isso, tenho medo do desconhecido que se seguirá.

Fecho os olhos, apertando-os, quando chega a minha vez, desejando não olhar enquanto o soro azul alienígena atravessa minha pele. Mas logo percebo que foi um erro cerrá-los.

Estou nadando direto para uma encosta, respirando uma névoa negra. Os sopros da nuvem crescente enchem meus pulmões, partículas estranhas rastejam em minha pele, e me pergunto se alguém ouvirá se eu gritar debaixo d'água...

— Naomi! Você está bem? — A mão de Sydney agarra o meu braço. — Você está suando.

Eu pisco, e a cena desaparece.

— S-sim — murmuro. — Isso foi só... esquisito.

Foi como a visão que tive logo após a minha primeira injeção no espaço. Só que, dessa vez, pareceu retomar do ponto em que a outra havia parado.

## T-minus vinte e quatro horas até Europa

Nossa última noite na nave reúne a nós seis de uma forma como nunca acontecera antes. É Jian quem sugere que façamos uma última visita em grupo ao Observatório e paramos lá antes do jantar, pressionando nossas mãos contra o vidro e comparando os arrepios que se manifestam em nossa pele só de olhar. Depois de tudo que passamos, é surreal estar tão perto assim do nosso destino final — perto o suficiente agora para ver o maciço redemoinho de cores de

Júpiter enquanto o deslumbrante gigante gasoso gira à distância. E sei que hoje sou uma Naomi diferente da que eu era nas primeiras semanas em que me refugiava ali, desesperada para voltar para casa.

Enquanto a visita ao Observatório é repleta de um entusiasmo infantil, no jantar é que a ficha cai quanto à realidade que se aproxima: estamos prestes a deixar o casulo da nave e pisar em um mundo alienígena — onde tudo pode acontecer.

Todos nós deixamos praticamente intocado o nosso último jantar na *Pontus*, e quando as luzes se apagam para irmos nos deitar, a única coisa que consigo fazer é ficar me revirando na cama. Por fim, depois de horas de luta para adormecer, saio da minha cabine e cruzo a nave até a eclusa de ar, rumo à visão que sempre me faz sorrir.

Encontro Leo andando de um lado para o outro inquieto em sua cápsula de voo, verificando diferentes mostradores no painel de controle, mesmo que não seja necessário — a *Pontus* o está guiando agora. Mas, quando ele me vê, seu rosto relaxa e as linhas de preocupação desaparecem.

Ele pega a minha mão, conduzindo-me ao alojamento da tripulação projetado para uma pessoa apenas, com sua cama estilo beliche, a pequena mesa de cozinha, equipamento de ginástica e uma pequena sala de estar improvisada.

— Ainda não acredito que você ficou preso aqui por todas aquelas semanas antes de chegar a Marte, sem saber se o plano de Greta funcionaria. — Eu estremeço. — Nós poderíamos ter nos desencontrado no espaço. Nós...

— Mas não nos desencontramos. — Ele entrelaça seus dedos nos meus. — Deu tudo certo... assim como vai dar tudo certo em Europa.

— Eu espero que sim. — Engulo em seco. — Você sabia que pousar uma espaçonave, estatisticamente falando, é a parte mais perigosa de uma missão?

Ele hesita.

— Aonde você quer chegar com isso?

— Bem, como... como sabemos se sobreviveremos amanhã?

— Não temos como saber — Leo admite. — Mas acredito que vamos sobreviver. Se existe alguém que tem uma chance de sobreviver, bom... acho que provamos que somos nós. — Ele passa um braço ao meu redor, puxando-me para perto. — E se esta é a nossa última noite... então, eu fico feliz em passá-la com você.

Olho para ele com um sorriso.

— Você sabe que eu te amo, né?

Leo me lança um sorriso que quase me derrete por inteiro.

— Eu também te amo.

— Você já desejou que pudéssemos apenas... ficar juntos, sem o estresse colossal de tentar sobreviver no espaço? Você sabe, como casais normais antes de o mundo enlouquecer: ter encontros, compartilhar coisas em comum, como nossa comida favorita, programas de TV, músicas... — Eu paro de falar.

— O tempo todo — Leo responde. E, então, ele endireita o corpo, um brilho repentino reluzindo em seus olhos. — Que tal... agora?

— Agora? — Ergo uma sobrancelha para ele, gesticulando para o espaço ao nosso redor. — Isso não passa exatamente a ideia de uma "atmosfera normal para uma noite romântica". Ainda mais considerando o fato de que estamos em um lugar literalmente sem atmosfera.

— Eu sei que a imaginação não é algo natural para os cientistas — ele me provoca. — Mas, só por esta noite, finja que você está comigo em Roma. — Ele se aproxima, acariciando minha bochecha, e eu me inclino contra ele, fechando os olhos. — Você está no meu apartamento na Via Piacenza, eu lhe servi um *aperol spritz*...

Solto uma risadinha quando ele se aproxima de um armário e pega duas canecas espaciais que simulam a gravidade e sachês de limonada. Ele serve a bebida nas canecas e levanta a dele para a minha.

— *Saluti.*

Bato a minha caneca contra a dele, e Leo se vira para o computador.

— Agora, como música ambiente...

Não ouso me mover, boquiaberta, quando uma música que eu jamais poderia esquecer começa a tocar nos alto-falantes.

*"Te voglio bene assai,
ma tanto bene sai."*

Leo me puxa para uma dança lenta, suas mãos rodeando minha cintura. Envolvo os braços ao redor do seu pescoço.

— Quase normal — eu sussurro com um sorriso.

Ele cantarola junto, assim como imaginei que faria quando me enviou a música. Seu hálito cálido faz cócegas na minha orelha, e eu levanto o queixo, inclinando meu rosto para ele.

— Um vínculo que derrete o sangue dentro das veias — sussurro.

Seu sorriso se amplia ao perceber que eu sei o que a letra diz. E, então, estamos nos entregando às palavras, à melodia, ao momento, enquanto nossos lábios se encontram repetidas vezes.

## Menos de sessenta minutos até o pouso

O momento que ansiamos, tememos — e todos esses meses aguardamos com expectativa — finalmente chegou.

Nós seis tomamos nossas posições na cabine de comando: Jian sentado ao lado de Tera, que permanece estacionada aqui desde que

Cyb foi desprogramado, e o restante de nós com as correias de segurança ajustadas em nossas poltronas de aceleração. Depois de Jian argumentar que ajudaria nossa velocidade abandonar a *WagnerOne* em órbita e Leo e Kitt se juntarem a nós na cápsula para o pouso, Leo desliza para o assento vazio ao meu lado. E posso perceber, quando olha para mim, que ambos estamos pensando a mesma coisa: na pessoa a quem o assento pertencia. Mas nossa missão não nos permite tempo para divagarmos no passado. O futuro está em rota de colisão conosco, sob a forma de uma lua gelada e riscada de vermelho.

O interior da nave começa a chacoalhar violentamente conforme nos aproximamos de Júpiter em movimento espiral — tão perto que parece que poderíamos estender o braço e tocar o gigante gasoso. Enquanto Tera e Jian narram a ação pelos *headsets*, o restante de nós assiste ao que acontece pela tela de vídeo do teto, e eu deixo escapar um arquejo ao ver nossa asa do painel solar passando por Júpiter. O maior planeta do Sistema Solar está agora em nosso retrovisor.

E, então, a face branca e fantasmagórica de Europa ocupa o centro do palco.

— Iniciando a transferência orbital — anuncia Tera. Estamos em rápido movimento descendente agora, sobre uma paisagem rochosa e listrada de vermelho. — Descida iniciada.

A *Pontus* estremece e é arremessada para baixo enquanto a cápsula é tomada por gritos. Aperto a mão de Leo, sentindo como se meu estômago estivesse voando para fora do meu corpo. Forço-me a focar na tela acima, na vista — e não posso deixar de notar que, quanto mais próximos ficamos do solo, mais as fendas e a paisagem rochosa branca lembram os ossos de um esqueleto.

— Trem de pouso pronto — prossegue Tera. — Temos agora contato visual com nosso local de aterrissagem. Estamos nos aproximando de Thera Macula...

— O quê?

As palavras do robô irradiam uma onda de choque pela cabine. Tera deve ter redirecionado nosso destino... para o local exato que estávamos tentando evitar.

Ouço Jian entrando em pânico, pressionando diferentes botões para tentar reverter o local de pouso para Agenor Linea... mas ele nem consegue mais acessar o programa de navegação de voo.

— Estou bloqueado! — ele berra. — O computador está dizendo que apenas o Controle de Missão em Houston tem acesso. Estamos presos e nós...

— Iniciando a separação da cápsula — Tera diz com sua voz monótona. — Ativando trem de pouso. Estágio final de separação e descida em cinco... quatro...

Uma luz verde ilumina o painel de controle. É tarde demais. Estamos pousando em Thera Macula — território alienígena. E não há nada que possamos fazer sobre isso.

— Estágio final de separação e descida em três... dois...

A nave espacial se divide em duas partes, seus motores e módulos de propulsão de energia afastando-se no vácuo...

— ... Um!

A parte remanescente da *Pontus* desce seus últimos mil pés, os propulsores projetando-se, as garras mecânicas dirigindo-se para o gelo abaixo. E então, a nave para com um estrondo.

Pela primeira vez em um ano, tudo está imóvel.

# VINTE E SEIS

LEO

MINKA É A PRIMEIRA A ROMPER O SILÊNCIO COM UM GRITO DE incredulidade que ecoa na cabine. Tiro o capacete com as mãos trêmulas e me viro para o restante da equipe. Ocorre-me agora que cada um de nós, em um momento ou outro, duvidara que algum dia chegaríamos a Europa vivos. E, agora, contra todas as probabilidades... aqui estamos nós.

Não sei dizer quem dá o primeiro passo, mas assim que ouvimos o clique de uma correia de segurança se soltando, o restante de nós segue o exemplo. Há um farfalhar de tecido pesado quando nossos seis corpos se erguem dos assentos de lançamento, e tropeçamos juntos em meio à nova microgravidade, em direção ao vidro da janela na frente da cabine. É ali que vislumbramos pela primeira vez o solo gelado e listrado de vermelho.

Fecho os olhos bem apertado e volto a abri-los, em dúvida se estou acordado ou sonhando. Pela primeira vez, Europa não é apenas uma foto ou uma reprodução — é o solo em que nossa nave está.

Beckett externa uma comemoração recheada de palavrões, punhos erguidos no ar como um atleta olímpico que acabou de ganhar a medalha de ouro.

— Nós con-se-gui-mos! Nenhuma outra conquista na história humana pode chegar perto do que acabamos de realizar! Os primeiros malditos seres humanos a pousar em Europa!

E, de repente, quando Jian e Sydney gritam e comemoram com ele e Naomi voa para os meus braços, a energia em nossa cabine muda do medo para a euforia. É como se tivéssemos esquecido que deveríamos estar aterrorizados, esquecido todas as nossas diferenças e tensões, enquanto nós seis nos abraçamos, choramos e pulamos para cima e para baixo — juntos.

Somente os dois robôs conseguem manter a calma. Rio alto ao testemunhar Tera e Kitt repassando obedientemente sua lista de verificação de desembarque, enquanto Jian abre a garrafa de espumante guardada especialmente para essa ocasião e o restante de nós nos esgoelamos a plenos pulmões, celebrando. E, então, depois de filmarmos a vista gelada do lado de fora da nossa janela e gravarmos nossa primeira mensagem histórica para enviar para a Terra, enquanto bebemos champanhe — só resta uma coisa a fazer.

Ir lá fora.

Assim que Jian menciona abrir a eclusa de ar, a celebração para.

— Será que não podemos apenas... curtir essa vitória inédita um pouco mais antes de sair? — Sydney pergunta com um calafrio. — Quero dizer, ainda não sei no que acredito, mas... e se a doutora Wagner estava certa? E se aterrissamos mesmo no local mais perigoso?

Há uma longa pausa. Dá para ver que a perspectiva de nos aventurarmos além do nosso porto seguro nos deixa a todos, inclusive Beckett, com os nervos à flor da pele. Mas não podemos nos esconder na espaçonave para sempre.

— Não temos como voltar à órbita e corrigir o nosso destino — ressalta Jian. — Não temos combustível nem propulsão sobrando. Se decidirmos fazer uma viagem a Agenor Linea, teremos que dirigir até lá utilizando o rover espacial. O que significa que, de qualquer forma, temos que ir lá fora.

— Um de nós deve ir primeiro, para realizar um reconhecimento do terreno e ver no que estamos nos metendo, antes que todos os outros possam deixar a nave — sugiro. — E deveria ser eu. O restante de vocês foi de fato selecionado para esta missão, então, sua segurança é mais importante. — Esboço um sorriso. — Estou aqui para ser a cobaia.

— Vou com você — oferece Naomi, mas eu meneio a cabeça.

— Não. Eu tenho que fazer isso sozinho.

Beckett levanta uma sobrancelha para mim, e pergunto-me se ele vai se opor, rejeitando a ideia de que outra pessoa reivindique a honra de ser a primeira a caminhar por Europa. Mas ele permanece calado, o que só aumenta o meu nervosismo. Ele não está contrariando minha decisão, porque ele sabe que estou assumindo o maior dos riscos.

Naomi e Kitt me ajudam a vestir o traje espacial pressurizado de várias camadas, feito especialmente para ser usado em Europa, prendendo no meu tronco a proteção de fibra de vidro que sustenta a parte superior do traje e a mochila de suporte à vida, e ajustando a Viseira Extraveicular sobre o capacete. Ligo as luzes e as câmeras dentro da viseira, verifico a pressão no traje quanto a quaisquer sinais de vazamentos e, então, está na hora. Vou em frente, sozinho.

A eclusa de ar se abre com um silvo, e meu coração sobe até a garganta em reação ao primeiro raio de luz penetrando pela porta aberta. O *close-up* de algo prateado se transforma em uma tapeçaria de gelo, enquanto a cena se alarga, até que consigo ver tudo — o novo mundo, estendendo-se diante de mim.

Há tanto para olhar que não consigo focar meus olhos em um ponto em especial — nem no céu, dominado pela enormidade assombrosa de Júpiter; nem no solo, onde o gelo e suas veias vermelhas aguardam seu primeiro toque. Meus arredores assumem a qualidade surreal e indistinta dos sonhos e pisco rápido, tentando clarear a visão, enquanto uma voz na minha cabeça insiste para que eu me mexa. Mas estou congelado no lugar, minhas pernas tão rígidas quanto a paisagem à minha frente.

A porta lateral do módulo de aterrissagem se abre com um tremor, e um pequeno lance de escada se desdobra. O ruído me tira do transe, e dou um passo à frente, descendo os degraus, parecendo que estou me movimentando em câmera lenta.

É isso. Os milhares de astronautas que treinaram e sonharam antes de mim, os bilhões de dólares gastos no programa espacial ao longo do último século, todo esse investimento levou a isto — um momento do qual tenho quase certeza de que não sou digno. O melhor que posso fazer é concluir a missão.

Estou no último degrau agora. Respiro fundo dentro do capacete, preparando-me para o primeiro passo. E, então, minhas botas encontram o gelo.

Suspiro ao contato com o terreno sólido abaixo de mim, uma sensação praticamente estranha depois de meses de pisos trepidantes e flutuações por corredores. Mas, tão logo meus pés tocam o chão, já estou de volta no ar graças à microgravidade, meu corpo saltando para a frente como uma espécie de personagem de desenho animado abilolado. Rio alto, o som reverberando pela paisagem vazia. E, então, minha risada se transforma em lágrimas quando me dou conta de quão longe eu vim parar de onde minha família me deixou — tão longe, que não tenho certeza de que seus espíritos possam me encontrar aqui. Mas sei que eles ficariam orgulhosos de quem eu me tornei, de como mudei desde aqueles meses de desespero na Itália.

— Aí estão — murmuro no meu *headset*. — Os primeiros passos humanos em Europa.

Tento pensar em alguma outra coisa para acrescentar para a posteridade, algo tão poético quanto a frase do "pequeno passo" de Neil Armstrong, um século antes. Mas tudo o que consigo fazer é sussurrar na minha língua materna:

— *Bellissimo.*

E é verdade. Europa pode ser toda formada de gelo pontiagudo e rocha, mas ainda assim há algo incrivelmente belo nisso. Ainda mais quando se olha para o céu: metade dele brilha com as cores de Júpiter, enquanto a outra metade permanece envolta em trevas. É como o dia e a noite coexistindo, dividindo o mesmo céu. Mesmo os treinamentos mais intensivos e as reproduções não poderiam ter me preparado para isso.

Um calafrio repentino percorre meu corpo, e é então que percebo: a realidade milagrosa de que estou de novo em um ambiente externo. Não há limites apertados por aqui, nem paredes me confinando. Até mesmo o choque do frio, intenso o suficiente para que eu consiga senti-lo através do meu traje espacial aquecido, é uma mudança bem-vinda. Após meses vivendo em uma máquina voadora perfeitamente regulada e com controle de temperatura, quase esqueci como eram as temperaturas extremas. Agora, o frio faz com que me sinta mais humano — mais vivo.

— Conte-nos tudo. — A voz de Naomi surge pelo meu *headset*. — Qual é a aparência, do seu ponto de vista? Qual é a sensação?

— Eu poderia me acostumar com essa sensação, na verdade — digo com um sorriso quando meu corpo salta sem esforço sobre as cristas vermelhas. — A microgravidade é muito mais divertida do que a gravidade zero.

Paro de repente quando o meu caminho se divide em dois, com uma longa artéria no gelo projetando-se à direita. Depois de um momento de hesitação, dou a volta. E, então, depois de dez minutos da mesma tela em branco, a paisagem muda. Paro de repente diante da floresta de espigões gelados que se estende à minha frente.

— Caramba... — sussurro no *headset*. — Vocês estão vendo isso pela minha câmera?

— Os penitentes — diz Sydney quase num sussurro. — Eles são muito maiores do que eu pensava...

Ouço Naomi me pedindo para tomar cuidado, mas já estou me deslocando, a microgravidade fazendo-me aterrissar na entrada da floresta de gelo em apenas dois saltos. Lâminas branco-acinzentadas elevam-se por todos os lados, fileiras intermináveis delas, engolindo-me como a uma formiga em um campo gramado.

— Acabamos de perdê-lo em nossa linha de visão direta — diz Jian num tom severo. — Saia dos espigões, Leo.

— Espere. Eu nunca vi algo assim... — Vou parando de falar quando levanto o pescoço a fim de observar o gelo que se projeta para o alto. — São todos uniformes... A mesma altura, as bordas irregulares nos mesmos pontos. Quais são as chances de isso acontecer de forma natural?

— Vamos examinar mais tarde, quando você tiver apoio — Naomi apressa-se em dizer. — Volte para a nave, Leo, por favor.

A preocupação em sua voz me faz ceder, e eu retorno — porém, não sem antes aproximar minha mão enluvada de um dos espigões. E então a puxo rápido, em choque.

Algo acabou... de me picar.

Examino freneticamente a minha luva, dando um suspiro de alívio quando constato que ela não foi perfurada. Que sorte. Mas, então... se nada penetrou na minha luva, como explicar o que eu acabei de sentir?

— Minha mão — murmuro no *headset* enquanto ziguezagueio pelo caminho, me desviando dos espigões. — Eu senti isso... uma picada quente na palma da minha mão quando toquei no espigão. Ainda estou sentindo... mas minha luva não foi comprometida.

— Você tocou no espigão? — ouço Naomi exclamar.

Então Minka comenta com a maior calma:

— É só a sua imaginação. Você não poderia sentir algo assim através das luvas. Talvez você estivesse apenas antecipando o frio extremo do gelo, como a dor do congelamento. Deve ser isso.

— Sim — respondo, em dúvida. — Talvez.

— Então, mais alguma coisa? — A voz zombeteira de Beckett interrompe meus pensamentos. — Há algo mais interessante para nos mostrar do que espigões de gelo? Onde estão os alienígenas contra os quais você insistiu tanto em nos ajudar? Pensei que você e Greta Wagner tinham dito que esta deveria ser a "Zona de Perigo Extraterrestre" ou algo assim. — Ele bufa.

Eu paro, apertando os punhos.

— Você acha mesmo que descobrir vida acontece assim tão rápido? Não faz nem uma hora que estamos aqui.

— É tempo suficiente para saber que é um lugar inóspito — diz Beckett. — Olhe à sua volta. As únicas coisas vivas em Europa somos nós.

Abro a boca para discutir, mas então percebo que... não tenho resposta. Custa-me admitir que Beckett possa ter razão sobre o que quer que seja, mas não vejo ou escuto um único sinal de atividade. A paisagem toda é desprovida de vida. Por outro lado, apenas arranhamos a superfície. Os outros podem se apressar em desconsiderar a doutora Wagner — mas eu ainda acredito nela.

No módulo de aterrissagem, os outros deixam a eclusa de ar, um por um, para se juntarem a mim. O primeiro a sair é Jian, que olha

Júpiter acima de nós e o gelo rochoso abaixo, e solta um grito de vitória — o mais descontrolado que já vi Jian dar desde o dia em que soube que havia perdido sua família. Sydney o acompanha e, quando a microgravidade a derruba, ela não tenta se levantar. Permanece ajoelhada no gelo como se estivesse rezando, passando as mãos enluvadas no solo alienígena. E, então, Naomi vem tropeçando em minha direção, sua expressão paralisada de admiração por trás do visor de vidro. De tudo o que nós seis vivenciamos até agora, nada se compara a *isso* — pisar em um novo planeta, algo que um dia já foi muito mais fantasia do que fato.

— Vejam.

Naomi agarra minha palma enluvada na dela, e sigo seu olhar até os degraus do módulo de aterrissagem. Fico boquiaberto ao ver Tera e Kitt, seus corpos mecânicos se transformando no momento em que pisam no gelo. Seus membros se alongam, lâminas grossas se formam sob os seus pés, e um revestimento de plástico transparente desce sobre as máscaras de metal que compõem seus rostos, desenrolando-se e moldando-se aos seus corpos. E, então, as duas IAs deslizam suavemente sobre o gelo fraturado sem qualquer traço do nosso caminhar humano desajeitado, adaptadas de modo instantâneo ao nosso novo ambiente.

— Greta pensou em tudo — digo, engolindo o nó na garganta.

Beckett e Minka são os últimos a saírem, e quando Beckett toca o chão, sua atitude arrogante de sempre está ausente. A dimensão desse lugar desperta a humildade em todos nós.

Nós seis e nossas duas IAs nos postamos lado a lado, diante da paisagem pálida à frente. E, então, Minka verbaliza a pergunta que todos nós temos na cabeça.

— E aí... o que acontece agora?

Jian volta os olhos para o módulo de aterrissagem, seu robusto compartimento de carga acondicionando os suprimentos que nos manterão vivos.

— Agora, começamos a construir.

O gelo vazio se transforma em um centro de atividades, com a tripulação e duas IAs transportando carga para fora do módulo de aterrissagem, enquanto Tera nos direciona para onde o X está marcado: o local no mapa de Europa há muito escolhido para servir como o nosso *habitat* de superfície. O problema é que o caminho que eles estão seguindo é aquele que fui enviado aqui para interromper.

Ninguém está parado: Sydney e Minka montam o primeiro painel solar para que tenhamos energia e fiquemos *on-line*, enquanto Beckett e Jian transportam as pilhas de alumínio e lona que serão infladas para se tornarem uma casa temporária de 167 metros quadrados. Enquanto isso, Naomi e eu nos reunimos de lado, debatendo o que fazer.

— Eu poderia simplesmente correr para o módulo de aterrissagem, descarregar os rovers espaciais, e insistir em seguir o mapa de Greta Wagner, antes que nos instalemos de vez aqui... — começo a dizer, quando a voz de Jian crepita no meu *headset*.

— Leo! Beckett! — ele nos chama, acenando. — Vocês dois foram treinados para manipular a broca hidrotérmica nuclear... Agora é sua chance de usá-la. Naomi, Minka precisa da sua ajuda para conectar o computador ao sistema de perfuração para a primeira análise de amostra.

Sinto meu estômago gelar. Naomi e eu trocamos um olhar de apreensão.

— Você... você quer perfurar o gelo aqui? E quanto a tudo o que Greta Wagner me advertiu... nos advertiu... sobre este local? Quem sabe que forma de vida há lá embaixo, o que ela fará...

— Dá um tempo, Danieli. — Quase consigo escutar o revirar de olhos na voz de Beckett. — Já causamos a maior perturbação quando pousamos. Se houvesse algum tipo de vida com que se preocupar, ele já teria se mostrado a essa altura.

Do outro lado do gelo, vejo Jian olhar para Naomi, dando de ombros como se se desculpasse.

— Você sabe que eu estava disposto a alterar a rota segundo a teoria de Wagner, mas agora que estamos aqui... bem, parece que o doutor Takumi e a general Sokolov estavam certos. É como disseram que seria: vazio, intocado. E como levará dias para derreter o gelo, precisamos começar agora.

— Mas e *sob* o gelo? — eu insisto. — Pelo que sabemos, poderíamos estar despertando um gigante adormecido lá embaixo.

Jian hesita, e torço para que eu esteja fazendo com que entendam.

— Todos nós deveríamos votar, lembra? — Naomi se pronuncia, sua voz firme. — Pois bem. Quem é a favor de levar os rovers espaciais para a zona mais segura indicada por Greta Wagner e perfurar lá em vez de fazer isso aqui?

Nossas mãos são as únicas duas erguidas. Eu me viro para dar um sorriso hesitante para Naomi. Pelo menos nós tentamos. Não há nada que eu possa fazer agora, a não ser executar a minha tarefa — ainda mais se o meu papel aqui for tão inútil quanto Beckett gostaria de acreditar que é.

Forço-me a olhar meu rival nos olhos.

— Vamos fazer isso, então.

— Você não sabe como entrar na câmara onde a sonda de perfuração está armazenada — diz ele com um sorriso. — Vou entrar no módulo de aterrissagem para acioná-la. Você pode permanecer no gelo e preparar a primeira coleta de amostras.

— Está bem.

Eu aguardo, minhas mãos suando nas luvas apesar do frio. E, então, mais de dez minutos depois, o chão começa a ressoar. Um longo braço mecânico balança para a frente a partir da lateral do módulo de aterrissagem, como um primo de dentes afiados do Canadarm da *Pontus*. Eu entro em ação, pegando um tubo de ensaio do meu pacote de suprimentos e encaixando-o às lâminas da broca, antes de guiá-la no gelo.

— Pronto! — eu grito no meu *headset*. E, então, as lâminas giratórias começam a ranger os dentes contra o gelo, enquanto os jatos no interior da broca disparam água aquecida para acelerar o descongelamento. Não consigo desviar o olhar daquela cena.

Sinto um calor perto de mim, ergo a vista e vejo Naomi. Quando a mão enluvada dela desliza na minha, sei que estamos pensando a mesma coisa.

Se existe mesmo vida em Europa — a vida sobre a qual Greta Wagner escreveu e teorizou; que Naomi passou o tempo todo investigando no campo de treinamento —, nós vamos encontrá-la aqui.

Mais tarde, enquanto os robôs terminam de retirar o conteúdo do módulo de aterrissagem, nós seis montamos nosso *habitat* sob a luz de Júpiter, injetando ar nas lonas de porte industrial usando válvulas de equalização de pressão. Observar a lona se transformar nas paredes e tetos de uma casa é outro momento surreal em um mar repleto deles, quando realizamos na prática o que ensaiamos durante o treinamento no campo espacial, muito tempo atrás. E, então, o computador de Minka emite uma série de bipes.

Ela e Naomi largam os cantos parcialmente inflados que estão segurando e correm para a mesa dobrável que estamos usando como estação de análise de dados improvisada. O restante de nós se aglomera ao redor delas, segurando a respiração enquanto Minka desliza a tela.

— Chegaram os primeiros resultados da amostra!

Ela se inclina para espiar e todo o seu corpo fica rígido — ao mesmo tempo que Naomi ofega e agarra o braço de Minka. Parece que ambas chegaram à mesma conclusão. Meu coração acelera enquanto as observo.

— E aí? O que foi? — Beckett avança, abrindo caminho com o cotovelo, olhando para a tela.

— A água. — A voz de Minka está trêmula. — Não é... normal.

— O que quer dizer? — A voz de Jian eleva-se de pânico. — Está dizendo que não é segura para beber?

— Não. Talvez seja o oposto. — Minka estuda as letras e os números na tela, seus olhos arregalados. — Vejam o que foi encontrado em nossa primeira amostra da broca aqui.

Ela aponta para uma fileira de símbolos, sua mão detendo-se em uma fórmula química que não reconheço à primeira vista: $C_{12}H_{22}O_{11}$.

— Sacarose — sussurra Naomi. — Uma fonte de alimento.

Fico boquiaberto.

— Sério mesmo? — Sydney olha de Naomi para Minka, incrédula. — Está dizendo que o oceano contém açúcar originado naturalmente?

— Temos que realizar mais testes para confirmar, mas parece ser bom. — Minka sorri para nós, há uma expressão contente em seus olhos que nunca vi antes.

— Bom demais para ser verdade — digo devagar, fixando meu olhar em Naomi. — Quais são as chances de nos depararmos com esse tipo de milagre?

— Acontece que, na verdade, nós não deparamos com isso por acaso — diz Beckett. — Por que vocês acham que o doutor Takumi e a general insistiram tanto nesse local?

Suas palavras nos atordoam, e ficamos em silêncio. Mas se eles já sabiam... por que manter isso em segredo?

— É por isso que eles estavam dispostos a submeter os Seis Finalistas a todo tipo de risco — diz Naomi, atônita. — Um novo mundo com sua própria fonte de alimento natural e um oceano de água em um só lugar? É uma perspectiva muito promissora para deixar escapar — mesmo que isso signifique sacrificar-nos no processo.

— Era apenas uma teoria até este momento — diz Beckett, olhando com admiração para a tela do computador. — Nada concreto o suficiente para divulgar, e caso estivessem enganados, decepcionar o mundo. Mas eles possuíam alguns dados que sugeriam isso, o bastante para discuti-los na Casa Branca. — Um sorriso se espalha pelo rosto dele. — E agora eu — nós — podemos lhes contar tudo o que descobrimos.

— Bem, não saia comemorando tão cedo — diz Naomi categoricamente. Porque, onde quer que haja nutrientes, há formas de vida, que se alimentam deles. E quaisquer que sejam essas formas de vida, não podemos esperar que compartilhem de livre e espontânea vontade sua comida, água e mundo conosco.

Pela primeira vez, Beckett não tem uma resposta pronta. E, então, Minka gira nos calcanhares, afastando-se de nossa casa erguida pela metade.

— Vou pegar o espectrômetro de imagens no compartimento de carga. Ele vai nos ajudar a ver a composição do oceano com mais detalhes... Eu volto logo.

— Muito bem. — Jian pega uma das válvulas de equalização de pressão. — De volta ao trabalho.

Quase ninguém fala enquanto terminamos de inflar o *Hab*, embora haja tensão pairando entre nós. Sei que nossas mentes estão todas ocupadas com a mesma coisa: a água, e o que isso significa. Mas, quanto a mim, há outra coisa em que não consigo parar de pensar. Será que Greta fazia alguma ideia disso? Se ela sabia, por que esconder de mim? E, se não... será então que há algo mais importante que ela pode ter deixado escapar? Será que ela estava certa, ou estava errada sobre Thera Macula, e a razão de eu estar aqui?

Parece que horas se passaram quando os ruídos altos de estalo do nosso *Hab* inflável cessam de repente, e Naomi solta um gritinho de comemoração.

— Gente, tá pronto!

Uma extensa estrutura retangular eleva-se sobre o gelo, do tamanho e formato de uma residência familiar na Terra, só que com eclusas de ar redondas em vez portas. Olho à minha frente, maravilhado. Vendo-o agora, é difícil acreditar que esse lugar espaçoso e resistente não passava de um monte de lonas apenas algumas horas atrás.

— Impressionante — diz Jian com um sorriso. — Vamos tomar posse de nossos beliches!

Avançamos com pressa, empolgados com a perspectiva de entrarmos e nos livrarmos de nossos capacetes e trajes espaciais volumosos nesse novo *habitat* que bombeia oxigênio. Mas, antes de chegarmos à primeira eclusa de ar, Naomi diz:

— A Minka já não deveria ter voltado a essa altura?

A dúvida nos impede de seguir em frente.

— Quanto tempo faz? — eu pergunto. — Ela estava indo buscar um instrumento científico no compartimento de carga, não é isso?

— Meia hora, talvez mais? — Beckett chuta. — Vamos apenas contatá-la pelo rádio para que retorne já.

Naomi espia seu monitor de pulso e toca a minitela até o nome e a foto de Minka surgirem.

— Minka, é Naomi. Estamos esperando por você no *habitat*. Está me ouvindo? — Ela aguarda um instante, e repete a mensagem. Nenhuma resposta. Meu estômago embrulha.

— Tera, está me ouvindo? Você ou Kitt viu Minka perto do módulo de aterrissagem?

— Não — a voz de Tera ecoa pelos nossos fones de ouvido. Nós cinco trocamos olhares de preocupação. E, então, Naomi leva a mão à boca abruptamente.

— O-olhem o que aconteceu.

Ela levanta seu monitor de pulso para que todos possamos ver. Na tela Contatos, piscando sobre o rosto de Minka, em letras grossas e vermelhas, estão as palavras: DISPOSITIVO DESCONECTADO.

— O quê? — Meu coração começa a martelar forte no peito. O que poderia ter acontecido com ela?

— Temos que encontrá-la — diz Jian, seu rosto ficando assustadoramente pálido.

— Devemos nos separar para cobrir mais terreno — sugiro-lhe. — Talvez você, Sydney e Beckett possam vasculhar a área ao redor do módulo de aterrissagem, e Naomi e eu ficaremos com o outro lado da superfície.

Jian assente, então Naomi e eu começamos a correr, nosso ritmo atrapalhado por tropeços decorrentes da microgravidade. Passam-se alguns minutos antes de eu perceber para onde estamos indo: a floresta de espigões de gelo. E então Naomi solta um grito sufocado, parando de repente.

— O quê? O que foi?

Ela aponta para baixo com uma mão trêmula. E então eu vejo: uma luz brilhante e carmesim se movendo sob as cristas vermelhas... como uma cobra deslizando através de um túnel.

— Oh, Deus.

— Bioluminescência — Naomi sussurra em seu *headset*, com os olhos arregalados de terror. — É a vida... acabamos de encontrar vida em Europa.

Sufoco um grito quando a luz vermelha brilhante desliza sob nossos pés.

— Afaste-se — eu grito, puxando-a para trás de mim. — Volte para o *Hab*, onde é seguro. Eu estarei lá em breve.

— De jeito nenhum...

Avanço entre os espigões, Naomi gritando meu nome atrás de mim. Mas não há sinal de Minka ali; apenas o campo de imensas lâminas de gelo. E dessa vez, quando meu ombro toca a lateral de uma das lâminas, sinto outra picada aguda e abrasadora.

— Minka. — Abro a boca para chamar o nome dela, mas de repente me sinto sonolento... como se eu não tivesse energia para falar. Minhas pernas estão afundando, estou caindo para trás sobre o gelo... e então outro corpo se apressa, um braço agarrando minha cintura e o outro suportando o meu peso.

— Não toque em nada — diz Naomi freneticamente, enquanto me ajuda a atravessar o labirinto de penitentes. — Faça o que fizer, não toque nos espigões de gelo.

Mal retornamos ao *Hab*, e eu desabo no chão. Três rostos assustados nos encaram.

Minka desapareceu.

# VINTE E SETE

NAOMI

— ESTÁ VIVO.

Eu me viro para os meus colegas de tripulação remanescentes, encolhidos no chão do *Hab* meio vazio. Eles observam com cautela quando Sydney examina o ombro de Leo e ele estremece de dor, enquanto Tera e Kitt ficam de vigia, uma IA postada em cada eclusa de ar. A atmosfera tensa e apavorante não poderia estar mais distante do clima de comemoração de algumas horas antes, e é difícil acreditar que este seja o mesmo lugar — que somos as mesmas pessoas.

— Essa é a frase que Suki repetia sem parar, em mandarim, na noite de sua reação à BRR — prossigo. — E agora eu sei o que ela quis dizer. Não eram apenas as bactérias que estavam vivas. É Europa.

— Do que está falando? — Sydney pergunta, abalada.

— Os espigões de gelo, as cristas vermelhas... Há formas de vida em tudo isso. Algumas delas podem ser microscópicas, como as que habitam nos espigões que feriram Leo, mas, ainda assim, vivas. E o que eu vi, o *flash* de cor se movendo sob o gelo... — Minha voz vacila com a lembrança e eu fecho os olhos bem apertado, tentando afastar a imagem da minha mente.

— Enquanto essa... coisa estiver viva — diz Leo baixinho —, então talvez nós não sobrevivamos por muito mais tempo.

Beckett se levanta de repente.

— O gelo... A broca ainda está em operação. Temos que desativá-la.

*É meio tarde para isso, querido,* tenho vontade de responder. Mas se há um momento para engolir meus rancores, é agora.

— Nenhum de nós vai sair do *Hab* até avaliarmos melhor o risco que corremos — diz Jian com firmeza.

— Desde quando você se tornou a autoridade aqui? — Beckett fala com rispidez. — Já se esqueceu de quem Takumi e Sokolov deixaram no comando?

— Se você acha que isso importa agora, está enganado — retruca Jian, e eu resisto ao desejo de aplaudi-lo. Mas Beckett o encara sem vacilar.

— Importa muito. Considerando que eu sou o único aqui que tem alguma noção de como destruir os monstros.

Agora ele conseguiu a atenção de todos.

— Do que está falando? — eu pergunto, meu coração começando a acelerar. — Isso tem a ver com o seu suposto laboratório de impressão 3D?

— Eu puxei a espada — diz ele, desviando o olhar. — Agora tenho que empunhá-la.

Por um segundo, acho que ele está apenas tentando ser irritante, falando por enigmas. Mas então me lembro do livro que sua poderosa família lhe dera de presente em nossa videoconferência ao vivo: *He Who Drew the Sword*. E se esse livro, esse título, tivesse de fato algum significado — algo que ele está tentando nos dizer agora?

— Estamos falando aqui de uma espada literal ou no sentido figurado? — procuro saber.

— O que estou dizendo é que eu fui escolhido. — Os olhos de Beckett encontram os meus. — Para liderar o grupo... E matar qualquer ameaça que possamos encontrar aqui. Portanto, a menos que vocês queiram que nossa missão termine num completo fracasso, vocês vão me ouvir e seguir minhas ordens.

Há uma longa pausa, e eu sei que nós quatro estamos pensando a mesma coisa. Esse cara está falando sério?

— E com o que planeja matar esses alienígenas? — Sydney o desafia. — Não vi uma única arma sequer sendo retirada do compartimento de carga desde que pousamos, então, acho que você está falando bobagens.

Mesmo em um momento tão terrível, Beckett não consegue deixar de sorrir com um ar de superioridade.

— Isso é porque você não sabia onde procurar. Nenhum de vocês sabia.

Seu tom de voz faz os pelos da minha nuca se arrepiarem.

— Você viram os minissubmersíveis uma dezena de vezes no compartimento de carga, não viram? E, no entanto, passaram direto por eles, sem sequer se darem conta do que são. — Beckett se inclina para a frente, e posso dizer por sua expressão que ele está esperando há muito tempo para revelar esse segredo. — E se eu lhes dissesse que, escondidos dentro dos minissubmersíveis, existem drones subaquáticos — armados com uma mistura tóxica de produtos químicos da Terra — que poderiam erradicar um ecossistema inteiro?

Fico boquiaberta. Ouço Jian praguejar baixinho.

— Você só pode estar brincando, né? — diz Sydney com voz trêmula. — Que tipo de masoquista traria lixo tóxico para uma missão espacial que já é a mais arriscada do gênero? Nós precisávamos mesmo acrescentar mais riscos de morte aqui?

— Não seja tão dramática. — Beckett revira os olhos para ela. — Os drones nem podem ser detonados até estarem totalmente submersos na água. Portanto, a menos que esteja planejando passar um tempo com os ETs abaixo do gelo, você estará segura. — Ele levanta o queixo com orgulho. — O primeiro protótipo foi recebido da general Sokolov e da Roscosmos logo antes do nosso lançamento, e depois eu usei o laboratório 3D para imprimir réplicas: então, agora temos um arsenal.

— Isso... isso é loucura — eu gaguejo. — Se o que está dizendo é verdade, está falando de guerra química e exterminar uma população inteira! Você percebe que essa é a definição de mal, certo?

— Será? Porque eu estou seguindo ordens de pessoas que sabem muito mais das coisas do que você — diz Beckett, sem se abalar. — E depois do que aconteceu com Minka...

— Nós não sabemos o que aconteceu com ela — interrompe Sydney. — Ela ainda pode estar lá fora.

— E estamos perdendo tempo — acrescenta Jian, cerrando os dentes de frustração. — Beckett, esqueça os seus drones, pelo menos por enquanto. Vou pedir para Tera desativar a broca e continuar a busca por Minka. Ela é treinada sobre o que fazer e, se o pior acontecer, acho que todos preferiríamos não perder outro membro da tripulação.

Troco um olhar de preocupação com Leo, nós dois sabemos exatamente o que isso significa. Se alguma coisa acontecer, esta será a última vez que veremos Tera. E com Kitt pronto ser desativado a qualquer momento quando sua memória e sua bateria acabarem — isso nos deixaria sem nenhuma inteligência artificial. Algo com que missão espacial nenhuma já teve de lidar desde o século XX.

Minutos depois, quando Tera destranca a eclusa de ar e desaparece do lado de fora, Beckett se levanta e começa a andar de um lado para o outro, voltando seu olhar descontente para mim.

— Você não deveria, pelo menos, terminar de configurar nosso sistema de comunicação de internet e rádio? É uma loucura que ninguém lá na Terra tenha ideia do que está acontecendo aqui.

— Temos sorte de ter alguma energia — respondo de maneira ríspida. — Estávamos instalando o painel solar quando Minka desapareceu. Até que seja seguro ir lá fora, não podemos arriscar.

— Então, se depender de você, nós ficaremos presos indefinidamente nesta bendita tenda! — Beckett exclama.

— Já chega. — Jian se coloca entre nós. — Estamos todos no limite, e além das razões óbvias, quanto tempo faz que não dormimos, umas trinta horas? Eu sei que parece impossível, mas devemos tentar descansar um pouco. Precisamos ficar alertas para... para seja lá o que vier a seguir.

— Mas e quanto a Minka e Tera? — Sydney pergunta. — Não deveríamos esperar por elas?

Olho para Jian e sei que ele está pensando a mesma coisa que eu.

— Se uma delas retornar — ele diz —, saberá como acessar a eclusa de ar externa.

Beckett se afasta, resmungando sobre como estará ocupado formulando um plano enquanto o restante de nós, "molengas", dormem, e estendo o braço para ajudar Leo, ainda fraco, a se levantar. Não consigo me imaginar pregando os olhos com os horrores que espreitam do lado de fora do nosso abrigo, mas sei que Jian está certo. Temos que pelo menos tentar — ainda mais Leo.

Dirigimo nos para a fileira de beliches temporários inflados, uma palavra ecoando na minha cabeça a cada passo.

*Se.* Se Tera estiver funcionando. Se Minka estiver, de alguma forma, viva.

E se nós estivermos vivos depois desta noite.


A eclusa de ar se abre. Acordo sobressaltada com o som estridente, o pânico se transformando em alívio quando percebo o que isso significa. Tera conseguiu, nossa IA está de volta...

— Minka!

Minha mão voa para minha boca ao som do grito de Sydney. Esse é outro milagre que eu não previa.

Pulo da cama, quase colidindo com Leo no caminho. Damos as mãos e corremos para a eclusa de ar, sem parar para respirar até vermos a figura loura e pálida em frente à escotilha, cercada por Sydney e Jian. E, então, estou correndo de novo, abraçando Minka.

— Você está viva! — murmuro, inebriada de alívio. — Você está mesmo viv...

Detenho-me no meio da frase, um calafrio percorre meu corpo. Sinto seu corpo muito frio contra o meu. Frio o suficiente para me causar dor ao toque.

— Graças a Deus você está bem — Leo respira aliviado, encarando-a. — O que... o que aconteceu?

Mas Minka não responde. Ela apenas olha para a frente. Troco olhares de preocupação com os outros.

— Você machucou a cabeça ou algo assim? — pergunto.

Ela pisca em reação ao som da minha voz, mas ainda assim não responde. Examino Minka com mais atenção. Há algo diferente nela, algo... robótico. Seus olhos azuis estão vazios. E fico mais assustada do que nunca.

— Você voltou!

Beckett se aproxima a passos rápidos atrás de mim, com o sorriso mais genuíno que já vi estampado em seu rosto. Antes que eu possa adverti-lo, ele já a está puxando para um abraço forte, e observo o rosto dela não registrar emoção alguma em resposta.

— O que... o que aconteceu? — Beckett pergunta, olhando para ela, em dúvida.

Minka faz um movimento em direção à eclusa de ar... e gesticula para que a sigamos.

— Hmm... Não é uma boa ideia — Jian se manifesta. — Você acabou de voltar e Tera ainda está por aí, tentando avaliar o risco lá fora...

Mas Minka continua se movendo, e Beckett corre atrás dela.

— Ela está tentando nos dizer alguma coisa ou nos mostrar algo. Vamos lá.

— Não, nós...

Mas é tarde demais. Beckett já está retirando seu traje espacial da parede e colocando o capacete. Ouço Leo praguejar em italiano antes de fazer o mesmo.

— Não — eu sussurro, antes de me virar para Sydney e Jian. — Vocês dois, fiquem aqui. Aconteça o que acontecer, apenas mantenham-se seguros.

Eu os ouço pedindo para que eu fique, mas não posso; não posso deixá-los sair sozinhos, sem um cientista. Obrigo-me a colocar um pé diante do outro, o medo espalhando-se dentro de mim como um vírus enquanto entro no meu traje espacial e coloco o capacete. E, então, estou seguindo os três pela eclusa de ar, para o desconhecido.

Minka nos leva para o norte, caminhando com tanta rapidez e facilidade em meio à baixa gravidade que nós três precisamos correr para acompanhá-la. Meus olhos disparam de um lado para o outro pela monótona paisagem de gelo rochoso, o nervosismo revirando meu estômago enquanto me preparo para o que está por vir. Minka ainda não fala, sua única resposta às nossas perguntas é acelerar seus passos, e logo o único som no meu *headset* é a voz de Jian ou de Sydney, pedindo que retornemos. Mas estamos longe demais agora. E quando Minka finalmente diminui o passo e percebo onde estamos, meu coração quase para.

É o local da perfuração — onde o gelo já começou a derreter, mais rápido do que o esperado. Tera não chegou a tempo, e agora é tarde demais. Acabamos de abrir a tampa de uma caixa que deveria permanecer fechada.

Agarro o braço de Leo, puxando-o para trás.

— Não deveríamos estar aqui — digo entredentes. — Essa não é a Minka, não de verdade... Algo aconteceu a ela, alterou-a.

— Não podemos simplesmente deixá-la aqui — Leo sussurra de volta.

— Eu sei, mas...

Paro de falar quando Minka, de repente, se agacha diante da fenda de gelo derretido. Seguimos o seu olhar, e eu grito quando ela retira sua luva.

— O que você está fazen... — Beckett berra enquanto Leo avança para detê-la. Mas ninguém é tão rápido quanto ela neste momento. Com um simples passo, Minka está fora do alcance deles, passando a mão nua pelo gelo. E, de repente, a luz carmesim que eu já tinha visto antes se movendo no solo reaparece — rastejando em sintonia com a mão dela. Se uma sombra pudesse brilhar, seria assim — só que isso é maior do que qualquer sombra que eu já vi.

Não tem fim.

— Oh, meu Deus... oh, meu Deus — sussurra Beckett, seu rosto tomado pelo medo. E, então, quando a bioluminescência carmesim ilumina o gelo mais próximo dos meus pés, noto algo novo.

Enterrado no gelo, na borda da fenda, há um bando de tentáculos grossos e afiados como lâminas, projetando-se de bolsas esponjosas e redondas — como se um cardume de anêmonas-do-mar tivesse se fundido com águas-vivas, criando uma espécie nova e desfigurada. Perco o fôlego diante da visão.

— L-Leo. Veja...

Minka se levanta abruptamente e segura o capacete com uma mão, enquanto a outra solta a trava. Leo e eu gritamos o nome dela, Beckett corre para impedi-la, mas ela já o tirou da cabeça, expondo-se às condições impiedosas.

Luto contra o desejo de vomitar enquanto espero o pesadelo que sei está prestes a acontecer. Em segundos, sua pele congelará e se tornará tão fria quanto a superfície de Europa, enquanto sua saliva e lágrimas começarão a ferver. O sangue escorrerá pelo nariz e boca enquanto o oxigênio deixará seus pulmões, destruindo qualquer vestígio de consciência. Ela estará morta em menos de um minuto e não há nada que eu possa fazer.

Mas um minuto se passa, e ela ainda está ali, de pé... inalterada, exceto por sua tétrica palidez. E então eu me dou conta: a resposta impensável que está me encarando desde que ela reapareceu no *Hab*.

— Ela esteve morta esse tempo todo. — Olho para Leo aterrorizada. — E se... e se, quando morremos em Europa, depois de toda a BRR que nos injetamos, nós nos tornamos... um deles?

Leo e Beckett olham para mim em choque. E, então, como um filme de terror em câmera lenta, Minka retira o traje espacial e caminha até a borda da fenda. Prendo a respiração, segurando a luva de Leo na minha. Minka deixa a borda, escorregando na água gelada, enquanto Beckett corre atrás dela e grita o seu nome.

Os tentáculos das anêmonas se abrem assim que o corpo dela desliza para a água enquanto a camada de gelo rachado começa a se mover. Num terrível instante, percebo o que é esse movimento: a enorme criatura bioluminescente pressionando o gelo, ameaçando rompê-lo. O brilho vermelho e sinuoso abaixo do gelo está aumentando a cada segundo... assim como as bactérias mudando de forma que eu e Sydney observamos no microsópio, a bordo da *Pontus*.

Antes que eu possa formular um único pensamento coerente, os tentáculos das anêmonas encontram Beckett na borda da fenda e se fecham ao redor dele com uma força impressionante. A bioluminescência se move e se contorce em sua direção quando as anêmonas o puxam para baixo, então que eu percebo: elas estão conectadas.

De alguma forma, essa criatura colossal brilhando abaixo do gelo está controlando as anêmonas alienígenas. E o nível de inteligência implícito significa que não temos chance.

Leo e eu ficamos imóveis, paralisados pelo choque do que estamos vendo. E, então, sem aviso, Leo entra em ação, mergulhando na água atrás de Beckett.

Não consigo me mexer, não consigo respirar. Tudo o que sei é que Leo não pode morrer por ele... não pode.

Inclino-me sobre a borda do gelo, meus olhos procurando na fenda pelos dois. É quando algo prende o meu olhar, e recuo para trás horrorizada.

É o corpo de Minka. Frio, azul, morto.

Meu grito se transforma em um soluço quando vejo Leo subindo à superfície, com Beckett quase inconsciente debaixo do braço. Mas, agora, um cardume ainda maior de anêmonas alienígenas começa a rodear os dois, como abutres com novas presas. Leo será tragado em segundos, e eu *não posso* deixar que isso aconteça.

*Mente, não me abandone agora. Pense... pense... pense.*

Trechos de conversas espocam em minha cabeça: Leo, me dizendo como pegou a doutora Wagner analisando seu DNA com um código musical; Beckett revelando a verdade sobre o componente de DNA no processo de recrutamento e seleção. A revelação de que a vida pode ter se originado em Europa, espalhando-se para a Terra via panspermia... e que uma certa fração da população humana ainda compartilha traços de DNA com a vida de Europa.

Se os extraterrestres subaquáticos pudessem, de alguma forma, pensar em Leo como conectado a eles, então ele — e Beckett — poderiam estar a salvo. Mas como...?

A ideia me sobrevém como um disparo. Retiro rapidamente dos ombros minha mochila de suporte à vida e pego dentro dela os frascos de BRR de reserva.

Derramo a BRR no meu traje, no meu capacete, o máximo de frascos com que consigo me encharcar em um minuto. E, então, com uma respiração profunda e uma oração silenciosa, dou o passo mais aterrorizante da minha vida — para dentro do gelo derretido.

Estendo minhas mãos enluvadas, prendendo a respiração e mordendo o interior da minha bochecha para não gritar enquanto deixo que os extraterrestres detectem o meu cheiro. Se eles conseguirem farejar a BRR em mim, então eu devo cheirar como Europa... como um deles. Algo que eles não precisam atacar.

Aguardo, prendendo a respiração, imóvel, enquanto as anêmonas circulam ao meu redor. Quanto mais se aproximam, mais posso ouvi-las — um zumbido misterioso em um tom que nenhum humano jamais conseguiria reproduzir. Por mais estranho que o som seja, algo nele me transmite a estranha sensação de *déjà-vu*. É quando me lembro do som emitido pela tela do SOIA de Dot, na noite em que acessei os dados hackeados — era isso.

E agora vejo o brilho vermelho pelo reflexo no gelo, fulgurante em minha direção. Recuo de forma desajeitada, o terror me fazendo esquecer o meu plano. O monstro se alonga ainda mais enquanto desliza na minha direção e, quando dá uma guinada no gelo derretido, tenho meu primeiro vislumbre da pele vermelho-sangue, escamosa e a perder de vista. É pior do que qualquer pesadelo que eu poderia imaginar.

O medo me pressiona num abraço mortal, e estou quase desmaiando quando a voz de Leo irrompe através da minha consciência, gritando no *headset* para eu fugir. E eu me lembro pelo que estou lutando.

Fico quieta, esperando os momentos mais intermináveis da minha vida, para que meu odor impregnado pela BRR seja registrado. E, então, suspiro aliviada quando os tentáculos das anêmonas se retraem. O gigante bioluminescente ao meu redor vira-se de repente, mudando de direção. Não sei quanto tempo vai durar esse indulto — agora é a minha chance.

Avanço através da água, a BRR formando um escudo ao meu redor enquanto diminuo a distância que me separa de Leo e Beckett. Mas quando me aproximo a ponto de quase poder tocá-los, sinto o tranco de algo me puxando para *baixo*. Será uma das anêmonas, ou algo potencialmente pior à espreita na água? Tento me soltar, lutar contra isso, mas gastei muita energia e agora não resta mais nada.

Estou caindo, me aproximando do corpo sem vida de Minka. Fecho os olhos, vendo meus pais e meu irmão uma última vez. Vejo o sorriso de Leo, aquele que ele dá quando nos afastamos depois de um beijo.

E, então, um par de braços me agarra pela cintura e começa a nadar, me puxando para a superfície. *É ele.* Nós vamos viver. Relaxo meu corpo, inclinando-me contra ele, esperando pelo alívio. Mas, quando chegamos à superfície, e ele me puxa para a frente por sobre a fenda no gelo, fico chocada.

— Você? — Encaro o rosto de Beckett ao meu lado e depois olho freneticamente para a água, onde Leo está abrindo caminho por um emaranhado de anêmonas para chegar até nós. — Você me ajudou? E-eu nunca teria esperado isso.

Beckett cai de costas contra o gelo, seu corpo todo estremecendo de frio.

— E eu nunca esperei que você me ajudasse.

Ouço um grito quando as luvas de Leo agarram a borda da fenda.

Corro para a frente, com uma nova descarga de adrenalina ao ver as anêmonas alienígenas, seus tentáculos agarrando as pernas de Leo enquanto ele luta para se erguer e subir pela borda. Meu truque BRR só nos proporcionou alguns instantes de folga.

Reunindo toda a força que me resta, agarro os braços de Leo e o puxo em minha direção, sentindo meus músculos distenderem com o esforço.

Ele cai em cima de mim, engasgando-se e ofegando por trás do visor do capacete, justo quando ouço Beckett gritar:

— Gente, gente!

Sigo seu olhar e sufoco um grito. Duas anêmonas híbridas estão agarradas nas botas de Leo, as entranhas visíveis em sacos transparentes e gelatinosos. Engulo a bile que sobe na minha garganta quando Leo as sacode fora com um urro. E, então, quando caem sobre o gelo rochoso, seus tentáculos começam a estremecer. Nós três assistimos, atordoados e em silêncio, enquanto se afastam de nós, voltando para a fenda.

— Não conseguem respirar o ar aqui fora — sussurro. — Essas coisas podem sobreviver apenas na água ou no gelo coberto.

Leo me puxa para si e nossos capacetes quase colidem enquanto nos abraçamos. Beckett desaba ao nosso lado e eu rapidamente verifico nossos sinais vitais no meu biomonitor. O nosso nível de oxigênio está perigosamente baixo.

Toco meu monitor de pulso, rezando para que ele ainda funcione, e depois contato pelo rádio Jian e Sydney para prepararem o *Hab* com nossos suprimentos médicos.

— O que aconteceu? — A voz aterrorizada de Sydney ecoa pelo meu fone de ouvido. — Nenhum de vocês responde há muito tempo, e pensamos... pensamos...

— Estamos bem — digo a ela. — Pelo menos, eu acho... espero... que estejamos.

# VINTE E OITO

LEO

— DEIXE-ME VER SE ENTENDI. — Jian olha para nós três, parecendo que envelheceu uma década durante o tempo em que estivemos lá fora. — Vocês estão me dizendo que Minka está morta — *estava* morta — quando voltou para o *Hab* esta noite? E que há vida alienígena mortífera sob o gelo, o que significa que é apenas uma questão de tempo até que um de nós seja o próximo?

Ninguém responde. Jian desaba em um dos assentos embutidos na sala de convívio do *Hab*, um espaço estéril e meio vazio no qual nunca tivemos a chance de desfazer as malas. Sento-me à sua frente, entre Naomi e Beckett, ainda tremendo sob o pesado cobertor sobre os meus ombros. Sydney caminha de um lado para o outro entre nós três, monitorando nossos sinais vitais enquanto pisca os olhos para conter as lágrimas a cada menção de Minka.

— Eu... eu não sei se chamaria os extraterrestres de mortíferos — eu me pronuncio.

Beckett me lança um olhar incrédulo.

— Hmm... Por acaso você não estava agora há pouco na água lutando por sua vida junto comigo? Você acha que Minka foi morta por acidente?

— Acho que talvez o instinto deles tenha sido atacar porque se sentiram ameaçados — respondo. — Imagine se esses mesmos seres alienígenas aparecessem na Terra. Como você acha que todos nós reagiríamos? Nossos exércitos não fariam a mesma coisa: tentariam exterminar o desconhecido para proteger nossa espécie? — Olho para Beckett. — Assim como nossos líderes o instruíram a usar uma arma contra eles?

— Isso é diferente — ele argumenta. — Nós somos a espécie inteligente. É claro que pensaríamos em coisas como nos defender e proteger a raça humana. Essas coisas são apenas... — Beckett estremece. — São puro instinto animal, nada de inteligência.

— Mas você não pode afirmar isso — diz Naomi. — Eu acho que Leo está certo. É apenas o desconhecido que os levou a atacar — e é por isso que quando entrei na água coberta de bactérias do mundo deles, mesmo que eu parecesse diferente de tudo que já tinham visto antes, o cheiro familiar me manteve segura.

— Então, você acha que... que esse era o propósito da BRR o tempo todo? — Sydney questiona, seus olhos se arregalando. — Não tinha tanto a ver com proteção contra radiação, mas nos tornar semelhantes a esses... seres?

— Essa devia ser parte da ideia. Mas há algo mais que nos protege — explica Naomi. — A superfície. Pelo que vi, não acho que eles possam sobreviver fora da água. — Ela estremece. — Eles devem ter puxado Minka de alguma forma.

Jian solta um longo suspiro.

— Então, quer dizer que podemos ficar seguros desde que permaneçamos no nível do solo... mas a finalidade desta missão era perfurar o gelo e transformar os bolsões de ar entre o gelo e o oceano em terra habitável. Como vamos fazer isso agora?

— Isso ficou bastante óbvio, não é? — Beckett se manifesta, e todos nós viramos para olhá-lo. — É hora de trazer os drones.

Meu estômago se revira.

— Eu sei o que eles fizeram com Minka... o que quase fizeram conosco. Mas nós somos os intrusos aqui. — Olho cada um deles nos olhos. — Medo nenhum vai me convencer de que temos o direito de feri-los.

— Nem a mim. — Naomi se levanta, removendo o cobertor dos ombros. — Vocês se lembram quando Dev nos perguntou por que cada um de nós achava que tinha sido escolhido?

— O que isso tem a ver? — Jian pergunta, impaciente.

— Tive algum tempo para pensar a respeito disso e então me dei conta: havia, *sim*, uma razão mais profunda, além do desempenho que mostramos no campo de treinamento. Acho que tinha tudo a ver com o que o doutor Takumi e a general sabiam que poderia acontecer em Europa. — Ela respira fundo, a centelha da descoberta retornando aos seus olhos.

— Beckett é o óbvio. Sua origem o colocou na esfera de influência desde o início e, com Beckett integrando a tripulação, eles não precisavam confiar a mais ninguém seus segredos. — Ela se vira para fitá-lo. — E, de alguma forma, fizeram uma lavagem cerebral em você, deixando-o preparado e disposto a matar o que quer que encontrássemos aqui.

— Ninguém fez lavagem cerebral em mim — ele retruca. — Quero dizer, quem não gostaria de ser o maior herói de guerra em toda a história da raça humana? Quando eu derrotar os ETs que vivem aqui e reivindicar este mundo para nós, é exatamente isso que serei. Então, é claro que aceitei o desafio. Ninguém teve que me persuadir.

— Eles simplesmente lhe disseram tudo isso — saliento, trocando um olhar de cumplicidade com Naomi. — Takumi e Sokolov sabiam exatamente o que dizer.

Beckett começa a balbuciar uma contestação, mas Naomi já está passando para Sydney.

— De todos os finalistas, Sydney era a única com experiência em biologia marinha. Ela havia estudado gigantismo em criaturas do fundo do mar, como como aquele pesadelo que vimos brilhando sob o gelo. — Ela sente um arrepio. — Se tem alguém que pode descobrir como essas criaturas funcionam, é Sydney.

Naomi direciona o olhar para Jian.

— E, é claro, com Cyb sendo usado para algo mais sinistro do que apenas pilotagem, talvez eles soubessem que ele não duraria a viagem toda. Então, precisavam do melhor piloto que pudessem encontrar para assumir o controle. Você.

— E onde você se encaixa nessa teoria? — Beckett a desafia.

— Eles obviamente me enviaram para cá para me calar sobre o que descobri no campo de treinamento — admite Naomi. — Mas, além disso... Bem, eu tenho decifrado códigos desde o ensino médio. Talvez eles achassem que eu teria a oportunidade de desvendar o maior de todos os códigos, a linguagem dos extraterrestres.

Respiro fundo. Se ela estiver certa... então, toda essa trama é muito maior do que nós.

— E, por último, tem o Leo.

— Eu não fazia parte da teoria deles — lembro-a. — Eu não fui escolhido.

— Mas Greta escolheu você. E ela fazia parte da equipe de seleção inicial, quando trabalhava com o CTEI. — Naomi baixa a voz. — Lembra-se do que você descobriu antes de deixar a Itália?

Parecia que acontecera havia tanto tempo que poderia muito bem serem as lembranças de outra pessoa, a voz da filha do primeiro-ministro me dizendo: *"Eles estão te observando há anos"*.

— Minha capacidade de prender a respiração por tanto tempo debaixo d'água... eles pensaram que isso poderia fazer de mim uma espécie de arma — murmuro. — Eu realmente nunca entendi o que isso significa, mas...

— Sua habilidade é a mesma razão pela qual Greta estava estudando seu DNA — continua Naomi, suas palavras saindo rapidamente, à medida que sua hipótese se desenvolve. — A panspermia espalhou DNA alienígena em nosso mundo, e acredito que você, Leo Danieli, está na pequena porcentagem de pessoas nascidas com traços desse DNA em seu corpo. É por isso que Greta o destacou desde o início. Sempre foi para você estar aqui... não importa qual escolha os líderes da missão fizessem.

Suas palavras queimam em minha mente, e quando ecoam em meus ouvidos, eu sei... que ela pode ter feito de fato uma descoberta importante.

— Tudo bem, acho que já analisamos o suficiente por uma noite — diz Beckett, olhando enviesado para Naomi. — Se o que você diz é verdade sobre estarmos seguros na superfície, então eu voto para que tentemos finalmente descansar um pouco. Podemos voltar a todo esse desastre amanhã... ou qualquer que seja o dia em que acordarmos.

Jian já está concordando com a cabeça antes mesmo de Beckett terminar de falar, visivelmente aliviado com a ideia de fazer uma pausa nessa conversa alucinante.

— Beckett está certo. Isso pode esperar até amanhã.


Não sei dizer se estive dormindo por dez minutos ou dez horas quando sinto as mãos de alguém me sacudindo para acordar. Meu primeiro instinto é sorrir quando vejo que é Naomi, seus olhos escuros me fitando. Mas ela não sorri de volta.

— Leo... Beckett sumiu.

— O quê? — Sento-me, grogue. — Você está brincando comigo? Ele foi lá fora de novo?

— Jian acabou de verificar o *feed* da câmera do nosso módulo de pouso, e Beckett foi flagrado lá uma hora atrás, carregando algum tipo de equipamento para fora da nave. E ele obviamente não voltou aqui com isso.

Eu a encaro.

— Você está pensando a mesma coisa que eu, não é?

— Ele nunca iria nos ouvir — diz Naomi, desanimada. — Ele vai usar a arma.

Afasto minhas cobertas e pulo da cama.

— Temos que impedi-lo.

Jian e Sydney insistem em vir conosco, mas ninguém fala nada quando voltamos à cena do nosso pesadelo de horas atrás. Estamos nos preparando a cada passo, preparando-nos para o aterrorizante desconhecido. E, então, a alguns metros de distância, avistamos o inconfundível cilindro de um pequeno submersível. Ele desliza pelo gelo como um tubarão rodeando uma presa, e nós quatro nos entreolhamos horrorizados.

— Ele... ele não estava mentindo — sussurra Sydney.

Uma figura familiar caminha ao lado do submersível, de costas para nós, enquanto comanda seus movimentos com um dispositivo do tamanho da palma da mão. Beckett Wolfe parece um pouco maior e mais ameaçador daqui, sob a luz de Júpiter... como alguém que não faria apenas ameaças, mas as executaria num piscar de olhos.

O minissubmarino se aproxima cada vez mais da fenda de gelo derretido, e começo a correr, usando meu monitor de pulso para contatá-lo pelo rádio.

— Beckett, pare...

Tarde demais. O submersível está descendo em direção à água, uma corda grossa se desenrolando de sua lateral. Beckett segue logo atrás, vestindo máscara e uma roupa de mergulho pressurizada antes de deixar o gelo, agarrando a corda como uma guia, enquanto desce com o submarino. Ele não parece ter tanto medo quanto deveria, depois do que acabamos de passar... e percebo que a confiança dele está diretamente ligada ao poder da arma. Neste momento, seus drones o fazem se sentir invencível.

— Por que ele está afundando com o minissubmarino? — Sydney pergunta atrás de mim. — Eu pensei que o submersível deveria liberar os drones por conta própria... por que ele se arriscaria a mergulhar na água novamente?

— Porque alguém ainda precisa armar o submersível no fundo do mar e determinar a zona de ataque e os alvos — diz Jian, com ar soturno. — Os drones são controlados por temporizador, então Beckett estará fora de lá em breve.

Ao ouvi-los falar, percebo o que devo fazer e congelo. Uma vozinha me lembra que eu não tenho que ser herói, que posso ficar em segurança aqui... com Naomi. Mas não chegamos a um mundo novo apenas para destruí-lo.

Eu me apresso antes de perder a coragem, deixando a baixa gravidade me enviar meio que voando em direção à borda da fenda. Minhas mãos tremem enquanto desaboto meu traje espacial, revelando por baixo a roupa de mergulho pressurizada. Jian entra em ação, abrindo dois frascos de BRR e espalhando o soro em minha roupa de mergulho. Naomi dá um passo à frente, seus lábios tremendo enquanto ela prende uma corrente em volta do meu pescoço. Um frasco está pendurado nele, como um pingente macabro.

— Você está fazendo joias agora? — tento brincar, embora eu mal consiga sorrir.

— A corrente era da minha avó — diz ela. Sinto meu peito apertar, sabendo quanto isso significa para ela.

— Vou mantê-la segura — digo antes de tirar meu capacete espacial, deixando apenas uma máscara de oxigênio de mergulhador para me proteger da atmosfera de Europa.

— *Te voglio bene assai* — eu a ouço sussurrar no meu *headset* e me viro para admirar seu rosto uma última vez, antes de deixar a borda e entrar na água.

Meu primeiro pensamento, quando sinto o cruel frio através do meu traje, é que a última vez que fiz algo assim esperava morrer. E, agora, neste outro mundo, pular em águas traiçoeiras é minha tentativa de sobreviver. É como se tudo estivesse de cabeça para baixo quando você não está mais ligado à Terra.

Mergulho de cabeça na água, e a corrente me puxa para baixo com força surpreendente. Nado contra ela, seguindo a silhueta do submersível, e é quando ouço o zumbido. É um som que atordoa os sentidos, um tom e uma clave musical diferentes de qualquer voz ou instrumento que eu já ouvi. Há algo quase hipnótico nisso, e começo a seguir o som, justo quando a voz de Naomi entra no meu fone de ouvido.

— Algo está chegando — diz ela com urgência. — Podemos ouvi-lo através da câmera da sua máscara, e o ritmo está acelerando um pouco à medida que fica mais alto. Acho que significa que estão em movimento...

Mas eu também estou em movimento, fascinado pelo zumbido que está criando vibrações na água, como um coro no meu caminho. É como uma isca, atraindo-me para a frente, mesmo quando a parte consciente em mim adverte para eu ter cuidado. O som está me levando a algum lugar, e eu me sinto impotente para resistir.

Algo maciço aparece à frente... parece uma nuvem escura cobrindo o oceano. Cresce à medida que nado em direção a ela, estendendo-se cada vez mais alta e larga, enquanto o zumbido ao meu redor atinge um tom ensurdecedor, abafando as vozes que eu sei que estão me chamando da superfície. E, então, através de um *flash* de luz vermelha, vejo o que está subindo e deslizando ao redor da crescente nuvem negra.

São as anêmonas alienígenas. Mas onde antes havia apenas uma dúzia, agora existem centenas. Pressiono rápido a lanterna no meu monitor de pulso, enviando um facho de luz através da água. E meu estômago se contrai quando vejo outro rosto, pálido e familiar, do outro lado da nuvem negra.

Beckett não parece me notar enquanto analisa a água à nossa volta, sem dúvida verificando onde seus drones poderiam causar o maior dano. Estuda as anêmonas, uma ideia se formando em seus olhos, e eu avanço mais veloz, em direção à nuvem subaquática.

— Fumarolas negras! — Naomi grita a mesma frase três vezes seguidas antes que eu possa entender o que ela está dizendo no meu fone de ouvido. — Essa nuvem se parece com as fumarolas negras... fontes hidrotermais que afloram na parte mais profunda dos oceanos. Estão vivas, Leo. *Cuidado!*

À minha frente, Beckett prepara sua arma, ajustando a posição do submersível no fundo do mar. Só há uma forma de me aproximar o suficiente para parar a destruição antes que ela aconteça... mas isso significa atravessar a névoa viva cada vez mais alta.

Sufoco um grito enquanto nado através das fumarolas negras, sentindo a névoa responder ao meu toque. Uma onda de bolhas sobe delas, partículas estranhas rastejam contra o meu traje. E, então, com um calafrio, estou do outro lado, perto de Beckett. Seus olhos brilham ao me ver.

— Não faça isso — peço a ele, mesmo que Beckett não esteja usando sua touca de comunicações e não possa me ouvir. — Não é dessa forma que vamos colonizar Europa. *Por favor...*

Paro quando o *flash* vermelho retorna, e uma forma em espiral se materializa à minha frente. A enorme cobra bioluminescente está de volta, avançando na minha direção e na de Beckett. O terror toma conta de mim. Não consigo pensar, não consigo me mover, não posso fazer nada além de encarar as longas e sinuosas escamas vermelhas que nos rodeiam.

*É apenas outra forma de vida*, digo repetidas vezes a mim mesmo, até sentir meus membros começarem a se mover outra vez. Mas Beckett está de volta ao submersível, com o rosto alucinado de medo quando ele chega lá dentro, prestes a pressionar o botão que enviará drones para fora do submarino a fim de explodir tudo.

Avanço rápido, golpeando Beckett com toda a força que posso debaixo d'água. Quando ele cai para trás, nado até o submersível, examinando a tela de comando e tentando entender as siglas e símbolos. Por fim, localizo um círculo vermelho que se parece bastante com a tecla ABORTAR da *WagnerOne*. Prendo a respiração e tento a sorte.

Assim que pressiono o botão, sou atingido no peito por algo pesado, o que me faz cair. É Beckett, me golpeando com sua mochila de suporte à vida. E, então, quando estou recuperando o fôlego, descubro que não consegui detê-lo, afinal. Eu assisto ao desenrolar dos fatos como a um filme de terror em câmera lenta, enquanto o primeiro drone sai do submersível, uma esfera pesada de metais e produtos químicos crepitantes.

Seu alvo é a bioluminescência vermelha... mas quando a serpente marinha dispara para cima, o drone erra. Em vez disso, atinge as fumarolas negras, explodindo em pedaços de metal e produtos químicos na nuvem negra. Os vapores começam a subir. O zumbido silencia; as anêmonas começam a murchar. Mas isso não é tudo.

Dois dos estilhaços ricocheteiam, rasgando a manga de Beckett... e a minha máscara de mergulho. Beckett começa a ofegar e a engasgar com a mudança de pressão e a exposição de seu braço nu, enquanto as anêmonas que restaram o cercam, apertando seus tentáculos contra a sua pele... como se de alguma forma entendessem o que ele acabou de fazer com elas. E me pergunto se os outros podem me ouvir gritando debaixo d'água. Beckett, o arqui-inimigo que sempre imaginei que me desafiaria, está morto.

Estendo a mão para tocar minha máscara de mergulho, meus dedos traçando o rasgo irregular e minha maçã do rosto nua por trás dele. Como é que nós dois fomos expostos à atmosfera de Europa e à pressão do oceano, mas Beckett morreu instantaneamente... enquanto eu ainda estou aqui?

O *flash* vermelho me rodeia, e assim que estendo minhas mãos em sinal de rendição, escamas molhadas e viscosas me capturam num aperto mortal. As escamas se contraem ao redor do meu corpo e garganta, e eu me vejo rezando para os meus pais, minha irmã, nestes que provavelmente serão meus últimos momentos. *Por favor, não me deixem partir assim. Por favor.*

É quando percebo que estamos começando a nos deslocar. Para cima. Nós nos movemos a uma velocidade tão vertiginosa que minha visão fica embaçada e agarro involuntariamente as escamas da serpente marinha para não ser arremessado. E, então, com um choque estrondoso, rompemos a superfície. A serpente do mar levanta a cabeça e depois me solta no gelo, onde caio estatelado.

Ela não me feriu.

# VINTE E NOVE

NAOMI

ANTES DE SUBIRMOS NOS ROVERS ESPACIAIS PARA COMEÇAR A primeira de muitas viagens de ida e volta, Leo e eu damos uma última caminhada, parando um pouco antes da floresta de espigões de gelo.

— O tempo todo, pensávamos que o universo girava à nossa volta — diz Leo, olhando maravilhado para o oceano coberto de gelo. — Mas isso nunca foi verdade.

— Havia uma sinfonia inteira por aí esse tempo todo — acrescento. — E estávamos ouvindo apenas uma parte.

Ele segura minha mão enluvada na dele.

— Você quer ouvir o resto?

Olho para ele com um leve sorriso.

— Não posso dizer que não tenho medo, mas... sim.

# EPÍLOGO

## TRÊS SEMANAS DEPOIS

SAM ARDALAN ESTÁ SENTADO NO ESCRITÓRIO DO DOUTOR TAKUMI, assistindo com enlevada atenção à cena que está sendo exibida na tela diante deles.

É a irmã dele, Naomi, saindo de um rover espacial ao lado de Leo Danieli. Sam prende a respiração quando os dois pisam no terreno liso, pálido e imperturbável de Agenor Linea.

— Nós conseguimos — diz Naomi, virando o rosto para o céu, uma escuridão iluminada pelas cores vivas de Júpiter.

— Nós conseguimos — Leo repete.

Sam se inclina para a frente em seu assento, estudando todos os detalhes na tela. O *habitat* inflável já está instalado no novo local, e a estrutura da lona faz Sam pensar em uma grande bandeira: assinalando a chegada a esse trecho anteriormente sem vida de Europa.

— É difícil acreditar que, depois de tudo que passamos, essa parte da jornada esteja apenas começando — ele ouve Naomi dizendo com voz tranquila. — Não se trata mais de chegar lá: é ver se podemos terraformar este mundo. Ver se podemos torná-lo seguro e fértil o bastante para que todos os outros — para que minha família — se juntem a nós.

— Vai demorar um pouco — Leo diz gentilmente.

— Eu sei. — Naomi olha para ele, respirando fundo. — Mas eu tenho você.

— Até a lua e de volta — diz Leo com um sorriso.

E, então, a tela chia com estática. O doutor Takumi se levanta de trás da mesa com um sorriso triunfante se espalhando pelo rosto.

— Aí está. Os sobreviventes passaram no teste.

— Que teste? O que você quer dizer? — Sam franze a testa para o homem enigmático diante de si. Ele veio a Houston para obter respostas, mas tudo o que encontrou até agora são mais perguntas.

— Podemos mudar a fisiologia dos seres humanos para se adaptar a qualquer ambiente? A ciência que permitiu a Leo Danieli e sua irmã sobreviverem às águas alienígenas de Europa pode ser usada de uma forma diferente, para ajudar o restante de nós a nos adaptar à vida em nossa Terra em mudança? — Ele levanta uma sobrancelha para Sam. — Podemos usar essa ciência para curar alguém para quem a medicina tradicional falhou?

— O que você está dizendo? — Sam pergunta, sua voz saindo mais aguda do que o normal. — Eu pensei que o plano era enviar seres humanos da Terra para Europa assim que esta estivesse terraformada...

— Europa foi o começo de um objetivo maior e mais universal — diz Takumi, suavemente. — Que poderia beneficiar você, em particular.

— Mas... mas... quanto tempo eles ficarão sozinhos lá? — Sam se engasga.

O doutor Takumi levanta os ombros, olhando para Sam como se a resposta fosse óbvia.

— Pelo tempo que precisarmos que eles fiquem. Como eu disse quando você chegou... temos vários programas confidenciais para ajudar os seres humanos a sobreviver e prosperar nesse novo capítulo para nossa espécie. O progresso de cada programa alimenta os outros.

A cabeça de Sam está girando. Ele afunda na cadeira, olhando em volta, desconfiado.

— O que é este lugar, de verdade? Eu sei que é mais do que um campo de treinamento.

— Você está certo. Esta é a Agência do Espaço Profundo, a DARPA.

Os olhos do doutor Takumi brilham.

— Bem-vindo ao futuro.

# AGRADECIMENTOS

Primeiramente, a *você*, leitor: obrigada, de todo o coração, por me acompanhar nesta jornada! Quando eu estava escrevendo *Os Seis Finalistas*, jamais poderia imaginar que tantos de vocês se conectariam de forma tão profunda com a história de Naomi e Leo, e sou muito grata a todos que leram e recomendaram o livro, e até criaram *fanarts* incríveis (!!). Obrigada por continuarem nesta viagem comigo rumo a *The Life Below* — eu espero que seja tudo que vocês estavam esperando! <3

Ao meu anjo da guarda neste projeto, a extraordinária editora Alexandra Cooper: meu apreço por você vai além das palavras! Obrigada por acreditar e defender esta série desde o início, por tornar minha escrita *muito melhor* com seus brilhantes *insights* editoriais, além de sua gentileza e compreensão enquanto eu me desdobrava para conciliar o papel de mãe de primeira viagem com os cronogramas de nosso livro. Você é a melhor editora que há e o melhor que há do ser humano, e me sinto sortuda demais por poder trabalhar com você!

Muito obrigada à minha incrível equipe de representação na Gersh and Energy. Joe Veltre, obrigada por tornar realidade meus sonhos de publicação e ser o melhor agente que qualquer escritor poderia desejar! A Brooklyn Weaver (também conhecido como SuperEmpresário!): assinar com você foi a primeira grande conquista para esta série. Obrigada por todas aquelas primeiras sessões de *brainstorming* que me ajudaram a chegar ao cerne da história e por guiar minha carreira com tanta lucidez! Greg Pedicin e Lynn Fimberg, vocês são duas das minhas pessoas favoritas, e sou muito grata por seu apoio. (Roteiros para vocês logo mais!)

Para a equipe dos sonhos da HarperTeen, começando pela incrível Rosemary Brosnan: muito obrigada por seu apoio e pela oportunidade única de publicar com vocês! Fiquei encantada com tudo o que a Harper e a equipe da Epic Reads fizeram por *Os Seis Finalistas*, com agradecimentos especiais a Cindy Hamilton, Sabrina Abballe, Olivia deLeon Russo, e todo o pessoal de publicidade, vendas e marketing que ajudou a divulgar o livro e me proporcionou tantas oportunidades maravilhosas de me conectar com os leitores. Erin Fitzsimmons, Joel Tippie e Molly Fehr, eu já havia adorado a capa do primeiro livro, mas vocês, de alguma forma, conseguiram se superar com este! Obrigada por criarem minha capa preferida de todos os tempos. E obrigada a Alyssa Miele e Allison Weintraub, por toda a sua ajuda em cada uma das etapas do processo de publicação!

Sou imensamente grata à equipe da Man Ed por aturar minhas revisões de última hora e sempre abrirem espaço na agenda de vocês — mil vezes obrigada, Kathryn Silsand, Mark Rifkin e Josh Weiss! Vocês três são heróis, e sou incrivelmente grata por todo o seu trabalho duro. Muito obrigada também a Kathryn e Veronica Ambrose por sua exímia competência na preparação de texto!

Muito obrigada a Josh Bratman, produtor e amigo meu, e a primeira pessoa que disse sim a esta série ainda lá em 2016. Você mudou a minha vida durante o processoe lhe sou eternamente grata!

Todo o meu carinho para você, Alex, e a todo o clã Bratman — vocês são uma verdadeira família para mim.

É muito emocionante ver esta série ser traduzida em diferentes idiomas ao redor do planeta, graças a Hannah Vaughn, na Gersh, e a Allison Cohen antes disso. A meus editores estrangeiros: Ediciones del Nuevo Extremo, Jangada, Epsilon, Imagine YA, HarperCollins Italy, Jaguar e Editura Art, sinto-me muito honrada por ter meus livros lançados em seus países!

Megan Beatie, publicitária dos sonhos — obrigada por toda a sua ajuda no lançamento desta série e por me trazer tantas oportunidades incríveis. Caitlin O'Brient Bauer, especialista em marketing digital, obrigada por criar para mim o *site* mais maravilhoso, por me apresentar todas as coisas #Bookstagram e por ajudar a tornar o lançamento de *Os Seis Finalistas* um sucesso! Crystal Patriarche e Keely Platte, da BookSparks, obrigada por se juntarem à equipe e por nos ajudarem na divulgação!

Às quatro extraordinárias autoras que agraciaram *Os Seis Finalistas* com seus elogios — Kendare Blake, Alyson Noël, Beth Revis e Romina Russell —, eu fico encantada toda vez que leio suas lisonjeiras palavras na contracapa! Obrigada por sua gentileza e generosidade na leitura e divulgação — significa muito para mim.

Tive muita sorte de poder consultar brilhantes especialistas em ciências nesta série, incluindo minha querida amiga, a doutora Teresa Segura. Obrigada por me ajudar a trazer fatos científicos para a ficção científica, Teresa! ☺ Doutor Robert Pappalardo, foi uma verdadeira emoção — do tipo que entra para a lista de coisas a fazer antes de morrer — realizar um *tour* com você no JPL (Laboratório de Propulsão a Jato da NASA) e aprender tudo sobre Europa com o especialista em pessoa — muito obrigada!

À minha bela comunidade iraniano-americana — estou tão impressionada com a maneira como vocês se uniram e ajudaram a apoiar o lançamento de *Os Seis Finalistas*! Agradecimentos especiais a Mariam Khosravani (você é uma heroína!) e à Fundação de Mulheres Iraniano-Americanas, Ali Razi, Fundação Farhang, Phillip & Josiane Cohanim e Haleh Gabbay. Amo vocês todos!

E agora, à minha família, que é a razão e o sentido por trás de tudo o que faço...

Chris Robertiello, meu amor, meu melhor amigo, meu marido, minha inspiração: incluí você em todas as minhas histórias de amor e sou muito grata por estar vivendo a nossa. <3 Obrigada por ser um marido e parceiro tão solidário e aguentar todos os meus dias e noites de prazos de entrega! Eu não conseguiria fazer nada disso sem você — é um verdadeiro esforço de equipe, e você é a pessoa mais importante para mim. Eu sempre vou te amar.

Leo James, meu mundo: escrevi estes livros para você. Mal posso esperar para que um dia leia as aventuras do Leo fictício, e testemunhe meu amor por você — maior do que o mundo inteiro! — escrito nas páginas. Obrigada por me fazer a mamãe mais feliz do mundo!

Meus pais e melhores amigos, Shon e ZaZa Saleh: não há palavras belas o bastante para lhes agradecer! Eu não seria nada sem o seu apoio e amor. (Sem mencionar que estes livros nunca teriam sido escritos sem a sua incrível ajuda com Leo!) Não sei como tive tanta sorte em tê-los como meus pais, mas passarei o restante da minha vida fazendo tudo o que puder para deixá-los orgulhosos e ser merecedora disso! <3

Para Arian, o melhor irmão mais velho do mundo: grande parte de quem eu sou é porque fui abençoada por crescer ao seu lado. Obrigada por trazer tanto amor, risos e criatividade para minha vida! E, claro, muito obrigada a você e Sai por me darem a melhor de todas as sobrinhas!

Todo o meu carinho e gratidão à minha família incrível, tanto do lado dos Saleh quanto dos Madjidi, e aos meus incríveis sogros Robertiello! Aos meus anjinhos, Papa, Mama Monir e Honey, obrigada por me inspirarem todos os dias.

Mia Antonelli, você é a melhor amiga que eu poderia desejar — obrigada por me animar durante todos os prazos finais e por ser uma melhor amiga tão maravilhosa.

A todos os livreiros, bibliotecários e professores que recomendaram *Os Seis Finalistas*, muito obrigada por fazer o livro chegar às mãos dos leitores!

E a quem ainda está comigo até agora, lendo esta última página, um agradecimento especial! Estou muito empolgada em compartilhar com *você* este novo livro.

Impresso por :

gráfica e editora
Tel.:11 2769-9056